妓楼の軍人

犬飼のの

幻冬舎ルチル文庫

CONTENTS ✦目次✦

✦カバーデザイン＝久保宏夏（omochi design）
✦ブックデザイン＝まるか工房

イラスト・笠井あゆみ✦

妓楼の軍人

1

大和《やまと》暦、明光《めいこう》二十年――政治不信と経済の停滞により弱体化した東方の島国大和は、国家救済という大義名分を他国に与え、内政干渉を許してしまう。

大和の西側に位置する藍華《らんか》帝国、そして世界警察的立場を誇る北東のアレイア合衆国――この二大強国の庇護下に置かれた大和は、国家としての威信を完全に失った。

果ては藍華帝国の特別行政区となり、事実上、藍華帝国の海外領土も同然でありながら、表向きは自治国家として生き残ることになる。

帝《みかど》及び大和帝室は残されたが、大和政府は転覆の憂き目に遭い、藍華帝国から派遣された若き藍華王子、藍王瑠《ランワンリウ》が、初代大和総督《そうとく》として君臨した。


大和暦、泰平《たいへい》二十八年、三月十六日、東都《とうと》――。

大和が藍華帝国の特別行政区となってから、三十年が経《た》っていた。

国内最大の歓楽街に隣接する藍華妓楼《ぎろう》の片隅に、一際《ひときわ》派手派手しい男妓楼がある。

名は蝶華楼《ちょうかろう》。男娼街《だんしょうがい》の先頭に建つ大店《おおみせ》で、黄金と朱で塗り込められた三階建ての建物だ。

金色《こんじき》の蝶やハスの花が入り口や壁面にあしらわれ、可愛らしさのある華やかな意匠だが、屋根には猛々《たけだけ》しい龍《りゅう》が寝そべっている。

この店で二週間前から働いているユエリー――本名、月里蓮《つきさとれん》は、三階の娼室から一階へと下りていった。

時刻は午後七時五十五分、開店五分前だ。

陸軍高等学校と、士官学校を合わせて七年。その後三年近く軍務に従事していた月里は、決められた時間よりもだいぶ前に行動する癖があった。

しかしここではあえて行動を遅らせ、他の男娼達との接触をできるだけ避けている。

最初のうちは気になって仕方なかった藍華ドレスの深いスリットにも慣れて、階段の昇降時に裾《すそ》を踏むような失敗はしなくなった。

二週間前まで軍服で生活していた月里が小股《こまた》でしずしずと歩くことは難しいが、必然性があれば歩き方も変わってくる。

この妓楼で支給された藍華ドレスは男の体に合わせて作られてはいるが、デザインは女性用と同じだ。体のラインが出やすく、脚部の切り込みは極めて深い。そのうえ下着を着けていないため、かつてのように大股で歩くわけにはいかなかった。

（……今夜も酷《ひど》い匂いだ）

月里は階段の途中にあった小窓を開け、空気の入れ替えを図る。

男娼達が好みの香を焚《た》くので、階段や通路に漂う空気は沈香《じんこう》や桂花香《けいかこう》、白檀《びゃくだん》の香りに染められていた。さらに薔薇《ばら》や茉莉花《まつりか》の香りも混じり、悪酔いしそうな空気が充満している。

歓楽街に流れる風が爽やかなわけはないが、春の夜風は冷たくて、いくらかましな気分になった。

顔を少し出してみると、方向感覚を狂わすネオンの灯《あか》りが先々まで続いているのが見える。

藍華の伝統的な楽曲や流行歌を背景に、大和人妓夫《ぎゅう》の下手《へた》な藍華語が聞こえてきた。

大和が特別行政区となってから生まれた月里にとって、母国語と藍華語、そしてアレイア語は話せて当たり前のものだ。

しかしそれ以前に義務教育を終えていた大和人は苦労していると聞く。

現在でも地方は大和語しか通用しない所も多いのだが、首都近郊は大和語の他に藍華語が話せないと暮らしにくいのだ。

「ユエリー、いつも開店ぎりぎりだね。今夜は僕の隣に座りなよ」

一階にある大部屋『陰見世《かげみせ》』に入ると、中央に座っていた少年が隣の椅子《いす》を叩いて誘ってきた。他の椅子は埋まっていたので、月里は言われた通りにする。

「僕の名前知ってる？　蝶華楼のナンバー1だよ。つまりこの藍華妓楼一の男娼ってこと。知らないなんて言ったら追いだしちゃうから」

少女と見紛《みまが》う美しい少年達が並ぶ中、彼は確かに飛びぬけていた。

洋人とのハーフに見えるが、母語は大和語らしい。

月里は少年の名前を知っていたので、「シンだろう？」と答えた。ここで面倒を起こすわけにはいかず、子供に大きな顔をされたからといって気にしてはいられない。

「今まで話したことなかったね。でもかなり気になってた」

それは知ってる……と言いたくなったが、月里は黙っていた。

シンに限ったことではなく、陰見世に出ると全員が自分をじろじろと見てくる。

そのくせ一言も声をかけてはこないので、好都合ではあったが居心地は悪かった。

「ねえ、ユエリーはハーフ？　色白だし髪も目も茶色だよね……どこの国の血？」

「単なる大和人だ。先祖の誰かにどこかの国の血が混じっているのかもしれないが、何代も前のことまではよくわからない」

「ふーん、意外。ハーフかクォーターかと思ってた。年はいくつ？」

「二十四だ」

「うっそ、思った以上に年いってんだね！　ここはさあ、僕達みたいに若くて小《ち》っちゃくてピンクのミニドレスが似合う可愛い男の子の店なんだぜ。わかる？　要するに美少年だよ、美少年。美青年じゃないの。いくら美人でもアンタみたいにデカいガチムチ年増《としま》が来るとこじゃないってば」

「ガチムチ年増……そんなことを言われたのは初めてだ。それに俺はデカくはないぞ」

余計な接触は避けたいと思っていたにもかかわらず、月里はシンのペースに引き込まれていた。あまりにも耳慣れない表現をされると、どうしても反論したくなる。

月里の身長は一七五センチ、体重は六十キロ前後だ。木刀武術を体得しており筋肉はそれなりにあるが、シンの言葉通りの体格ではない。むしろ細身で、攻撃力強化のためにもっとウエイトがほしいくらいだった。

顔立ちも線が細く、色白なうえに髪や目の色素が薄いこともあって、軍服を着ていないとあまり強そうには見えない。もっとも、この容姿だからこそ士官の地位を手に入れ、そして今は妓楼にいるわけだが――。

「軍人としてはどうだったか知らないけどさ、アンタここでは十分デカいって。頭一つ飛びでてるし。それにやっぱりムキムキじゃん、腕とかほらこんな」

言われ慣れない言葉を次々とぶつけられた月里は、シンに右腕を掴《つか》まれる。藍華ドレスの短袖《たんしゅう》から出ている上腕をさすられ、「力瘤《ちからこぶ》見せてよ」とねだられた。

おそらくこれまでの二週間は様子を窺《うかが》っていたのだろう。

自分のライバルにはなり得ないと判断して警戒を解き、仲間に加えることにしたらしい。

シンが話しかけてきた途端、他の男娼まであれこれと質問を投げかけてきた。

「あ、お客さんだ」

店の扉に取りつけられた銅鈴《どうれい》が鳴ると、男娼達は背筋を正して沈黙する。

できるだけ多くの客を取って稼《かせ》がなければならない事情のある子供ばかりなので、愛想のいい顔をしたり客から見えやすい中央に体を寄せてみたり、銘々《めいめい》に自己アピールを始めた。

ただしこちらからは客の姿がほとんど見えない。

そして客の方も、一度店内に入って紗《しゃ》の幕に顔を近づけなければ、男娼の顔を見ることができないようになっていた。

いわゆる陰見世方式で、そういった細工が必要なのはここが男妓楼だからだ。

特別行政区大和にも売春防止法は存在するが、娼妓《しょうぎ》営業が許されている店は公然と妓楼を開くことが可能になっている。一本先のメインストリートには、藍華風妓楼や大和遊郭風の妓楼が、道に面して堂々と張見世《はりみせ》を出していた。

他にも、写真パネルを並べた特殊浴場や低価格のサロンも存在し、この藍華妓楼は古今東方風俗の見本市になっている。

多種多様で一見すると無秩序だが、娼婦は一人残らず登録管理されており、無秩序なのは売春法に触れない男娼だけだった。

年端《としは》もいかない子供から大人まで、隠れてやりたい放題なのが実情で……どの男妓楼も陰見世方式を取り、看板には白々《しらじら》しくマッサージ店や茶房と書いてある。

「月里蓮中尉……ああ、ユエリーのことね？　その子なら確かにうちで働いてるわよ。でもごめんなさい、ユエリーは軍人さん専門なのよ」

入り口と陰見世の間に下ろされた紗の幕の向こうから、マダム・バタフライの声が聞こえてくる。マダムは外見こそ妖艶《ようえん》な美女だが、実は男なので声が低い。騒がしい歓楽街の住人らしく、やたらと大きな声で話すのが特徴的だった。

月里は自分を知っている誰かが来たことを知り、紗の幕の向こうに目を凝らす。とはいえ、こちらから見えるのはシルエットくらいのものだ。

紫の藍華ドレスのマダムと用心棒の周《シュウ》の向こうに、長身の男が立っているのが見える。二人の陰になっていてはっきりとはわからなかったが、黒い長袍《チャンパオ》を着ているようだった。

長袍は藍華の伝統的な男性服で、拳法着や普段着としても使用されるが、現代では正装のイメージが強い。普段から着用しているのは、一握りの貴族だけだった。

女性の藍華ドレスと同じく、立《た》ち襟《えり》のワンピースで裾が足首まであり、スリットが左右に入っている。袖は洋服よりも長めで、脚衣を合わせるのが伝統的なスタイルとされていた。

遠くて声が聞き取りにくいものの、マダムが大和語で接客している以上、突然現れたこの客も大和語を使っているということになる。

長身、長袍、大和語——そのキーワードに、月里は悪い予感を覚えた。

「なーんだ、ガチムチ好みの客かあ……これじゃ僕達には回ってこないね」

これまで笑顔を作っていたシンは、不満げな顔をして背凭《せもた》れに寄りかかる。

実際のところ月里を望んで断られた客は、例外なく他の店に行ってしまうのだ。

男娼街にも様々な妓楼があり、どこも趣向を凝らしている。蝶華楼のような美少年揃《ぞろ》いの店が主流ではあるが、がっちりとした体格の大人の男娼を揃えている店も存在していた。

どうかこの客もそういう趣味の男であってほしい。頼むから今想像している人とは別人であってくれ——月里は手に汗を握りながら祈る。けれど状況とシルエットからして、彼だと覚悟している自分がいた。

「私は軍人だ。通せ！」

これまで普通の声量で話していた客が、急に声を荒らげる。

直前にマダムが、身分証明章がどうのと言っていたが、彼は持参していなかったのだろう。断られてとうとう我慢できなくなったらしい。

(やっぱりそうだ……あの人がここに……！)

一度聞いたら忘れられない類《たぐい》の、極めていい声が耳に沁《し》みる。

脳がずんっと震えるような、男の艶色《えんしょく》を孕《はら》んだ声——あの人の声だ。

諦《あきら》めて現実を認めた月里の視線の先で、紗の幕が捲《めく》られる。

本来はマダムが勿体《もったい》つけて開くそれを、彼は一気に捲って踏み込んできた。

少年達が「きゃっ」と声を上げるほどの勢いだ。

「蓮っ、こんな所で何をしている！」

芙輝《フキ》様……そう呼びそうになった月里は、誰にもその名を聞かせたくなくて口を結ぶ。

陰見世に飛び込んできたのは、黒い錦織《にしきお》りの長袍を着た男——藍《ラン》芙輝大将だった。年は四つ上の二十八歳で、身の丈は一九〇センチに迫るほど高い。

重量感のある鋼《はがね》のような肉体と、神秘的な美貌《びぼう》を持つ偉丈夫《いじょうふ》だ。

藍華貴族らしく豊かな黒髪を伸ばしており、房飾りのついた紐《ひも》で束ねていたが、どれだけ美しくても髪が長くても、圧倒的な雄々《おお》しさは少しも目減りしなかった。立っているだけで強烈な存在感を放ち、人の視線を集める魅力を兼ね備えている。

「いったい何故《なぜ》お前が妓楼にいるのだ⁉　私が帰国している間に何があった！」

「お客さん！　勝手に入られちゃ困ります！」

芙輝に向かって叫んだのは、用心棒の周だった。上下に分かれた動きやすい藍華装姿で、芙輝の後を追ってくる。マダムは空気を呼んでおり、何も言わず動きもしなかった。

「やめろ周！　その人に触るな！」

芙輝の腕を摑みそうだった周を、月里は自分でも驚くような声で制した。

周が触れようとしたところで直前に吹っ飛ばされるに違いないが、そういう問題ではなく、手出しさせたくなかった。

「蓮っ、事情を話せ！　何故こんな所にいる⁉」

「こちらへ……とにかく外へ」

芙輝は相当に興奮しており、慌てた月里は長袍の袖を摑んで彼を連れだす。

このままでは男娼達の前で余計なことを喋《しゃべ》られてしまいそうで、甚《はなは》だ焦った。

蝶華楼は男娼街の一番手前にあり、漢門《おとこもん》と呼ばれている街門に近い。

藍華風の門は厚みがあって上部の装飾が多く、柱と柱の間は暗い影になっていた。

月里はそこまで彼の手を引いていき、人目を避ける。

上等な長袍の袖に傷をつけてはいけないので、途中からは袖ではなく腕ごと握ったのだが、そのせいで鼓動の高鳴りが酷いことになった。

「さあ説明しろ！　いったい何がどうなっている⁉　お前は李元帥《リーげんすい》の愛妾《あいしょう》だろう⁉」

「そんなことを大声で言わないくださいさい！」

翡翠《ひすい》を握った龍が咆哮《ほうこう》を上げる漢門の下に着くなり、月里は両腕を摑まれた。

左腕で感じるのは芙輝の手指の感触だったが、右腕には無機質な物が当たって痛い。

芙輝の左手に、二尺《にしゃく》足らずの鞘《さや》のような物が握られているせいだった。

何も知らない人間には護身用の小刀に見えるだろう。

しかし実際には笛筒《ふえづつ》で、蒔絵《まきえ》の美しい横笛が入っている。

芙輝は武器など持ち歩かない風雅な藍華貴族の男であり、逆に言えば武器に頼らなくても済むほど強靭《きょうじん》な肉体の持ち主なのだ。いつも冷静で余裕があって、こんなふうに声を荒らげる男ではなかった。

「ここは貴方《あなた》のような方が来る所ではありません。どうか今すぐお帰りください」

「事情を話せ。いったい何があったのだ？　大和に戻った途端に、お前が軍位を剝奪《はくだつ》されて二週間も前からここにいると聞いて……心臓が止まるかと思った。お前は李元帥を慕い、一、二を争う寵妾《ちょうしょう》として可愛がられていたのではなかったのか？」

「ご寵愛はいつまでも続くものではありません。私は不始末を犯して見限られたのです」

「どのような不始末だ？　士官学校を主席で卒業した男を軍事裁判もなく男娼に貶《おとし》めるなど、私にはとても考えられん。今ここで説明してみせろ！　納得いくものでなければ私が元帥に抗議し、今すぐにでも軍に戻す！」

「やめてください……！　元帥閣下と私の私的な問題ですから詳しいことは言えませんし、貴方には関係ありません。それに閣下は軍の最高司令官で、貴方の上官です。何より、大和総督の甥《おい》でもあります。どうか余計なことはなさらないでください」

「余計なことであるはずがない！　確かに李元帥は上官ではあるが、知っての通り藍一族の人間ではない。本国に帰れば身分は私のほうが遥《はる》かに上だ！　そんなものを大和に来てまで振り翳《かざ》す気はなかったが、あの男がお前に非道な仕打ちをするなら、私はどんな手を使ってでもそれを阻止する！」

芙輝の勢いに吞《の》まれた月里は、焦燥のあまり息を詰める。

これまでの二週間、芙輝が藍華帝国から戻れば、こういった行動を起こすかもしれないと薄々予感していた。確信といってもいいくらいだった。

いつも自分を気にかけてくれた芙輝の性格からして、部下を寄越して事情を探るくらいのことはしてくるだろうと思ったのだ。

しかしいきなり本人が来てここまで興奮するとは思わず、止められなかった場合のことを考えると冷汗《ひやあせ》が止まらなくなる。

もうこれ以上かかわってほしくない。

確かに芙輝は、強大で歴史ある藍華帝国を数千年も支配する皇帝と同じ藍一族の出身で、貴族としての階級は李元帥より高いと聞いてはいるが、そういった階級や力関係の問題ではないのだ。

月里にとっては、芙輝のように高貴な人間が、自分のせいでこんな場所に立っているのを見ているだけでもつらい。自分とはかかわらずに一刻も早くこの場から立ち去り、総督府に戻ってほしかった。

「本当に……本当にやめてください、私はそんなこと望んでいません。お願いです、どうかお引き取りください。ご身分に障りますし、私自身もこんな恰好《かっこう》で往来に出る破目になって、とても恥ずかしい思いをしています」

「ならば今すぐ帰るぞ。誰にも文句は言わせない」

「嫌です、帰りません。手を放してください！」

漢門が落とす影の下で、月里は身をよじらせる。

そうしたところで手を放してはもらえなかったが、強すぎる視線からは逃《のが》れた。

芙輝には何もかも見透かされてしまいそうで、目を合わせることなどできない。

「何故そこまで嫌がるのだ？　こうなってもまだ私の想いを受け入れられないというなら、今はそれでも構わん。とにかく一度総督府に戻れ。話はそれからだ」

「芙輝様……どうか冷静になってください。私が閣下の妾《めかけ》として親衛隊にいた頃は、少しは価値のある人間として見ていただけたのかもしれませんが……貴方は目を覚ますべきです。私はすでに二週間も客を取って、穢《けが》れきった身になりました。そもそも藍華帝国のおかげで生き延びているしがない大和人で……そのうえ逆賊遺子《ぎゃくぞくいし》でもあります」

「何故そのように心にもないことを言うのだ？」

月里は怒り混じりな笑みに反応し、芙輝と目を合わせてしまう。

ただそれだけで意識を縫い止められ、漆黒の瞳に囚《とら》われてしまった。まるで見えない糸で固定されているかのように、視線も顔も動かせない。

「お前は大和人であることを誇りに思っている。父親が逆賊だからといって自分を卑下《ひげ》することはなく、逆境の中で必死に闘ってきたはずだ。それに私は、お前が李元帥の愛妾だから興味を持ったわけではない。無論、親衛隊員であることに惹《ひ》かれたわけでもない。そのようなことを言われるのは心外だ。他人の物でなければどんなによかったかと、出会った夜からずっと思い続けていたのだからな」

月里の左腕を摑んでいた芙輝の右手は、瞬《また》く間に頬《ほお》へと移動していた。

彼の所作には隙《すき》がなく、瞳の力に囚われている月里は微動《びどう》だにできない。いつもこうして、気づいた時には思いがけない所に触れられてしまうのだ。

「芙輝様……おやめください」

「私はお前の誇り高い魂に惹かれている。体が穢れていようと構わない」

「──っ、ぅ⁉」

告白された次の瞬間には唇を奪われ、月里は動かせなかった全身をびくんと弾《はじ》けさせる。

漢門の金属柱に背中が当たり、剝《む》きだしの腕が冷たさに震えた。押しやられたのか自分で後ずさったのかよくわからないまま、逃げ場を失ってしまう。

「……ん……ぅ」

肉感的な唇で、呼吸も声も封じられる。

熱い舌は彼の体と同じく重量感があり、口内をみっちりと犯してきた。

後頭部が柱に当たると完全に身動きが取れなくなって、口づけが一層深まる。

「──ぅ……」

わずかに顔を横向けて逃げようとすると、頬に当てられた手で顎《あご》を摑まれた。顔を斜めに向けた芙輝は息継ぎの隙すら与えてくれず、より深く舌をねじ込んでくる。

「く、ふ……」

真紅の藍華ドレスに包まれた腰に、得体のしれない震えが走った。

口づけだけで感じているのだと自覚すると、たまらなくなる。

自分は心を決めたのに——恋も愛も幸せも、すべて捨てて生きると決めて、「もう二度とお会いしません」と言いきったはずなのに、覚悟の足りない体に裏切られそうだった。

「……やめてください！」

どうやって逃げだしたのか、月里自身にもよくわからなかった。

叫んだ時には体が離れていて、指一本触れられていない。

両手には血の通った厚い筋肉に触れた感触が残っていた。

おそらく芙輝の体を突き飛ばしたのだろう。

「勝手に、こんなことをされるのは困ります。暴力にしかなりません！」

芙輝の顔を睨《にら》み上げながら、月里は手の甲で唇を拭《ぬぐ》う。過剰なくらいぐいぐいと拭って、不快げに眉《まゆ》を寄せてみせた。

「私は、こうなってもまだ閣下を……李元帥閣下だけを心からお慕いしています。軍人ではなくなりましたが、閣下の私的な妾として呼び戻される日を今か今かと待っているんです。だから邪魔をしないでください」

「本気で言っているのか？」

（本気なわけがない。慕っているのも愛しているのも貴方だけ。貴方以外はありえない）

好きで好きで……何もかも捨てて芙輝の胸に飛び込めたら、どんなによかったかと思う。けれどそれはできない。自分はもう決めたのだ。

「本気です。芙輝様にお世話になったことは心から感謝していますし、尊敬もしています。ですが私は貴方のことを特別には思えない。閣下だけの物でありたかったのに貴方のような身分の方に迫られると断りにくくて、つらかったんです。どうかもう許してください」

「蓮……！」

露骨に衝撃を受けている芙輝の顔を見ていられなくなり、月里は彼の手元に視線を落とす。左手に握られている笛筒を見て、「私のことは忘れてください」と告げた。

蝶華楼に戻った月里は陰見世には入らず、三階にある自分の娼室に籠《こ》もる。

これまでに感じたことのない疲労感に襲われ、身を投げだすように寝台に横たわった。

マダムには、「士官以上の軍人で、大和人なら通していい」と告げておいた。

どのみち元親衛隊の月里蓮中尉が男娼としてここにいるという噂は、もう十分に広がっているのだ。今後は陰見世に出ず、部屋で待つだけでも用は足りると思った。

月里は客を厳選しているので人気男娼というわけではないが、最上階の広い二間を与えられている。客を迎える浴室つきの娼室とは別に、好きに使える私室も持っていた。

何か事情があって特別扱いされている身だということは、誰の目にも明らかだろう。

ナンバー1のシンを始めとする他の男娼達が警戒するのも、当然と言えば当然だった。

寝台の上でごろりと仰向《あおむ》けになると、天蓋《てんがい》の内側に咲く牡丹《ぼたん》の花が目に入る。刺繍《ししゅう》だが、なかなか綺麗《きれい》な物だった。

薄桃色の紗の幕で四面を覆われた寝台は、藍華帝国から輸入された品だ。

漆《うるし》塗りの華奢《きゃしゃ》な柱で支えられた天蓋の内側には、隅々まで刺繡が施されている。

それがこの牡丹の花——富貴の象徴だ。

先程芙輝が着ていた黒い長袍にも、やはり牡丹の柄が入っていた。じっくりと見る余裕はなかったが、おそらく裾のほうにはハスの柄も入っていたことだろう。

藍芙輝という名は、藍華語ではラン・フーフゥイと読むのだが、彼は大和語読みでフキと呼ばれることを好む。

読みが同じ富貴の牡丹と、芙の字に因《ちな》んだハスの花の間に、幸福の象徴の蝙蝠《こうもり》を飛ばした柄の長袍を何着も持っていた。

軍務の時は粛々たる黒軍服に身を包んでいるが、私室ではいつも長袍を着ていて、どんな色の物でも着こなす。大和人の感覚では男が着るとは思えないような華やかな色の服でも、彼が着ると男らしく、それでいて優美だった。何度見ても目を奪われてしまい、彼の宿舎を訪ねるたびに第一声の挨拶が思うように出せなかったものだ。

「ユエリー、お客さんが来たから上げてもいい？　篠崎《しのざき》大尉よ」

扉の外から声をかけられた途端、月里は自分が取っている体勢に気づいて焦る。

脚が股下から剝きだしになっている淫《みだ》らなドレス姿で、だらしなく仰向けになっていた。

そのうえ自分の唇を指で押さえていたのだ。それも潰《つぶ》れるほど強く。

「あ、ああ……篠崎か……わかった、通してくれ」

身を起こした月里が答えると、扉の向こうのマダムは「お通ししてー」と階下に向けて大声で言った。そして扉を開け、部屋に入ってくる。

「あらどうしたの真っ赤な顔して」

その言葉に、月里はたちまち眉を寄せた。真っ赤な顔などしているわけがないのだ。むしろ真っ青な顔だと言ってほしい。その自覚ならある。

「さっきの人、随分綺麗な男だったわねえ。一見クールな美形なのに情熱的だし、すっごくセクシーな体つきだったわ。中尉の想い人？」

「くだらんことを訊《き》くな。俺は親衛隊員……それも正隊員だ」

事情を知っているマダムに、月里は即答した。

親衛隊の役目は、大和総督の藍王瑠《ワンリウ》と、軍の最高司令官である李月龍《ユエロン》元帥を守ることだが、親衛隊正隊員と李元帥の愛妾が同義であることは、軍の人間なら誰でも知っている。

今でこそ妖艶な美女のようなマダムも、元々は軍人なのだ。

「わかってるわよ、恋人かどうかなんて訊いてないでしょ？　中尉が出世目当てで親衛隊に入ったのは周知の事実だもの。でも心は自由だし、他の男に惚《ほ》れることだってあると思うわ」

「ありえない。それよりあの人のことは他言するな。誰にも、絶対にだ」

「元帥閣下にも秘密ってこと？　それなら口止め料高くつくわよ」

「あとで十分に渡す」

「惚れた男にも本当のことを話せないなんて、大変ねえ……あの彼は中尉のこと好きなんでしょうし、男娼になったと思ってるんじゃショックよね。それでも冷めないなんて愛だわ。今こそ奪ってやるって考えてるわよ、そういう気迫のある目をしてたもの」

「そんなんじゃない……いいからもう下がれ。篠崎が来る」

月里の言葉通り、階段の下から軍靴《ぐんか》の音が迫ってくる。

すでに四度目なので周の案内もなく、ひとりで三階まで来たようだった。

「月里、あまり日を空けずにまた来てしまったよ。開店に間に合わなくて心配だったんだが、先客がなくてよかった」

マダムと入れ替わりに部屋に入ってきたのは、士官学校で同期だった篠崎賢吾《けんご》だ。

東都近郊の警備を主任務としている第一師団の大尉で、一個中隊の隊長を務めている。

古きよき時代の大和男子といった風情の、こざっぱりとした見た目の二枚目だった。

家柄の関係で月里よりも階級は上だが、一般士官なので唐茶色《からちゃいろ》の軍服を着ている。

「これで四度目だぞ。随分と暇なんだな」

「そう邪険にしないでくれよ……本当は毎晩でも来たいんだけど、近頃は夜間勤務が多くて忙しい身なんだ。部下に夜回りさせて職務質問みたいなことをやらせてるよ、軍人というより御巡《おまわ》りさんだ。あ、そうだ。さっきそこの門の下に黒い長袍の男が立ってたんだ。なんか隙のない感じで……仕事柄ちょっと気になった。何か知ってるか？」

篠崎は扉を閉めるなり訊いてきて、軍帽を脱ぐ。

月里は内心びくりとしたが、態度には出さずに「長袍なんて珍しいな」と答えた。

「暗かったし、通りがかりに見ただけだからわからないが、凄《すご》く上等な長袍のようだった。それにあの長身とスタイル。もしかしたら藍芙輝大将だったり……しないよな？」

「違うに決まってるだろ、あの人は貴族だぞ。妓楼なんかに来るわけないじゃないか」

「まあ……そうだよな。藍大将の長袍姿なんて一度しか見たことないし、違うだろうなとは思ったんだが」

「だったら訊くな。御名前を出すだけでも迷惑がかかる」

「そういえば月里は藍大将と交流があったんだろう？　威圧感のある雰囲気だけど親切な人らしいし、お前がこんなことになったのを心配して様子を見にきたってことはないかな？」

軍帽をスタンドハンガーの上部にかけた篠崎は、そのまま上着を脱いだ。

本来は男娼が手伝うのだが、月里は寝台に腰かけたまま何もしない。

篠崎のほうもそれを当たり前なことだと思っているようだった。

初めて来た時はがちがちに緊張していた彼も、今では勝手知ったるものだ。

「交流なんてない……俺はただ、あの人の笛の音を勝手に聴いていただけだ」

「笛か……風向きによっては士官宿舎のほうにも届くことがあったな。一度近くでちゃんと聴いてみたいと思ったものだ。大将が大和に来たばかりの時はドスを持ち歩いてるって噂になってて、みんな本気でびびってたんだけどな。何しろほら、目つきが鋭いし背は高いし、そのうえ血腥《ちなまぐさ》い藍一族の人間だろ？　お茶を零《こぼ》すような粗相をしただけで、手足を斬り落とされて人豚にされるなんて言われてたくらいだ」

「やめろ、失敬だぞ。あの方を野蛮人のように言うな！」

余計な口を利くべきではないと思いながらも、月里は黙っていられずに声を荒らげた。すぐに後悔したが、どうしても我慢ならなかったのだ。

すると篠崎は目をぱちくりとさせて、失言を悔やむように喉元《のどもと》を押さえる。

「すまない、怒らせたのなら謝る。悪口を言うつもりじゃなかったんだ。俺はただ、お前と藍大将の間に交流があったらよかったのにと思っただけで。実際のところなんらかの接点はあったんだろう？」

「接点と言えるほどのものはない。親衛隊宿舎は将官宿舎と向かい合わせだからな、回廊で擦《す》れ違うことは儘《まま》あった」

「なあ……お前が元帥閣下のご不興を買ってつらい目に遭ってること、思いきって藍大将に相談してみたらどうだろう？　お前だって藍大将には好感を持ってるようだし。どうしても閣下に謝罪する気になれないなら、せめて大将宛てに手紙を書けよ。俺は直接渡せるような立場じゃないが、祖父に頼んでどうにか届けてもらうから」

「やめてくれ。だいたい俺は軍に戻る気はないんだ」

「そんな意地を張るなよ……幸いにして、元帥閣下は藍一族の人間じゃない。藍華帝国では藍一族かそうじゃないかで立場が大きく変わるんだ。藍大将は軍位こそ元帥閣下より低いが、実際にはより大きな力を振るえる御方だ。閣下の下した処罰を取り下げるよう、手を講じてくださるかもしれないぞ」

隣に座った篠崎に指の先を握られ、月里は内心うんざりする。

そもそも月里は、今日篠崎が来ても追い返すつもりでいたのだ。

芙輝が来たことで動揺してうっかり通してしまったが、これから篠崎に対してお決まりの台詞《せりふ》を囁《ささや》くのも、下手な芝居《しばい》を打つのも面倒でならなかった。

「そんなことより、頼んでいた件はどうなった？　銃やWIP《ウィップ》が無理でも軍服くらいはどうにかなるだろう？　唐茶の物でもいいんだ、なんとかならないか？」

「……月里、まだそんな馬鹿なことを言ってるのか？　いくらお前の頼みでもそれは無理だ。だいたいあんなこと正気だとは思えない」

「俺は至って正気だ。どうせ落ちるところまで落ちた身だからな。このまま男娼として生き恥を晒《さら》すくらいなら、大和総督を暗殺して討死《うちじ》にしたほうがましだ」

本気だと信じ込ませるために、月里は一瞬たりとも目をそらさない。

握られていた手を意図的に強い力で握り返し、怒りや決意を表した。

月里が暗殺したいと言っている大和総督、藍王瑠《ワンリウ》は、この特別行政区大和の最高権力者であり、藍華帝国皇帝の異母弟に当たる。元々は先帝の王子だった男だ。

一方、月里が愛人として仕えてきた李月龍《ユエロン》元帥は、総督の母方の甥だった。本国――藍華帝国内ではさほど時めく立場ではないものの、この大和では軍の最高司令官という、非常に高い地位に就いている。

「俺は、総督の治世で虫けらのように処刑された両親の無念を晴らしたい。篠崎、頼むから軍服だけでも手配してくれ。あとは自分でどうにかする。お前に迷惑はかけないから」

月里は隣に座っている篠崎と見つめ合うが、その時間は長くは続かなかった。

彼の瞳は戸惑いに揺れ、視線は宙を彷徨《さまよ》う。

「すまない、無理だ。ご両親のことは気の毒に思うが、それだけ総督が恐ろしい方だということは身に沁みてるだろう？　藍華帝国皇帝の弟なんだぞ、雲の上のそのまた上の御方だ。お前はこれまで、総督や元帥閣下を守る立場の親衛隊にいたから……お二人のことを身近に感じてしまっているのかもしれないが、実際には違う。特に総督のことを自分と同じ人間のように考えてはいけない。総督の後ろには強大な藍華帝国がついてるんだ。本人も武闘派で強いという話だし、討死にどころか、その前に捕まって帝国に送られ、拷問にかけられるのは目に見えてるじゃないか」

篠崎は目を合わせないまま、苦しげな顔をして抱きついてきた。

藍華ドレスの短袖から伸びる月里の両腕を摑み、シーツの上に押し倒そうとする。

月里が抵抗せずにじっとしているのを確かめてから、ネクタイの結び目に手をかけた。

「お前が好きだ。手を貸さないことで俺を嫌わないでくれ。俺は、お前が酷い目に遭うのを見たくないんだ。今の大和は正常な法治国家ではない。総督に逆らうような真似をしたら、必ず後悔することになる！」

「篠崎……」

「お前は元帥閣下に逆らって、ご不興を買ったせいでこんな場所に追いやられたんだろう？閣下より総督のほうが遥かに恐ろしく、身分も力も上の御方だ……頼むからおかしなことは考えないでくれ。帝国での拷問は俺達が想像できるような甘いものではないと聞いている。お前だってわかってるはずだ」

（お前みたいな坊ちゃん軍人より、ずっとわかってる――）

喉まで出かかった言葉を呑み込んで、月里はぷいと横を向く。

そして寝台の天蓋から下がっている吊《つ》り行灯《あんどん》に手を伸ばし、そこから垂れる紐を引いた。

吊り行灯は部屋の主照明と連動しており、一瞬真っ暗になる。

同時に行灯の中で着火音がして、ぽうっと火が灯《とも》った。

行灯はゆっくりと回転し、四面を覆われた寝台の中に花と蝶の影をちりばめていく。

予《あらかじ》め仕込んであった香が焚かれたことで、蠱惑的《こわくてき》な香りが漂い始めた。

見目のよい男達が愛し合うのに相応《ふさわ》しい、雅《みやび》にしてどこか背徳的な空間が、紐を一本引くだけで出来上がる。

「月里……接吻《せっぷん》をしてもいいか？」

「男娼は唇だけは許さないものだ。何度言ったらわかるんだ？」

「またそんなこと言って、つれないな。最中になると求めてくれるくせに」

「……っ」

「月里、俺はお前を男娼だなんて思ってない。俺は士官学校時代からずっと、お前のことが好きだった。お前はいつも優秀で強くて……綺麗で、友人でいられることが誇らしかった」

カチャカチャとベルトをゆるめる音を聞きながら、月里は覆い被《かぶ》さる篠崎を睨み据える。

無表情を保ち感情を出さないよう努めていたが、唾《つば》を吐きかけたい気分だった。

「月里、頼むから……馬鹿なことを考えないでくれ。俺はお前が好きなんだ。どうにかしてここから出られるように精一杯のことはするから、それまで待っていてくれ」

篠崎は自分の衣服を脱ぎやすい状態まで持っていくと、今度は月里の服を脱がし始める。

今夜月里が着ている藍華ドレスには鳳凰《ほうおう》の柄が入っており、釦《ボタン》も鳳凰形になっていた。

篠崎はそれを一つ一つ外していって、右胸に斜めに走る前合わせを開いていく。

「月里……っ」

スリットから零れる腿《もも》に触れてきた彼は、口づけをしない代わりに首筋に吸いついてきた。痕《あと》を残すような無粋な真似はしないが、唇を当てながら舌を滑らせてくる。下着を穿《は》いていないので性器にも容易に触れられてしまい、月里の嫌悪感は弥増《いやま》した。

(反吐《へど》が出そうだ……)

長年友人面《づら》をしていたくせに、月里が男娼になった途端に好きだ好きだと言ってきて体を求めてくる最低な男。卑怯《ひきょう》で臆病な男――。

月里は篠崎の愛撫を受けながら、身を仰《の》け反らせる。

音もなく回転する吊り行灯を下から見据え、歯を食い縛った。

「――……っ」

今自分の体の上にいる男は、士官学校の同期生だ。

何かと寄りついてきていたので一緒に行動することが多かったが、主席の月里とは成績のうえで大きな開きがあった。

それでも卒業と同時に、篠崎は士官階級である少尉の位《くらい》を与えられた。

その三ヵ月後には中尉に昇進している。

それは彼の祖父が、大和最後の与党、愛国維新党《あいこくいしんとう》の議員だったからだ。

現在は名ばかりの副総督となっている小野沢《おのざわ》という大和人が首相を務め、大和が独立した国家であった時代——今から約三十年前、その時点で祖父がどのような立ち位置にいたかが、篠崎と月里の明暗を分けた。

大和人から見れば、愛国維新党は悪政で国を著しく弱体化させ、藍華帝国やアレイア合衆国に内政干渉を許してしまった不甲斐《ふがい》ない売国奴《ばいこくど》だ。

その一方で、大和を救済という名目で事実上傘下に収めた藍華帝国からしてみれば、愛国維新党の愚かな議員らは功労者ということになる。

篠崎家は繁栄の一途を辿《たど》り、大和が藍華帝国の特別行政区となった現在、彼の祖父は大和総督が治める行政局の下に位置する、四十七区議会の有力議員となっていた。いうなれば、かつての大和の県知事に相当する身分だ。

そんな篠崎とは逆に、月里は藍華帝国側から逆賊と呼ばれていた大和攘夷党《やまとじょういとう》の議員である祖父を持ち、最初からハンデを背負った立場に生まれた。

月里の祖父は投獄されて死ぬまで他国の干渉を拒んで、大和が独立した自治国家のままでいるために、命を賭して大和人の権利と誇りを訴え続けたのだ。

そして月里の父親もまた、表面上は藍華帝国に屈して流罪地《るざいち》でひっそりと暮らしながらも、秘密結社の地下組織となった大和攘夷党の工作員として働き、月里が幼い頃に処刑された。

祖父が生きた時代とは違い、父親が捕まった頃の大和はすでに藍華帝国の支配下にあり、残虐な大和総督、藍王瑠《ワンリウ》の治世の下、罪のない母親まで処刑された。

残された月里は年端もいかない妹と共に逆賊遺子となり、そういった子供達が集められる特殊孤児院で育ったのだ。

そして現在、大和に於《お》ける藍華帝国の支配力は増しているが、不幸中の幸いにして、今もまだアレイア合衆国の干渉は少なからずある。

アレイアは世界のリーダーや警察的立場を誇るだけあって、藍華帝国とは比較にならないほど子供に優しく、児童福祉に力を入れている先進的な法治国家だ。

そのため逆賊遺子であっても子供のうちは処刑されたり虐待されたりということはないが、特殊孤児院に入れられた者の将来は決まっていた。

中学を卒業して子供とは見なされなくなった途端に、男子は永久兵役、女子は妓楼送り、それらの基準に満たない者は藍華帝国に送致され、過酷な労働を強《し》いられる。

月里は陸軍高等学校を主席で卒業したため、例外的に士官学校に上がることができたが、そこも主席で卒業したにもかかわらず、士官の位はもらえなかった。

代わりに与えられたのは士官に次ぐ准尉《じゅんい》という位で、「この先どのような勲功《くんこう》を積もうと、逆賊遺子を士官にすることはできない」と言い渡された。それが逆賊遺子の限界。けれども月里には、そこで諦めるわけにはいかない事情があった。

全裸に近い恰好になった月里の上に、篠崎が伸《の》しかかる。眉間《みけん》に皺《しわ》を寄せて軽く呻《うめ》いたが、すぐに穏やかな寝顔になった。

「……う、う……」

吊り行灯に仕込んでいた夜妃香《イエフエイ》の効き目がなかなか現れずにひやりとした月里だったが、安堵《あんど》の息をついて篠崎の下から抜けだす。あと一分ほどで効かなければ、手荒な真似をするより他になかった。

（あちこち舐《な》めやがって、気色の悪い）

口に出したい言葉も、唾を吐きかけたいのもこらえ、すぐさま私室に向かう。

篠崎に触られた服が気持ち悪くて、歩きながら脱いでしまった。

全裸だが、軍人らしい大股で続き間に駆け込む。

篠崎や他の軍人が来るたびに、「大和総督を暗殺したいから用意してほしい」とねだっている物の一つであるＷＩＰを、蛇腹蓋《じゃばらぶた》付きの机の中から取りだした。

ねだるまでもなく、自分の物をそのまま持っているのだ。

ＷＩＰはWearable Identity Phoneのことで、電話や財布や鍵、身分証明章にもなる。どこまで制限をかけるかはＷＩＰの性能と設定次第だが、最低でも手首静脈認証のうえで起動するのが定石だ。

月里のＷＩＰは、篠崎のような一般士官が嵌《は》めているチタン製の物ではない。親衛隊員の標準服である白い軍服に映える、プラチナ製の特性ＷＩＰだ。

粋人《すいじん》を気取っている李元帥の趣味が反映して無駄に贅沢《ぜいたく》な品で、コーンフラワーブルーに限りなく近い色の大粒のサファイアが埋め込まれていた。

それに合わせて、液晶画面も鮮やかなブルーだ。

月里はバングル仕様のＷＩＰを手首に嵌めてロックを解除し、一階にいるマダムに電話をかける。「手が空いたら頼む」とだけ言ってＷＩＰを外し、すぐにシャワーを浴びた。

体中を隈《くま》なく洗ってから出た時には、隣の部屋に人の気配がある。

篠崎だけではなく、マダムがいるのがわかった。

篠崎に触られた服をもう一度着たくなかったので新しい服に着替えた月里は、娼室に続く扉をノックする。軽めのノックに対して、いつも声の大きいマダムにしては小声で、「まだ途中よー。二回目」と返された。

「そのまま頼む」

扉を開ける気がなくなり、月里は椅子に深く腰掛ける。

隣の部屋では、マダムが篠崎に手淫《しゅいん》を施しているのだ。

夜妃香《イエフェイ》という特殊な催眠香を使って眠らされた者は、望み通りの淫夢《いんむ》を見ることになる。

月里もマダムも事前に中和香を嗅《か》いでいるので体験したことはないが、客達の反応を見ている限り、現実と区別がつかないほどリアルな夢のようだった。

ただし実際に射精しなければ体と意識の間に相違が生じるため、こうしていつもマダムが客の精を絞っている。男の性器など見たくも触りたくもない月里にとっては好都合な話だが、自分で望んだわけでも仕組んだわけでもない。すべては、李元帥が決めたことだった。

二時間ほどして目を覚ました篠崎を、月里は店の一階まで送っていく。

彼はセックスのたびに眠ってしまっていることに疑問を抱いてはおらず、今夜も目覚めた瞬間から顔を真っ赤にしていた。

階段の途中で足を止めて振り返った篠崎に、「無茶な抱き方をしてすまない」と謝られた月里は、後ろから蹴飛《けと》ばしたいのをぐっとこらえる。

「構わないさ、今の俺は男娼だからな」

「今夜は凄く感じてくれて、その……嬉《うれ》しかった」

(――本気で蹴りたい。一階まで蹴落としたい)

本当は口づけの妄想すら許したくなかった。

月里は士官の位を手に入れるために李元帥の愛人になっただけで、男と寝る趣味はない。出世すれば、妹の舞《まい》が妓楼送りになるのを防ぐことができる。舞を娼婦にするくらいなら、俺が男に抱かれてやる――士官になる前の月里が考えていたのは、それだけだった。

ハーフに間違えられる見た目のせいで同性愛者に言い寄られたことは何度もあったが、李元帥に見初《みそ》められるまでは迷惑でしかなかった。友人だと思っていた男に買われ、妄想とはいえ記憶上では睦《むつ》み合ったことになっているなど、不愉快も甚だしい。

「篠崎大尉、今夜もご機嫌で帰っていったわね。余程いい夢だったのかしら」

一階にあるカウンターに寄りかかりながら、マダムがくすくすと笑う。

今夜は客の入りがよかったらしく、陰見世の中は空っぽになっていた。用心棒の周は店の外に出て、待ち時間を示す看板の用意をしている。一階にいるのはマダムと月里だけだ。

「俺は感じまくっていたらしい」

「あらま」

「胸糞《むなくそ》悪い話だ」

「仲のいい同期だったんでしょ？　そんなに嫌？」

マダムに問われ、すぐに「嫌だ」と答えたくなった月里だったが、その前に篠崎とすごした日々を記憶の片隅から引きだしてみる。

自分とは違って恵まれている篠崎を、羨《うらや》ましいと思ったことはあった。

彼にも妹がいるが、舞のように妓楼送りになる心配などあるはずもなく、彼にしても彼の妹にしても未来は明るい。けれどそれは意図せず生まれ持った篠崎の幸運であり、憎しみを抱いたことも嫌悪感を持ったこともなかった。

彼がここに来るまでは、それなりに信頼できる友人だと思っていたのだ。

何より、篠崎には感謝している面もある。

士官学校で明らかに異端者だった月里は、人気者の篠崎が話しかけてくれたことによって、他の士官候補生に受け入れられた。誰かと仲よくしたいとは思わなかったが、面倒な嫌がらせが減ってすごしやすくなったのは事実だ。

「士官学校時代からのつき合いで、同じ師団にいたこともある。俺が親衛隊に入ったあとも、総本部の食堂でよく一緒に飯を食った仲だ」

「ふーん、中尉のこと、その頃から好きって言ってきてたの？」

「言われてたなら、ここまでイラつくことはなかっただろうな」

「あー……そういうこと。友達なくしちゃったわけね、お気の毒さま」

「篠崎はもう通さなくていいぞ」

「あらそうなの？　絶対また来ると思うけど」

「もう用は済んだからな、これ以上会う意味はない。アイツは完全にシロだ」

月里はそれだけ言って部屋に戻ろうとしたが、「待って」と声をかけられる。

すでに歩きだしていた状態で振り返ると、マダムが赤い唇の端を吊り上げていた。

「ねえ、据《す》え膳《ぜん》食わぬは男の恥って言葉知ってる？」

「知っているが、それがなんだ？」

「ずっと好きだった相手がそんなセクシーな恰好で男娼として働いてるのを見たら、そりゃ食いたくもなるわよ、男だもの。それに中尉はほんとはやらせてないんだから、恨める立場でもないでしょ？　想いを遂げられた気でいる彼だってかわいそうだわ」

「お前の言いたいことはわかるが、篠崎という男への評価が俺の中で急落したのは事実だ。相手の立場が弱くなった途端に踏み込んでくるのは、男としてあまりにも情けない。どうにでもできる格下の相手にも、真《まこと》を求めるのが本物の男というものだと俺は思う」

「そうかしら？　なりふり構ってられないのが恋ってもんじゃない？　お綺麗な恋愛なんて嘘くさいわ」

「我を忘れてこそ本気だということか？　それは女の考え方だ」

誇りのない愛など要らない――究極に突き詰めれば、愛は忍耐のうえに成り立ち、そして必ず美しいものだ。たとえどんなに苦しくとも、自分はそれを貫きたい。美しく、誇り高く終わらせたい。

「あの長袍の人は本物の男だったわけ？」

月里はマダムの問いに答えなかった。

今度こそ一階をあとにして階段を上がり、入り混じる香の匂いの中を抜けていく。

少年達の嬌声《きょうせい》と、小窓の外から聞こえてくる喧騒《けんそう》が重なり合っていた。

こんな場所には不似合いな人の顔が、どうしても浮かんできてしまう。

藍芙輝大将――愛《いと》しくてならない人。その名を思うだけでも胸が苦しい。姿も声も、今は彼のすべてが苦しみに繋《つな》がった。

月里は士官以上の大和人客をもう一人取り、マダムと組んで篠崎と同じように扱ってから一旦仕事を休止した。

午前零時に一週間分の調査結果を報告する予定になっていたので、客を帰してから私室に籠もる。

机の抽斗《ひきだし》に隠しておいた小型ディテクターを取りだし、作動させた。

これは藍華帝国軍が開発した物で、いわゆる盗聴器発見装置だ。

半径十数メートル以内にある三百種類以上の周波数の盗聴器を見つけだし、正確な位置を割りだすことができる。

「定時連絡を入れさせていただきました。ご都合はいかがでしょうか――閣下」

『ユエリー、元気そうで何よりだ。君からの連絡を心待ちにしていたよ』

盗聴器が存在しなかったので、月里はWIPを嵌めて予定通りに電話をかけた。

相手は、この特別行政区大和に君臨する、藍華帝国軍大和の最高司令官、李月龍《ユエロン》元帥だ。

現在四十五歳の彼は、三十代後半で今の地位を手に入れたエリート中のエリートである。

本国――藍華帝国で絶対的権力を持つ藍一族の人間ではないものの、大和総督を務める藍王瑠《ワンリウ》の母方の甥に当たるため、この大和では格別な好待遇を受けていた。

藍一族の人間を差し置いて、本国では二流貴族の彼が最高司令官の地位に就いているのは異例なことだ。

派手好きで多情な人物だが、カリスマ的風格を備えた見栄えのいい男であり、語学堪能《たんのう》で社交性が高く、藍華貴族でありながらも洋風に髪を短くし、口髭《くちひげ》を蓄えている。

「――……篠崎賢吾大尉、森島剛士《もりしまつよし》少佐……以上、三十五名になります。攘夷党のスパイと思わしき者は一人も見つかりませんでした。協力姿勢を見せる者もいません」

『そうか、しかし数はまったく合わないな。月里元中尉が総督暗殺を企《くわだ》てている……と私に報告してきた者は二人だけだ。なんと忠誠心の薄いことか』

「そのような恐ろしい言葉を口にするのも憚《はばか》られたのでしょう……私も、芝居とはいえ口にするたび胃が痛みます」

月里は本日三着目の藍華ドレス姿で背筋を正し、溜《た》め息《いき》をつきたいのをこらえていた。

簡単に誘いに乗るような人間がいるとは思えなかったが、もしも「よしわかった、軍服や銃を都合してやる」などと答えられた時のことを考えると気が滅《め》入《い》る。

仮に自分が報告した場合、それは死刑宣告を下したも同じことになるからだ。

月里の父親のように民間人の反逆者であれば、裁判も処刑も大和で行われることになる。

子供の前で首を斬り落とすという残虐なものではあるが、拷問されることはない。

だが藍華軍人となった者が罪を犯した場合は、大和人であっても藍華人同様に扱われる。まず藍華帝国に強制送致され、一方的な裁判のあとに処罰を受ける決まりになっていた。

スパイには特に厳しいとされており、最悪の場合は歯や目玉を抜かれ鼻を削《そ》ぎ落とされ、手足を切断されて棘《とげ》だらけの首輪を嵌められた挙句に、家畜に引かれて公開処刑場まで引きずられる。

大和国内では、世界警察的な立場を取るアレイア合衆国の存在が抑止力になっているが、合衆国の目が届かない藍華に連れていかれたが最後――大和の罪人は藍華人から家畜以下の扱いを受けることになるのだ。

『つらい思いをさせてすまないな。君は優しい子だから、仲間を調べたり売ったりするのは応えるだろう。だが大和攘夷党に通じるスパイは実在する。それも士官の誰かなのだ』

「はい……承知しております。それに私は優しくなどありませんので、ご心配なさらないでください。大和総督と元帥閣下をお守りするのが、親衛隊員の務めです」

『頼んだぞユエリー、これはゆゆしき問題なのだ。君の出自や美貌を利用するようでとても心苦しいが、どうにかスパイを割りだしてくれ。大和攘夷党のメンバーに、総督官邸の警護資料を流した人間は必ずいる。たとえ犯人を見つけだせなくとも、総督への忠誠心が著しく低い者を洗いだしてほしい』

「はい、お役に立てるよう最善を尽くします」

『私が全面的に信頼してこんなことを任せられるのは、ユエリー、君だけなのだ。もちろんすべてが終わった暁《あかつき》には、約束通り二階級特進で軍に戻す。君は大手《おおで》を振って帰ってくればいい』

「ありがとうございます。閣下のご厚情、痛み入ります」

『逆賊遺子である君が総督の親戚である私に酷い目に遭わされているこの現状なら……君が総督暗殺を企てても不思議ではないと誰もが思うだろう。申し訳ないが、君の出自や実力を考えれば信憑性《しんぴょうせい》が高いからな。引き続き任務に励んでくれ』

スパイや潜在的な逆賊を油断させ、さらには元親衛隊員という立場を餌にしろ——という李元帥の命令に従って、月里はここにいる。

誰にも唇を許さず、誰の体にも触れずに任務を遂行するよう命じてきたのも彼だ。

身勝手で独占欲が強く、短絡的かつ享楽的で呆《あき》れることはあっても、完全な悪人とは言えない男——決して愛することはできないが、憎みきることもまたできない李元帥の言葉に、月里は「承知致しました」とだけ答えた。

彼に言われた通りに動いてはいるが、この無為な日々の果ては見えている。

スパイを見つけて手柄を立てない限りは戻れず、どうにか戻してもらえたところで大手を振っていられる性格でもないのだ。

元帥の軍外愛妾の一人であるマダム・バタフライと組み、偽の男娼として二週間暮らしてきたが、最初に思っていた以上に精神を消耗していた。

夜妃香《イエフェイ》のおかげで体こそ穢されていないが、ここにいるだけで男としての誇りを砕かれ、心を犯されている気分になる。

客としてやって来た士官の中には、好き放題に見た夢を現実の話として吹聴《ふいちょう》している者もいるだろう。その様子を想像すると、頭の血管が音を立てて切れそうだった。

しかし軍を辞めるわけにはいかない。

（どうあっても、一度総督府に戻らなければ……）

それもあと数日のうちに戻る必要があった。

自分には成すべきことがある。もう、あまり時間がないのだ。

『ところで篠崎賢吾大尉は四度も来たのだろう？　夜妃香《イエフェイ》は効いたか？』

「……ぁ……はい、効きました。ですが、これまでより効くのに時間がかかったようです」

通話を終えた感覚に陥っていた月里は、元帥の問いに慌てて我に返った。

『あれは嗅ぐたびに免疫ができるそうだ。嗅ぎ慣れると効かなくなるから気をつけたまえ。愛する君にもしものことがあったらと思うと、気が気でない。今後は篠崎君とは接触しないように。彼の祖父はかつての愛国維新党の議員で、現役の区議会議員だ。その孫がスパイであるはずがないし、総督に楯突《たてつ》くような真似は絶対にしないだろう』

元帥の命令に対して短く答えた月里は、胸に引っかかりを感じながらも抑え込む。

血筋や家柄で判断される現実は確かにあり、忠誠心の薄い人間を拾いだしたい元帥がこういった作戦を取ったのも理解できなくはなかった。

逆賊遺子である月里蓮中尉は、両親を殺した大和総督に対して強い恨みを持ちながらも、出世のために従属している――それは容易に想像がつく話なのだ。

実際のところ月里は、両親の首を刎《は》ねられた十歳の春の日から先、たった一日ですら大和総督、藍王瑠《ワンリウ》に対する殺意を失ったことはなかった。

大和総督と元帥を守るための親衛隊員となり、総督に向かって敬礼し、忠誠を誓っている瞬間でさえ、「死ね」と密かに呪《のろ》っていたほどだ。

総督に近づける親衛隊員の立場を利用し、どうにか暗殺できないものかと考えに考えて、眠れぬ夜をすごすのが当たり前の日々だった。

逆賊だった父親だけではなく、無関係な母親まで目の前で処刑されたのだから、恨むのは当然だと思っている。

幼い妹を守るための強い意志があったからこそ、大いなる殺意を抑え込んで賢いとされる生き方を選択し、ここまで伸し上がることができたのだ。

（この治世で、賢いとされる生き方……強い人間には逆らわず、むしろ媚《こび》を売り……自分や身内のことしか考えない、弱者の生き方――）

月里は一週間後の定時連絡の約束をして、電話を切った。

手首に嵌めて使っていたバングル仕様のＷＩＰを外し、机の抽斗に入れる。

そうしたあとになって、一階のマダムに定時連絡が終わったことを伝えなければならないことを思いだした。マダムは月里が元帥と話していることを知っているので、「客を通してくれ」と言わない限り、声をかけてはこないだろう。

もう一度ＷＩＰを嵌めてマダムに連絡するか、一階に下りて直接伝えなければならない。

そう思いながらも行動には移せず、月里は私室の中を無意味に歩いた。

時間の流れをやけに遅く感じたこの二週間――大和総督に対する憤怒と憎悪が渦巻く心の闇に、凜然《りんぜん》と咲くハスの花……芙輝の姿を、何度思い浮かべただろう。

（――芙輝様……）

月里は薄暗い部屋の隅にある姿見に目を留めて、見慣れることなどない姿に鬱々《うつうつ》とした。

きらびやかなシルクの藍華ドレスと、艶《なま》めかしい白い脚、花柄の刺繍の沓《くつ》。

今夜、こんな恰好を芙輝に見られたのだ。

どうしようもなく恥ずかしくて、頭がずきずきと痛む。

軍服姿で会った日を最後に、そのまま終わりにしたかった。

そう思っているくせに、ここまで来てくれたことを嬉しいと感じてしまう気持ちが本当は少しだけあって……まだ愛されていたことに心が震える。

そんな自分に嫌気が差した。

舞い上がれば舞い上がるほど、落ち込みは酷くなる。

男として、天が与えた宿命に従って生きると決めたのだ。どんなに惹かれようと、好意を寄せられようと、私的な感情で心を乱してはいけないのに――。

「……！」

姿見の前で立ち尽くしていたその時、月里の耳に楽《がく》の音《ね》が届く。

雅やかな笛の音だった。

一瞬幻聴かと思ったが、そうではない。

雑多な音が入り混じる歓楽街の中で、その音だけは凛《りん》とした清らかさを持っている。

まるで黄金色《こがねいろ》の譜を描くように、心中に真っ直《まっす》ぐ届いた。不浄な空気を突き抜けて、他の音を弾き飛ばす強さを持った音だ。

(あれから何時間も経ってる……まさか、まさかそんな……)

月里は私室の壁に身を寄せ、小窓に手をかける。

漢門に面した窓は漆喰《しっくい》塗りの虫籠窓《むしこまど》で、内側には青硝子《あおガラス》が嵌められていた。

外を見ながら開けることは怖くてできず、月里は硝子に触れて少しだけ……ずらす程度に窓を開ける。

「――っ……」

たったそれだけでも、笛の音は大きく届いた。

澄みきっていながらも力強い、芙輝の音だ。

「――ぁ……」

月里は小窓の横に立ち、壁に背を当てる。

窓を閉めようとして硝子に当てた指先を、動かせないまま震わせた。

名前を呼んでしまいそうな口を手で塞《ふさ》ぎ、息を詰める。

争いと痛みを忘れ、穏やかな桃源郷の夢に誘《いざな》う安らぎの旋律――大好きな彼の音。

しかし、今これを聴いて癒やされるわけにはいかないのだ。

もうこれ以上、心に食い込んでこないでほしい。芙輝のことしか考えられなくなるような自分には、なりたくなかった。

2

大和暦、泰平二十七年、十二月十日――雪の舞う夜だった。

藍華《らんか》帝国軍大和の軍人、月里蓮中尉は、親衛隊の白い軍服姿で回廊に出る。

勤務時間がすぎているので軍帽は被っていない。

膝下まである白い革の軍靴を履き、腰には黒檀刀《こくたんとう》を下げていた。

硬質だが粘性に乏しく衝撃に弱い黒檀を、特殊加工によって強化させた実戦用の武器で、木刀武術を極めた者だけが帯刀を許されている。

軍服の上に同色の長外套《ながかいとう》を着た月里は、裾が揺れない速度で歩いた。

軍靴の音にも気をつけて、一歩一歩慎重に進む。

三日ぶりに聴こえてきた笛の音に誘われ、部屋から出ずにはいられなかったのだ。

総督府内にある将官宿舎と、佐官宿舎及び親衛隊宿舎は東西に位置していて、広大な庭を囲む回廊で繋がっている。

前者は東側、後者は西側で、間にある中庭は林のようだ。

笛の音は中庭のほぼ中央あたりから聴こえてきた。

月のない雪夜は暗く、日中に太陽光を蓄電した庭灯の光も、いつもより頼りなく見える。

奏者は雪を避けるために、中庭に建っている西洋あずまやのどれかの下にいるのだろうが、暗くてどこにいるのかわからなかった。

月里にとっては好都合だ。

ただ美しい音楽として聴いているならともかく、別の理由があって聴いている身としては気づかれたくない。中庭の木々を挟んで、こっそり静かに聴いていたいのだ。

月里は笛の音に迫りすぎない位置で足を止め、回廊の柱に身を寄せる。

延々と続く列柱は白く、古代ローマ建築を模した物だった。

大和が特別行政区になると同時に建てられた総督府には、藍華の趣《おもむき》はない。

逆に大和の旧国会議事堂やアレイアの大統領官邸を彷彿《ほうふつ》とさせる部分は多々あった。

大和を特別行政区とした時点で、藍華帝国は「大和を救済保護するため」という立前《たてまえ》を、緊張関係にあるアレイア合衆国に対しても世界に対しても、大和に対しても強調しなければならず、あえて自国の色を出さなかったのだ。

夏には赤い薔薇で彩られる中庭の前で、月里は瞼《まぶた》を閉じる。

類まれなる笛の名手が奏でる楽曲は、耳から入って心に直接沁みてきた。

まるで心臓がスポンジにでもなったかのように、じんわりと心地《ここち》好く浸食されていく。

何気なく聴いている分には美しい音楽にすぎないのだが、音を受け入れることを自ら望み、体全体を投げだすように聴き入ると、普通ではない音だと気づかされる。

胸の奥に必死に押し込めた猛獣のような憎悪——暴れて手に負えなくなりそうな殺意を、優しい手つきでそっと宥《なだ》めて寝かしつけてくれるような、そんな音だった。

(——藍《ラン》……芙輝《フーフゥイ》大将……)

皮肉にも、笛を吹いているのは親の仇《かたき》である大和総督と同じ一族の人間……どのくらいの割合かはわからないが、その体に憎き藍王瑠《ワンリウ》と繋がる血を持つ男だ。

最初のうちはそのことが気になったが、何度か聴いているうちに関係ないと思えるようになった。それほど彼の奏でる楽曲は優しく、復讐心を抑え込む月里にとって、なくてはならない癒やしの音だった。

「……っ!」

完全に心身を委《ゆだ》ねていた月里は、突如背後に気配を感じる。

しかし振り返った時には遅かった。後頭部にがつんと、重い物が当たる。

硬くもやわらかくもない何かで頭を殴られたことだけは認識できた。

「——ぐ、あ……う……」

鈍痛と共に、意識が遠くなる。

しまったと思ってもあとの祭だ。柱の横に立ったまま眠っていたようなものだった。

警戒心を眠らせていたところに、この仕打ち。一瞬見えたのは白軍服と青軍服。

三人、いや、二人の人間の姿がぶれて、三人に見えただけなのかもしれない。

寒い、寒くて凍えそうだ。他には何もない。ただ寒いとしか思わなかった。

（――布団がベッドの下に落ちたのか？）

ぼんやりと呑気《のんき》なことを考えて、月里は目を覚ます。

そして次の瞬間、限界まで目を剝いた。

白い革の軍靴が視界に飛び込んできたのだ。軍靴にしては踵《かかと》が高めで、実用性よりも見た目を重視した靴だ。毎日履いているため、見覚えはありすぎるほどある。

そこから一気に、マネキン人形のような顔や金色の髪まで見えた。

誰の顔か気づくまでに一秒以上かかる。真っ逆さまに見えたせいだ。

月里は床の上に仰向けになっており、男は頭のすぐそばに立っていた。

天井が見えると、ここが小さな小屋の中だとわかる。電球はあるが灯りは点《つ》いていない。

硝子窓の向こうから淡い光が届いていた。中庭の片隅に建つ庭師小屋に間違いない。

「隊長！」

仁王立ちになっている男が誰か、認識するなり叫んでいた。

それと同時に、両手を縛られていることや脚を別の誰かに摑まれていること、上半身裸になっていることに気づく。けれど少しばかりの安堵が月里の胸をよぎった。

こんな状況ではあるが、少なくとも殺される心配はない。

嫌がらせばかりしてくる最低な上官だが、同じ親衛隊の人間だ。

「なんだもう起きたのか。でもちょうどいいや。これから面白くなるところだったんだ」

親衛隊の正隊員、それも隊長の桂木《かつらぎ》セラ少佐は、ふふっと不気味に笑う。

白い革手袋に包まれた手のひらに、黒い木刀を当てた。

彼が手にしているのは、月里が愛用している黒檀刀だ。

「隊長、いったい何を……」

「お勉強ができるだけじゃなく戦闘能力もトップだったお前が、今夜はどうしたんだ？」

綺麗な顔によく似合う、艶っぽい声が降り注ぐ。男にしては高めな声だ。

「俺達が近づいてもちっとも気づかずぼんやりしてたから、思わず殴っちゃったよ。ペットボトルでも思いっきり殴ると気を失うものなんだな、覚えておこうっと」

そう言いながらさらに笑う桂木は、洋人と大和人のハーフで、青い目をした美青年だ。

実際若いが、小柄で年齢以上に若く見えるので、美少年と言ったほうがしっくりくる。

もしまったく無関係な人間として擦れ違ったなら、間違いなく目を留めて、人形のように可愛らしい人だな……と、好意的な感想を抱いたことだろう。

しかし現実はそうはいかない。

桂木セラは士官学校時代の先輩であり、二階級上の上官にして所属部隊の隊長だ。

そして李元帥の寵愛をもっとも得ている愛妾という、非常に厄介な相手でもある。

「なんか言ったら？　やめてとか許してとか、こういう時に言うことは色々あるだろ？」

月里は黙ったまま足元に目を向け、自分の両脚を摑んでいる男達に目を向けた。

桂木の顔を認識した時点から、足元にいる人間が誰であるかも想像がついていた。

やはり思った通りの顔がある。二峰《ふたみね》レオンと二峰ハルト。

青軍服を着た親衛隊の準隊員で、見分けがつかないほどそっくりな双子だ。

桂木ほど完璧な金髪ではないが、彼らも洋人と大和人のハーフらしく、金髪に近い栗色の髪を持っている。士官学校の後輩で、階級は一つ下の少尉だった。

「二峰少尉……やめろ、手を放せ！」

朽ちた土の匂いがする床の上で、月里は身をよじらせる。

底の浅い桂木の考えていることは大方《おおかた》読めた。

白人の血を持たないうえに逆賊遺子でありながらも親衛隊に取り立てられた自分のことが、とにかく気に入らないらしい。元帥の寵を独占したい桂木に嫌がらせをされ、追いだされた隊員はこれまでにも大勢いた。

「隊長、やめさせてください。戯《たわむ》れもほどほどにしていただかないと困ります！」

なんとかしなければ屈辱的な目に遭う。それがわかっていても、これまでのように上手《うま》くかわすことができなかった。

意識を失っていた間に両手首を背中側できつく縛られていて、武器も取り上げられている。双子の少尉を蹴ろうにも膝から下を拘束されているため、思うように動かせない。元帥の愛妾ではない準隊員の彼らは実用性重視の洋人体型で、身長は優に一九〇センチもあるのだ。

「大将の笛に夢中だったのか？　閣下の慰み者になる約束で伸し上がったくせに、若い男に興味を持つなんて許されることじゃない。真面目《まじめ》な顔して結構浮《うわ》ついてるんだな」

「おかしなことを言うのはやめてください」

月里は体を可能な限り横向きにして、桂木を睨み上げる。

しかし彼は動じることなく、月里の木刀を手のひらに当ててパシパシと音を立てた。

そして自分の側近のように扱っている双子に、「下も脱がせちゃって」と命じる。

すぐさま「やめろ！」と叫びたくなる月里だったが、言っても無駄だとわかっていた。

声は上げずに黙ったまま、この危機を脱する方法を考える。

どれだけ意識を失っていたかわからないが、それほど長い時間ではないだろう。

笛の音はもう聴こえない。消灯時間が迫っているか、すぎたということだ。

霙《みぞれ》のような雪が降る寒い夜に、この時間から誰かが外に出るとは思えず、助けを期待するのは難しかった。夜間勤務の人間が見回るのは建物の外周や行政局のほうで、宿舎の庭には朝まで誰も来ないのだ。

「こんな時でも冷静だし、お前って本当に可愛げないよね。ちょっと色白で茶髪ってだけでハーフでもないし逆賊遺子だし。なんだって閣下はお前なんかを隊に入れたんだろう」

聞き飽きている根摺り言《ねすごと》には構わず、月里は暴れられるだけ暴れる。

そうしている間も着々とベルトを外され、双子の片割れに脚衣を引き下ろされた。

空いた脚の上にもう一人が体重をかけてきたため、反撃の隙はない。相手も士官学校出の軍人なのだ。木刀武術の達人と呼ばれれている月里も、丸腰で拘束されれば形無しだった。

「……ぅ、やめろ！」

下着に手をかけられ、さすがに黙っていられなくなる。

そのうえ頭側にいた桂木が足元に移動していた。脚を広げさせようとする双子の間に立ち、黒檀刀の先を見つめながらにんまりと笑う。

「お前まだ男を知らないんだよな？　勿体つけて大事にしてる処女膜を、ご自慢の黒檀刀で破ってやるよ。黒くて硬くて、そこそこ太くていい感じじゃないか」

天使の顔をした悪魔の微笑《ほほえ》みに、冷えた体が一層冷える。

親衛隊の正隊員は一人残らず李元帥の愛人になることを誓って入隊しているため、寵愛を巡る争いや、こういった嫉妬《しっと》がらせはしばしば起きていた。

桂木があまりにも嫉妬深いので、元帥は妾を何人も抱えながらも実際には数名にしか手を出せていない。そういう意味ではありがたい存在なのだが、陰湿な性格が問題だった。

「隊長……こんなこと、正式に訴えたら降格じゃ済みません。先日も閣下より、つまらない悪戯《いたずら》はやめなさいと忠告を受け……っ、ぅぐ！」

脇腹にドガッと木刀を叩きつけられ、月里は激痛に呻く。腹筋を使って内臓は守ったが、下手をすれば血を吐きそうな勢いだ。さらに先端で鳩尾《みぞおち》を圧迫され、息が詰まる。

「あの時はなんかねえ、バレて叱《しか》られちゃったけど、俺にとっては大したことじゃないよ。それにね、お前が自分から告げ口しない奴だってことはよーくわかってる。無駄にプライド高いと損だよな……愛用の木刀で処女喪失しちゃいましたなんて、言えないだろ？」

桂木は手を止めていた双子の片割れに、「脱がせ」ともう一度命じる。

脚衣を膝まで下ろされていた月里は、下着を脱がされないようにするため必死に暴れた。どうにか手首の縄から逃れられないものかと、関節を外そうとする。

「……ぅ、っ！」

しかしどうしても関節が外れず、手首の拘束は解けなかった。

危機的状況の中で、月里はぎりぎりと歯を食い縛る。

悔しいが、現実的に考えて手の施しようがなかった。

笛の音にうつつを抜かし、隙を作ってしまった自分が悪いのだ。

（……どうすればいい、最中になれば隙が生まれるのか？）

大声を上げて無意味に制止を求めたり、期待できない助けを求めたりはしたくなかった。

犯されるなら、せめてこんなことはなんでもないという顔をしていたい。愛用の黒檀刀を後孔に突っ込まれるなど屈辱以外の何ものでもないが、それがどうしても避けられないなら、最後まで声一つ出さずに耐え抜くことで、なけなしの誇りを守りたかった。

「――く……っ、ぅ……⁉」

やめろ、やめろ――頭の中でだけ叫んでいたその時、ある音に耳が反応する。

小屋の外から聴こえてきたのは、紛れもなく笛の音だった。

幻聴ではない証拠に、桂木も二峰兄弟も揃ってびくりとしている。

「……え、何……笛？　藍大将⁉　何故だ、将官宿舎に戻ったのを見届けたのに！」

「隊長っ、逃げましょう！　こんなところを大将に見られたら軍事裁判ものです！」

「あの藍一族の人間ですよ！　ごめんなさいじゃ済みません！」

「うるさいな、そんなことわかってるよ！」

双子が言い終えるより早く、桂木は床の上に木刀を放り投げた。

それほど俊足でもないのに逃げ足だけは速く、月里には目もくれずに飛びだしていく。

「う、く……っ」

ひとり残った月里は呻きながら壁に身を寄せ、上体を起こした。

叩かれた脇腹に異常はなく、下着もどうにか持ち上げることができる。

しかし脚衣は思うように上げられない。焦るあまり再び床に転がりそうになった。

（藍大将……どうして笛を⁉　一晩に一曲しか吹かないはずなのに……）

何故今夜に限って二曲も吹いているのか、疑問を持つなり音がやむ。

代わりに軍靴の足音が聞こえてきた。見た目重視の親衛隊の軍靴とは違う、もっと重厚な足音だ。先程去った三人の足音とは逆の方向から迫ってくる。

「――大事ないか？」

中途半端に開いていた扉が、ギイッと軋《きし》みながら開かれた。

姿が見えるより先に凛と響く声が聞こえてきて、心臓がひっくり返りそうになる。

これまで月里は藍大将を遠目でしか見たことがなかったが、記憶している姿に、これ以上ないほどよく似合う声だった。言語は大和語だ。

藍大将――口に出してそう言ったつもりでいた。

ところが唇が動くばかりで、声にならない。

特殊部隊の黒い軍服姿の彼を見つめ、月里は消えてしまいたいほどの羞恥《しゅうち》に苛《さいな》まれた。

結局脚衣を持ち上げることはできず、下着が丸見えになっているうえに上半身は裸だ。

美しくも男らしい勇将の前で、醜態を晒している自分が情けなくてたまらなかった。

「そのままにしていろ、縄を解いてやる」

「……っ」

礼の言葉も何も出せずに、月里は泣きたい気分のまま唇を引き結ぶ。

縄を解いてもらうなら立ち上がらなければと思ったが、完全には立てなかった。

そのせいで屈《かが》んでもらうことになってしまい、申し訳ない思いも自己嫌悪も増してくる。

背後に回った彼は固く結ばれた縄を解きながら、「消灯時間後に笛を吹いてしまったが、私の判断は正しかっただろうか？」と訊いてきた。

「大将……このために、吹いてくださったのですか？」

「物音がするので近づいてみたら、窓から見えたのだ。本当はすぐに踏み込みたかったが、其方《そなた》は助けを求めてはいなかったようだし……私が出ていくと大事《おおごと》になってしまう。無論、軍事裁判にかける気があるなら証言するぞ」

「いえ、お気遣いありがとうございます。助かりました。親衛隊内部の些細《ささい》ないざこざですから、どうかお忘れください。ご迷惑をおかけして申し訳ありません」

ようやく腕を解放された月里は、真っ先に脚衣を持ち上げて頭を下げる。

ベルトを締めている余裕はなく、シャツや上着を拾って忙《せわ》しなく袖を通した。

情けない顔を見せたくなくて、着替えにかこつけて俯《うつむ》き加減でやりすごす。

しかしある程度身支度を整えると、下を向いてはいられなくなった。

「藍大将、このたびはありがとうございました。私は親衛隊所属の月里蓮中尉と申します」

「知っているぞ。第一師団最強の麗剣士と呼ばれていたのだろう？　木刀武術の免許皆伝者だけが持てる強化黒檀刀が、トレードマークになっているとか」

藍大将は唇に笑みを浮かべる。鷹揚《おうよう》な微笑みは想像していたよりも遥かに優しげで、つい顔が熱くなってしまうほど魅力的だった。

大層な美男だと噂されており、遠目に見てもそれはわかっていたが――骨格や薄皮一枚の話ではない、まとう空気からして、常人とは何か違うと感じられる。

「だいぶ潤飾されているようですが……お耳に入っていたのは光栄に思います。しかしこの通りの有様です。油断して後ろを取られ、失態を演じてしまいました。大将の笛の音を盗み聴きしていた罰《ばち》が当たったのかもしれません」

「ああ……そうか、笛の音を聴いていた時に襲われたのか……それなら私にも責任がある。その時に気づかなくてすまなかった」

どうして藍大将が謝るのかわからない月里に向かって、彼は本当に申し訳なさそうな顔をする。表情だけではなく、黒い瞳にもその心根《こころね》がはっきりと見えた。

「あの曲は鎮静や鎮痛効果のある癒やしの曲で、桃源郷の甘い夢に誘うためのものなのだ。まともに聴き入ってしまうと反射神経が鈍くなる」

彼の言葉が事実なのか、それとも羞恥に染まる自分への慰めなのか、いったいどう取ればよいのかわからず、月里は言葉に詰まる。

すると大将は月里の疑心も戸惑いもすべて見抜いている様子で、「気に病むことはない。私の笛の音は少しばかり特別なのだ」と言って再び微笑んだ。

「――は、はい……」

その笑顔があまりにも綺麗で、月里は握っていた木刀を落としそうになる。

黙って立っていると威圧感があり、整いすぎて冷酷にすら見えるのに、笑うと実に優美な佳人だ。複雑に編んでまとめ上げた長い髪は艶めき、秀麗な眉は潔く、澄んだ白眼の中心に位置する瞳は、磨き上げた黒曜石のようだった。

こんなに間近で微笑まれたら、誰もが彼の虜《とりこ》になるだろう。自分がもしも女だったなら、今頃はもう一目惚《ひとめぼ》れしているに違いない――うっかりそんなことまで考えてしまった。

「藍大将……何故もう一度庭のほうに？　宿舎に戻られたのではなかったのですか？」

「実は私も珍しい失態を演じたのだ。笛を筒に入れて持ちだしたのを忘れていて、笛筒だけ置いたまま帰ってしまった。明日でもよいかと思ったのだが、雪で濡《ぬ》らしたくなかったので取りに戻ったのだ」

「そうでしたか……」

「戻ってきてよかった。これも何かの縁に違いない。部屋まで送っていこう」

「いえ、これ以上ご迷惑をおかけするわけにはいきません。ひとりで歩けますので」

月里は見苦しい姿を晒している現状から一刻も早く逃れたくて、遠慮以上に彼の申し出を拒む。けれど返ってきたのは、意外なほど残念そうな表情だった。

それがあまりにも露骨なので、思わず面喰《めんくら》ってしまう。

「な、何か……お気に障りましたでしょうか？」

「私は大和に来て日が浅い。大和人の若者がどのような部屋でどういう生活をしているのか見学するよい機会だと思ったのだが、迷惑だったか？」

「いえ、そのようなことはございません……ただ、私は大和人ではありますが藍華軍人で、総督府内に部屋を賜《たまわ》る親衛隊員です。大将がご興味を持っていらっしゃる一般的な大和人の若者の生活とは、だいぶ違うと思うのです」

「それはもちろん承知のうえだ。迷惑か？」

「いえ、とんでもないことでございます。よろしければ……どうぞいらしてください」

月里がすべて言いきる前から彼は笑顔を取り戻しており、これは単なる口実なのだろうと気づかされる。

同時に酷く困惑した。

軍規により藍華帝国内では同性愛行為が禁止されているため、特別行政区大和への配属を志願する藍華軍人の大半は同性愛者とされている。

要するに、大和に来て立場の低い大和人の部下を愛人にして愉《たの》しむのだ。

藍華帝国軍大和の最高司令官である李月龍《ユエロン》元帥が、親衛隊正隊員として実に二十四人もの男妾《おとこめかけ》を堂々と侍《はべ》らせている現在、その風潮は強まるばかりだった。

そして藍大将もまた、自ら志願して大和に来たと言われている。

「閣下から頂戴《ちょうだい》した茉莉花の花茶をお淹《い》れします。お湯を沸かす間に着替えて参りますので、こちらに座ってお待ちください」

月里は親衛隊宿舎一階にある自室に藍大将を通し、李元帥と自分の関係を強調するようなことをあえて言った。そして備付けのテーブルから椅子を引っ張りだす。

私室に人を入れることはないが、椅子は元々二脚用意されていた。

テーブルも椅子も本棚も、シンプルだが上質な大和製の家具だ。

「本棚を見ても構わんか?」

月里が「どうぞ」と答えると、藍大将は椅子に座らずに本棚に向かう。

書籍の多くは電子化されているため、本棚に収まっているのは兵法論や軍学書、軍記などの厚い軍書ばかりだ。他には軍学校で支給された語学学習用の書籍やディスク、各種地図や歴史書、栄養学書や医学書が並んでいる。

個人的な物は少ないので、月里は特に気にせず寝室で着替えた。

速やかに顔を洗って身なりを整え、背筋を正して居間に戻る。

「なんだ、また軍服に着替えたのか。もう消灯時間はすぎているぞ」

「大将の前に私服で出られる道理がありません」

月里は苦笑に近い表情を浮かべ、きっちりと着込んだ白軍服姿で茶を淹れた。

汚れが目立つ関係で親衛隊正隊員は着替えをたくさん持っており、常に美しくあることを強要されている。夜伽《よとぎ》を務めていなくても、全員が李元帥自慢のお飾り人形でなければならないのだ。

木刀武術の達人であることや、士官学校を主席で卒業したことなど大して評価はされていない。出世の役に立つのは、ハーフに見える外見だけだった。

（本当に背が高いな、胸の厚みが凄い）

自分の軍服とは正反対に、鮮血が染みても目立たない黒軍服姿の藍大将を、月里は密かに盗み見る。

彼は相変わらず本棚の前に立っていた。何冊かの本を手にしており、次々と開いていく。

「個人的な本はマナー本ばかりなのだな。それも食事に関する物がほとんどだ。藍華料理に洋食に和食、寿司の食し方や箸の使い方の本まである。しかも映像ディスク付きだ」

思いがけない指摘に、月里は飛びついて本を奪い取りたくなる。

しかしいまさらそんなことをしても意味がなく、無礼を働けるわけもなかった。

大和総督や元帥を守る親衛隊員という立場上、こうして総督府内で暮らして将官クラスと接する機会を持ててはいるが、月里の階級は下級士官の中尉だ。

帝国軍の制定した格付けでは、大将は元帥に次ぐ地位になる。

つまり今自分の部屋にいる彼は、藍華帝国軍大和のナンバー2ということだ。

本来ならば口も利けないほどの上官、雲の上の人といっても過言ではない。

「マナー本に深い意味はありません。私は反逆者を父に持つ逆賊遺子で……そのため十歳の時から特殊孤児院で育ちました。そこでは給食に似た食事しか出てきませんので、自主的に少し学んだまでです。だいぶ昔に買った本ですし、お気になさらないでください」

「其方が逆賊遺子だということは以前から知っていた。ああ……そういえば、私とこうして一緒にいても平気なのか？　其方の宿敵であろう藍王瑠《ワンリウ》総督と同じ一族の人間だぞ」

藍王瑠《ワンリウ》の名を出された途端、全身の内臓が身構えた。

今の大和で平穏無事に生き抜くには、総督に対する殺意を隠し通さなくてはならない。

その意識が常にある月里の体は、嘘をつくために生存本能にも等しい反応を見せ、表情も声も、瞳や指先の動きも一切変えずに、あくまでも冷静に対応した。

「ご冗談を……決して宿敵などではございません。私は、総督及び元帥閣下の護衛を務める親衛隊員です。それに、同じ一族だからといって好悪には関係ないと思います」

「確かに無関係だ。そう思えるのならよいが、総督は武闘派なこともあって、私や藍中将、藍少将とも似ているだろう？　我々は皆どこかしらで血が繋がっているからな」

本当は憎い――今すぐ八つ裂きにしたいほど憎悪する藍王瑠《ワンリウ》総督の姿を思い描きながらも、月里は感情を抑え続ける。

実のところ、藍中将や藍少将が総督と似ていることは知っていた。

大将の言葉通り藍一族の人間は皆、多少なりと似ているところがある。

最高司令官の李元帥は藍一族の人間ではなかったが、軍の上層部には藍一族の人間が多いため、憎い藍王瑠《ワンリウ》に似通った顔を目にすることは間々あった。

「他の方はともかく、藍大将はお若いですし……それほど似ているとは思いません。もっとずっと、お綺麗です」

これは本心だ。仮に似ている部分があっても、気になったり悪感情を抱いたりはしない。

藍大将は何か違う。見た目だけではなく、両親の首を刎ねさせた鬼畜総督とは比べようもないほど、人間らしい心を持っているはずだ。そうでなければ、あんなにも美しい曲を奏でられるわけがない。

「それはどうも。其方が嫌でなければよいのだ。ところで給食とはなんだ？」

「……ぁ、給食は……つまりその……学校などで支給される食事のことです。特殊孤児院の食事もそれほど不味《まず》くはありませんでした。おかずが二品、デザート付きです」

月里はそれ以上説明したくなかったので、彼が座るための椅子をわざと音を立てて引く。

「お茶が入りましたのでどうぞ——粗茶ですが」

「粗茶？　元帥から賜った茶ではなかったか？」

不思議そうな顔で鸚鵡《おうむ》返しにされ、度重なる失態に閉口する。どうも調子が狂う。

藍大将が何を考えているかわからないうえに、少なからず警戒しているせいだ。緊張して意識が散漫になり、焦って馬鹿をやってしまう。

「すみません、謙遜を美徳とする民族なもので、つい。お口に合うとよいのですが」

「いい茶だな、ここにいても香りでわかる。ありがたく頂戴しよう」

本を戻した彼は、テーブルに着いて磁器製の茶碗を手にする。

花茶に相応しい蓋つきの茶碗の中で、球体になっていた茉莉茶が花のように開いていた。食通として名高い李元帥が本国から取り寄せた最高級品で、何ヵ月もかけて作られる花茶だと聞いている。当然香りも素晴らしく、藍大将は満足そうに微笑んだ。

そうして彼は蓋を軽くずらし、茶葉を押さえながら一口飲む。

「！」

月里はその瞬間、思わず息を詰めた。

彼の飲み方が並々ならぬほど美しかったため、呆然《ぼうぜん》と見惚《みと》れてしまったのだ。

「……ん？　私の顔に何かついているか？」

「いえっ、あ……す、すみません。失礼しました。あまりにもお美しいので……あ、いえ、顔ではなくて、お茶の飲み方が……あっ、もちろんお顔もです！　すみません」

「ああ、茶の飲み方か……美しいというより、女々しい印象ではないか？」

「……え？　女々しい？　まさかそんな、何故そのようなことを？」

「私の生まれた家は女ばかりだったのだ。父には滅多に会えず、母と、腹違いの姉や妹と、女官や女の教育係に囲まれて育った。おかげでどうもこう、自分の所作がおかしく見えてはいないかと不安になる」

髪は長くとも男らしい風体の藍大将が不安を口にするとは思わず、月里は目を瞬《しばたた》かせる。

なんと返すべきか考えていると、彼はもう一口茶を飲んでから苦笑した。

「私が母国語をあまり使わないのもそのせいだ。知らず知らず女言葉が移っていそうで……不意に妙な喋り方をしていないかと心配している。藍華人しかいなければ母国語を使うが、気を抜かずに話している感じだな」

「藍華語は、男女の区別があまりないと思っていました」

「それは民間人の場合だ。貴族の話し方には差がある」

「あ、はい……浅学で申し訳ありません。しかしながら、そういった事情で大和語を使っていらしたとは思いませんでした」

「本格的に使いだしたのは最近で、あまり自信がないのだが」

「藍大将の大和語はとても綺麗だと思います。まるで母語のように滑《なめ》らかです」

「それならいいが、おかしい時は遠慮なく指摘してくれ」

「は、はい……」

指摘できるわけないだろうと思いながらも返事をして、月里はちびちびと茶を飲む。

しかし茶の味などわからなかった。

人は悪くないと直感的にも笛の音からも信じているが、少し変わり者らしい上官を相手に、この不思議な時間をどう切り抜ければいいのか、そればかりを考えてしまう。

「月里という名は、私には少し呼びにくいな。ユエリーと呼びたくなる」

「閣下も同じことを仰《おっしゃ》いました。私のことをそのようにお呼びになります」

「なんだそうなのか……ではやめておこう。他の人間が呼ばない呼び方をしたいものだな。蓮と呼ぶ者は多いのか？」

「いいえ、今はそう呼ぶ人はいません」

「では蓮と呼ばせてもらおう。ハスは泥より出《い》でて泥に染まらぬ聖なる花……清く美しく、とても好ましい」

「泥より出でて泥に染まらぬ花ですか……愛蓮説にそんな成句が載っていましたね。自分の名前と関連付けて考えたことはありませんでした」

「自画自賛しているわけではないのだが、私の名に入っている芙の字もハスの意だ。名前に繋がりのある者同士、親しげに名前で呼び合うというのはどうだろうか？」

「……フーフゥイ様と？」

「それでは呼びにくいだろう？　大和語読みで構わん」

雲の上の人とも言える大将を、下の名で呼んでいいのだろうか——迷いつつも本人にそう言われたら拒否するわけにもいかず、月里は「芙輝《フキ》様……」と口に出して呼んでみる。

すると彼は、「蓮」と丁寧に呼び返してきて、極上の笑みを浮かべた。

ただそれだけで距離が縮まった気がして、舌に茶の味が沁みてくる。

彼が奏する楽曲のように、まろやかで奥行きのある味だった。

（芙輝様……芙輝様……いいんだろうか、本当に……）

「ところでここはなかなかよい部屋だが、親衛隊員の部屋は何間あるのだ？」

「正隊員の場合は二間です。そちらの奥の扉の先は寝室になっていて、バスルームやクローゼットがついています」

「そうか、その先が寝室なのか……」

「あ、あの……寝室は物凄く、物凄く散らかっているので、お見せするわけには……」

「いや、整頓されているはずだ。見なくてもわかる」

「いえっ、あの……わりと雑然と……」

「そんなに警戒しなくても取って食ったりはしないぞ。親衛隊の正隊員は一人残らず元帥の愛妾なのだろう？　大和に来て日は浅いが、そのくらいは知っている」

距離が縮まったように感じるからこそ余計に警戒する月里に向かって、芙輝はくすくすと笑う。最初に見た時は感情を面《おもて》に出さない澄ましたタイプかと思っていたが、面と向かうと表情豊かで戸惑うほどだ。よくも悪くもイメージが崩れていく。

「すみません、お気を悪くなさらないでください」

「その容姿では無理もない。何しろ大和にやって来る藍華軍人の大半は同性愛者だからな、本来なら不用意に部屋に入れるべきではないぞ。上官に求められたら抵抗するわけにはいかないだろう？」

「いえ、恐れながら……その場合は抵抗させていただきます。私は閣下の物ですから」

実際のところはどうであれ、今はそう答えるべきだと判断した月里の前で、芙輝は黙ったまま横笛を取りだす。

笛筒に入っていたのは、二尺足らずの蒔絵の笛だった。

濡れ輝くような漆黒に、金の蝶が舞っている。澄みきった音に相応しい、美麗な品だ。

「たとえどんなに抵抗しても、私がこの笛を吹いたら其方は抗《あらが》えなくなる。恋の秘曲で私に惚れさせることも、淫靡《いんび》な快楽に身悶《みもだ》えさせることもできるのだ」

「……まさか、そんな……」

「媚薬《びやく》のような秘曲を試してみたくはないか？　今ここで、吹いてもよいぞ……其方は自ら服を脱ぎ、寝室の扉を開けて私を求めるだろう」

「お、おやめください」

芙輝が笛に唇を寄せるなり、月里は半信半疑なまま身を乗りだす。

するとと彼は唇の位置をずらして、笛の先に舞う黄金の蝶にキスをした。

「冗談だ。仮にそのようなことができたとしても禁じ手は使わん。服を脱がすまでの過程は貴重な愉しみだからな。其方は最初から脱いでいたが――」

「さっ、先程助けていただいたことは感謝しています。ですが私は閣下の物です。お戯れを言って困らせないでください」

「私も困っているのだ……艶めいた白い美肌が目に焼きついて離れない。今夜から独り寝がつらくなりそうだ」

「ですからそういうご冗談はやめてください。私のほうが何倍も困るのです」

「実に残念だな、もっと早く大和に来て出会いたかったものだ」

「！」

芙輝は笛を筒に納めながら、急に真顔になる。

これまでは悪戯めいていただけに、この一言は本音だと釘を刺された気さえした。

何故だか胸が騒いで、心臓の音がやけにうるさく聞こえる。

軟派な甘い言葉を口にする男など、これまでの人生で何人も見てきた。

大抵は不愉快になる。それが当たり前だ。けれど今はなんだか違っていた。焦って困って、次第に顔が熱くなってくる。

「――失礼ながら……お訊《たず》ねします。大和への配属は……芙輝様ご自身の希望だという噂を耳にしたことがあります。貴方もやはり大和人の男に興味がおありなのですか？」

「そうだな、私の笛の音をこっそり聴いている美しい親衛隊員には興味があった。身も心も委ねるように聴き入っている様を見ているうちに、私自身で受け止めたくなったのだ」

「……っ」

「こうして会って、話せる日がいつか来るだろうと思っていた。雪が降っている夜に笛筒を忘れたのも、何かの縁かもしれないな」

余計なことを訊いたせいで自縄自縛《じじょうじばく》に陥った月里に、芙輝は再び笑いかける。

今度の笑い方は、意図していない自然発生的なものに見えた。

（俺が笛を聴いていたのを、知ってたなんて……）

「どのような思想を持ち、何を好んでいるのか、考えるだけで愉しかった。黒檀刀を振るう勇ましい姿や、美しいに違いない声を想像していると……時間が経つのも忘れるほどにな。その気になれば呼びつけることなど簡単だったが、そうはしたくなかった。なんとなくだが、自然に出会える予感があったのだ。こういう感情を恋と呼ぶのだろうか？」

「……存じません。芙輝様が男色家だということだけは肝に銘じておきます。今後は決して二人きりにはなりません」

月里は臆することなく、ぴしゃりと言った。

自分の立場はよくわかっている。手がついていないとはいえ、李元帥以外の男に気持ちを向けることなど許されない。まんざらでもないなどと思われないよう、眉間に皺を寄せた。

「手の内を見せすぎてしまったな」

芙輝は悔やむ様子を見せ、またしても目を惹く所作で茶を飲む。

いちいちハッとしてしまうくらい、本当に美しく動く人だと思った。

「私は確かに同性を性愛の対象として見ているが、それはだいぶ消極的な理由だ。李元帥のように、男色を粋《いき》なものと考えて多くの恋を享受しているわけではない」

「……消極的ということは、女性を好まれないということですか？」

「好まないのではなく、どうも恐ろしいのだ。若い頃に知りすぎてしまったせいだろう」

「芙輝様は二十八歳と伺っていますが」

「それでも知りすぎたのだ。外面如菩薩内心如夜叉《げめんにょぼさつないしんにょやしゃ》というだろう？　女は優しげな表情とは裏腹な顔をした鬼を、腹の底に飼っているように見えてしまう」

「……男でも、鬼を飼っている者はいます」

月里は日々抑え込んでいる獰猛《どうもう》な殺意の胎動を感じながら、あえてさらりと呟《つぶや》いてみる。

口がすぎるのは承知のうえだったが、彼の反応を見てみたかった。

芙輝はほとんど表情を変えず、「其方も飼っているのか？」と訊いてくる。

月里の中の鬼を見いだそうとしているのか、目を真っ直ぐに覗《のぞ》き込んできた。

「飼っているような……気がするのですが、芙輝様の笛の音を聴くと大人《おとな》しく眠ってくれるようです。また聴きに行ってもよろしいですか？」

「もちろんだ。其方が自らの鬼に食われないよう、これまで以上に心を籠めて吹こう。だが笛を吹いている時、いつも其方の姿が見えるわけではない。気配を感じるだけの淋《さび》しい夜も多かった。これからはもっと近くに来て姿を見せてくれないか？」

「しかし私は……」

「二人きりになっても屋外ならば問題ないだろう？　人目につく場所で会うのは、後ろ暗いところのない証拠だ」

「……はい」

「それに……親衛隊の中に無茶をする者がいると知った以上、あの曲を吹いている間ずっと心配になってしまうからな。私の目の届く所にいてくれ。よいな、蓮」

「――っ」

その刹那《せつな》、腹に秘めた殺意とは違う胎動が聞こえた。

容易に襲われるような弱者だと思われていることが悔しいのか、それとも心配してくれている人がいることが嬉しいのか――月里は自分でもよくわからない感情に揺さぶられる。

おそらくどちらも真実なのだろう。

男として、そして軍人としての誇りはある。

人間として、誰かに気に留めてほしい気持ちもある。

弱さなど認めたくはないが、胸の中に秘めた心は硬くも冷たくもない。

傷つくこともあれば喜ぶこともある、やわらかい心。凍りつかせることなどできず、時折こうして熱を帯びて大騒ぎする、人の心だ。

「ご心配いただき……ありがとうございます」

「それにしても本当に残念なことだ。我が国では他人の物を奪うことは死罪に値する行為とされている。そして我々は、大和人以上に面子《メンツ》を大事にしている民族だ。恥をかかされたというだけで、一族郎党皆殺しにする者もいるほどにな」

「存じております」

「私は李元帥の面子を潰さぬよう、気をつけなければならない」

芙輝は自分に言い聞かせるように言うと、深い溜め息を零した。

そしてゆっくりと立ち上がる。

天井から降り注ぐ照明を遮るほど大きな体に目を奪われた月里は、頬に触れられていた。

素早い動きではなかったが、避けられずに驚かされる。

長い指が自分の頬に触れて、わずかに滑った。

「蓮……とても愉しい時間だった。馳走《ちそう》になったな」

芙輝の手から逃れるより先に耳朶《じだ》を摘まれてしまい、月里は立つのも忘れて居竦《いすく》まる。

直前まで茶器に触れていた彼の指先は、いつまでも肌に残るほど温かかった。

3

一週間後、月里は心待ちにしていた笛の音をようやく耳にする。

芙輝の軍務内容から考えて今夜こそ聴けるはずだと期待していたが、笛の音が響いたのは意外な時間だった。いつもは消灯時間の少し前くらいに癒やしの曲を奏でる彼が、これまでよりも随分と早い午後七時に吹いたのである。

「あれ……笛の音がしないか？　こんな時間に珍しいな。いつもはもっと遅い時間だよな」

「篠崎、すまんが俺は宿舎に戻る。これ代わりに食ってくれ」

「えっ、なんだよ……おい、月里！」

陸軍総本部の食堂で篠崎賢吾大尉と一緒にいた月里は、笛の音を聴くなりサラダの小鉢を引っ摑み、篠崎のトレイに移した。

厨房の列に並んでいたところだったが、注文前だったのは幸いだった。ひとりだけ浮いた白軍服姿で唐茶色の軍服の列から抜けだし、トレイを戻して歩きだす。

篠崎が後ろから何か言っていたが、月里の意識は笛の音に摑まれていた。

ここからはほとんど聴こえない音を集中して拾いながら、軍靴の踵を鳴らす。

食堂から屋外に出ると、総督府まで続く長い柱廊に差しかかった。

師走《しわす》の午後七時は暗い。闇と緑の中に、白い廊下が浮かび上がって見えた。

大股で急いで歩いていくうちに、笛の音が明瞭《めいりょう》になって曲調を捉《とら》えられるまでになる。

何人かの士官と擦れ違い、上官には敬礼をしたりもしたが、それが酷くもどかしかった。

長い柱廊を渡りきった月里は、西方第二ゲートから総督府に戻る。

ゲートには親衛隊の準隊員がいて、ＷＩＰを翳せばすぐに扉が開いた。ここは士官ならば誰でも通ることができるゲートだ。

月里は行政局と呼ばれる中央の建物には入らず、親衛隊宿舎に繋がる高い塀に近づいた。塀の切れ目にある西方第三ゲートで再びＷＩＰを翳すと、回廊に続くゲートが開く。

行政局は公的施設だが、ここから先は私的なスペースとなるので、将官や佐官、親衛隊員など、総督府内に部屋を持っている人間しか通ることができないようになっていた。

歩き慣れた回廊に出ると、笛の音がとっぷりと耳に流れ込んでくる。

湾曲した白い廊下に囲まれた林の中に、芙輝がいる――けれど姿はまだ見えない。

早足で歩き続けているので心の底まで沁み込ませる余裕はないが、癒やしとは違う喜びが月里の胸に駆け上がってきた。早くそばに行って聴きたい。いや、会いたいのかもしれない。

理由はよくわからないが、とにかく足が止まらない。非常時以外は廊下を走ってはいけないのに、つい小走りになってしまった。

この一週間、笛の音を聴けなかった理由を月里は知っていた。

芙輝は特殊部隊の隊長を務めており、今上帝《きんじょうてい》の護衛で西京《さいきょう》に行っていたのだ。

特殊部隊はその名の通り特殊任務を遂行する部隊で、有事には精鋭部隊として機能する。

しかし現在の大和は藍華帝国の支配下にあるため戦争とは無縁であり、暴動も頻発してはいなかった。アレイア合衆国と藍華帝国は大和の支配権を巡って膠着《こうちゃく》状態に陥り、緊迫した関係ではあるのだが、近々に戦争が起きるとは考えられない。そういった平時に於ける特殊部隊の最重要任務は、帝及び大和帝室の護衛になっていた。

（曲が終わってしまう、早く……早くしないと！）

ハァハァと真っ白い息を吐いて中庭に到着した時には、曲は終わりに近づいていた。

大きな鳥籠《とりかご》の形をした西洋あずまやの前に立って少しだけ聴くことができた月里の前で、芙輝は蒔絵の笛から唇を離す。

集中してまともに聴くことはできなかったが、一応間に合ったことが嬉しかった月里は、彼の微笑みに釣られて笑った。

「……っ、おかえりなさいませ……帝の護衛で……西京に行っていらしたんですね」

第一声、何を言えばよいかわからないまま、勝手に口走っていた。

芙輝がいつもの軍服とは違う帝室護衛時の正装だったので、そう言いたくなってしまったのだ。おそらく総督府に戻ったばかりなのだろう――普段着ている物よりも光沢感のある黒軍服に、重そうな勲章や金の飾緒《しょくしょ》と肩章、真紅の懸章がついている。

今日は軍帽を被っていた。その下から流れる豊かな髪は艶やかで、さながら極上の絹だ。そして手首に嵌められているバングル仕様のＷＩＰには、ピジョンブラッドルビーが埋め込まれている。重そうな純金の輝きが、軍服にも彼にもよく似合っていた。

「おかえりと言ってもらえるのは嬉しいものだな。ただいまと返すのはどうも照れるが」

「すみません、下士官から上官へのご挨拶ですから、どうか無視してください」

「いや、ありがとう。ただいま帰ったぞ」

芙輝は言葉通り本当に照れているような顔をして、その後すぐに表情を引きしめた。

「今回は西京御所に行っていたのだ。恐れ多くも雅楽の舞台で演奏する機会をいただいた。帝からお褒めの言葉を賜ったぞ」

そう語る芙輝はとても嬉しそうで、月里もまた、喜びに満たされる。

芙輝が喜んでいることに同調している面もあったが、帝を心から敬っている彼の気持ちがありがたかったのだ。

世界に対し、大和を救済保護の名目で特別行政区としている藍華帝国は、実状はどうあれ大和人の尊厳を目立つ形で侵害することができない。そのため大和語を公用語として残し、藍華国旗と大和国旗を常に並べて掲げている。

そして大和人の心の拠《よ》り所《どころ》であり、大和の誇りそのものである大和帝室に対しては、一方《ひとかた》ならない敬意を払っていた。

ただし、そこに真の心が籠もっているかどうかは、また別の話である。

そういった実情を知っているだけに、このやり取りに喜びを禁じ得なかった。

「舞台では……その正装姿だったんですか？」

「いや、和装だ。それも束帯《そくたい》を着させていただいたのだ」

「束帯って……では冠とか……被られたんですか？」

「被ったぞ。隊の者達には似合うと言われたが、世辞かもしれんな」

月里は言われてすぐにイメージを膨らませ、芙輝の顔をじっと見る。

実際に見えているわけでもないのに目を瞠《みは》ってしまった。

御所の檜《ひのき》舞台で束帯を着て横笛を吹く彼の姿が、雅な絵巻のように頭に浮かんだのだ。

「お世辞ではなく本心からに違いありません。さぞご立派だったことでしょう」

「馬子にも衣装か？」

「違います。花も実もある御方がご謙遜なさらないでください」

軍人はやたらと笑うものではないと思いつつも、口元がゆるんでしまって止まらない。

月里は大和帝室に対して普通の大和人と同程度の想いを持っているだけだったが、芙輝が和装で笛を吹いたことや、帝に対して心から敬意を抱いていることに、たまらなく胸が熱くなった。何故だかよくわからないくらい感激してしまい、自分の表情に戸惑う。

滅多に笑わないせいか、笑っていることを自覚すると妙に気恥ずかしくなるのだ。

「私が西京に行っていたこと、知っていたのだな」

「はい……特殊部隊の動きは事前に公《おおやけ》にはなりませんが、帝が西京御所に行っていることを帝室ニュースで知ることはできますので……今日までずっと、いえ……」

貴方の帰りを意識して、待っていました——とは言えず、月里は途中で言葉を切る。

あまり近づいてはいけない人だとわかっていた。本来は口も利けない身分の人でもある。色めいた発言もされたので、警戒心を抱かなければならないことも承知の上だ。

それなのに待ってしまった。彼の奏でる曲を聴き、顔を見て話したいと思ってしまった。

久しぶりに笛の音を聴けたことも、西京御所での出来事も、帝に対する芙輝の気持ちも、何もかもが嬉しくてならない。深呼吸でもしたかのように肺が膨らんでいた。

「蓮、これを受け取ってくれ。西京土産だ」

芙輝はポケットを探ると、小さな絹袋を取りだす。

「立場上、普通に買い物とはいかなかったが、神社の者に頼んで御所に届けてもらうことができた。帝が海外をご訪問される際に御守りを献上している神社の物だ」

絹袋から出されたのは、ハス柄の白地に金糸で『健康長寿』と刺繍された御守りだった。

品がよく綺麗な物だったが、月里はその文字につい笑ってしまう。

何故これを選んだのか訊いてみたくて、「ありがとうございます」と礼を言いながら目で問いかけた。

「生憎《あいにく》、其方は李元帥の愛妾という立場だからな……高価な品物を贈ることは元帥の面子を潰すことになるので控えなければならない。ところが安価な物だと難しい」

「は、はい……」

「西京に行ったのだから香がよいかと思ったのだが、宿舎内は火気厳禁だろう？　そういうわけで御守りにしたのだ。種類が色々あって迷ってしまった」

「お気遣いいただきとても嬉しいです」

「あれこれ考えるのは楽しいものだな」

「ハスの柄に、健康長寿。いいですね」

　贈る側の芙輝があまり嬉しそうなので、月里は釣られながらも喜びをどう表現していいかわからなくなる。愛想が悪いと思われていないか、大して喜んでいないなどと勘違いされていないか、不安で胸がはち切れそうだった。

「できることなら縁切りと縁結びの御守りを一組にして贈りたいところだが、それもまた問題がある。二十四歳の健康な男子には相応しくないかもしれないが……やはり何よりもまず健康で、長生きしてほしい。たとえ自分の物ではなくとも、それが一番の願いだ」

「……ありがとう……ございます。これ、いつも身に着けて……大事にします」

　御守り一つ――それが嬉しい。これがなんであってもきっと嬉しい。芙輝が自分のことを考えて用意してくれたこと、その時の彼の気持ちを考えると、ありがたくて胸が熱くなる。

芙輝と立ち話をしているだけで感情が動いている実感を覚え、月里は彼が先程まで吹いていた曲を思い起こした。いつもと同じ曲だったので鎮静や癒やしの効果があるはずなのに、なんだかおかしい。絶えず鼓動が騒いでいるのだ。

息が上がるほど急いだせいだろうかと思ったが、体力的に考えてもう落ち着いている頃だ。それなのに心臓がうるさく、そのくせ腹の底に押し込めた暗い衝動の気配は見えない。大和総督への復讐心も何もかも、今は静まり、実に穏やかな気分だった。

楽曲の効果があるのかないのか、今夜はよくわからない。

「ところで、この時間帯は出てくるのが大変なのか？　忙しかっただろうか？」

「いいえ、そういうわけではありません。自由にしていられる時間ですが、総本部の食堂にいたので遅くなってしまいました」

「夕食に間に合うようにと思って吹いたのだが、もう済ませてしまったということか？」

芙輝の問いかけに、月里はどう答えるべきか迷った。

話の流れから察するに、夕食に誘われる気がしたからだ。

総督府内には将官と佐官のための専用食堂があり、彼らと一緒なら下級士官の月里も入ることができるが、大将の芙輝がそこを使うとは思えない。一緒に食事をするなら将官宿舎の彼の部屋でということになるだろう。

（それは……駄目だ。専用食堂もまずいけど、芙輝様の部屋に行くのはもっとまずい）

将官宿舎の部屋は、部屋というより二階建ての一軒家が連なるメゾネットタイプの建物で、回廊に沿って繋がってはいるが独立性が高い。屋外でこうしている分には、人目についても困らないことをしていると言い張れるのでまだよいが、屋内で二人きりにはなれなかった。

「蓮、実は話がある。気を悪くしないでほしいのだが」

「は、はい」

「留守の間に、其方のことを少し調べさせた。今と昔の話を、ほんの少しだ」

月里が夕食を済ませたかどうか答える前に、芙輝は突然話を切り替えた。

すんなりと答えない自分の迷いを見抜かれた焦りと共に、月里はいったい何を調べられたのかと、気も漫《そぞ》ろになる。

今と昔と言われても、マイナスな情報はすでに全部知られているはずだった。

元帥の愛人であることも逆賊遺子であることも、特殊孤児院の出身であることも知られていて、そこからは当然、出世のために男に媚を売るような人間だということも察しがついているだろう。それ以上に悪いことなど心当たりはない。

しかしながら思いがけない何かを言われる気がして、緊張のあまり体が強張《こわば》った。

「私は其方の欠点を知りたくて調べさせたわけではない。生まれた国さえ違う相手を理解し、歩み寄るために必要だと思ったから調べさせたのだ。先日、本棚にあった書籍のことだ……食事関係のマナー本が多く、あれからとても気になっていた」

凝視していた唇から零れたのは、意外すぎる言葉だった。

拍子抜けする反面、むしろ余計に狼狽《うろた》えてしまう部分もある。

あの書籍から話がどう転がるのかなんとなく察していて、冷たい汗が背中を駆けた。

「それは、別に……すぐにお答えしたはずです。特殊孤児院育ちだからと……」

「そこがどういう場所なのか私はよく知らなかった。知っていたのは、逆賊遺子が義務教育課程まで収容される施設だということだけだ」

月里は自分にとって酷く嫌な話を切りだされることを確信して、拳《こぶし》を握りしめた。

（やめてくれ、もうそれ以上何も言わないでくれ。あそこでのことは、思いだしたくない。何も話したくない）

拒絶したかった、会話を終わらせたかった。

しかしそれが許される相手ではない。

「ええ、その通りです。教育機関を兼ねた収容施設で……中学卒業まで外に出られません。出ることができたのは、徴兵で陸軍高等学校に上がった時でした」

「そこでは合理化の名のもとに、食事はすべてワンプレートで出されるそうだな。椀や箸を使うことはないと聞いた」

同情を含ませないためなのか、普段よりも淡々としている芙輝の言葉に、月里の心拍数は強烈に上がっていく。呼吸が苦しくなりそうだった。

本当に、もう二度と思いだしたくない。

四つに区切られた浅いプレートに盛られた白米を、樹脂製のスプーンで食べさせられた。汁物はすべてマグカップに入っており、それ以外の食器が出されたことはない。どんな物でもスプーン一つで食べさせられ、逆にいえばスプーンで食べられる物しか出てこなかった。

十歳で収容された自分は人並に箸を使うことができたが、幼児の段階から収容された妹は箸をまったく使えず、鉛筆と消しゴムで練習させた日々を鮮明に覚えている。

殺されずに、食べ物を与えられるだけまし……親が逆賊にもかかわらず、生きていられることに感謝しろと言われて育ってきた。

それは確かにそうなのだろうが、小さな傷は今も癒えない。

「現在の話だが、李元帥は美食家で、親衛隊の正隊員全員に毎日食事を振る舞うそうだな。洋人好みの彼は食に関しても西洋料理や洋風の創作料理が好きで——しかし美しい隊員達が太らないよう、十人の一流シェフに日々工夫させているという。親衛隊員にとって元帥との食事会は楽しみなものであり、一人を除いて全員が当たり前に出席している」

月里はいつの間にか俯き、唇を噛《か》んでいた。

寄せすぎた眉間の奥で、特殊孤児院の食事と、マナーブックの中身が重なってフラッシュバックを起こす。

何故こんなことを言われるのか、芙輝の意図を考えようにもそこまで思考が働かない。

羞恥と怒りが混在して、返事をするために唇を開くことさえ苦痛だった。

「今、想像していらっしゃる通りです。私は閣下が強要しないのをいいことに出席を拒んで、一般士官と同じ食堂を使っています。別に……悪いことをしているわけではありません」

声が震えるのをこらえようとすると、酷くぶっきらぼうな言い方になる。

この話を早く終わらせたかった。身分など忘れて、走って逃げてしまいたい。

「蓮、其方は頭のいい男で、努力家でもある。どんな席でも恙《つつが》なく振る舞えるだけの知識は十分に得ている。だが実際にそういった席に着いたことがないため不安があった。そういうことだな?」

逃げだしそうに思われたのか、突然手を握られた。

手が届かない距離に立っていたはずだったが、いつの間にか踏み込まれ、気づいた時には完全に捕まってしまう。

どのみち本気で逃げだすつもりはなく、月里は片手を握られたまま黙って頷《うなず》いた。

芙輝の顔は見られず、俯き加減だった顔をさらに深く俯かせただけだ。

「嫌な気分にさせてすまなかった。ただ、わかってほしい。先日話したが、私は子供の頃に女ばかりの家で育ったせいで、世間に出てから喋るのが怖かった時期があったのだ」

「——っ」

「仕草にしてもそうだ。誰かに女々しいと言われたら恥ずかしい……身分の関係で見て見ぬ振りをされているだけで、本当は陰で嗤《わら》われているのではないか、そんな疑心が生じて苦しかった。喋るのが嫌になるくらいにな」

「芙輝様……」

「蓮、自力では払い難い憂いがあるのなら、私は力になりたいと思う」

月里は恐る恐る顔を上げ、情けないかもしれない自分の表情を芙輝の目に晒した。

彼が上官だからそうしたのではない。こんなにも心を開いてくれているのに、いつまでも下を向いているような卑怯な真似はできなかった。

「お互いの都合がつく時は、一緒に食事を摂らないか？」

「芙輝様……それは……」

「宿舎の部屋には使用人がいる。給仕がそばにいるのだから、二人きりになる心配はない」

もう一度「芙輝様」と言いそうになった唇が震え、声が上手く出なくなる。

黒い瞳は力強く、それでいて優しい。

深い海の底まで、遠い宙《そら》の彼方《かなた》まで、ぐいぐいと心を引っ張っていってくれる。

(自分の立場も忘れて……攫《さら》われてしまいそうだ)

「縦社会に身を置く軍人にとって、食事のマナーは重要かつ難易度の高いものだ」

「はい……」

「ただ綺麗に食せばいいというものではなく、目上の人間や周囲の人間のペースを読んで、早すぎることも遅すぎることもないように合わせせなければならない。上官の言葉に耳を傾けながらもスマートに食し、間の取り方に気をつけて返答する必要がある。そういった空気はマナーブックでは学びきれないものだ。わかるだろう?」

「はい、よくわかります」

「私はこれからしばらくの間、教師役を務めよう。其方は生徒として、ミスを恐れず挑むといい。その代わり身分などは一切気にせず、私の大和語のおかしいところを必ず指摘すると約束してくれないか?」

真剣な顔で語っていた芙輝は、最後の最後に笑みを見せた。

同時に指先を強めに握られた月里は、心臓がきゅっと搾《しぼ》られる感覚に肩を揺らす。

「……それは、お約束しますが……私よりも芙輝様の大和語のほうが正しいくらいなので、お役には……立てそうにありません」

「そんなことはない。それにミスをしてもなかなか指摘してもらえない立場の人間にとって、頼れる相手を持てるのはとても貴重なことだ。失敗を恐れずに堂々としていられる」

「はい……では、貴方の言葉を……一言も逃さずに……注意深く聴いていています」

「是非そうしてくれ」

指は解放してもらえたが、月里の心臓は相変わらず締めつけられていた。

視線の先にある黒い瞳を見ているだけで、身に危険が迫っているような不穏な予感がしてくる。けれどその予感は、妙に甘くて心地よかった。

「蓮、今夜の食事はまだなのだろう？　私のシェフが腕に縒《より》をかけて用意してくれている。芳醇なワインと共に愉しもう」

いけない、駄目だ——と、四方八方から制止の声が聞こえてきた。

芙輝は不埒《ふらち》な真似などしない。それはわかっている。危険なのは自分自身だ。

止まっていても動いていても綺麗な唇に目が釘づけになり、「はい」と言ってしまう。

そして芙輝の唇が笑みの形を作ると、自分まで嬉しくなって釣られていた。つい先程まで痛いくらい唇を嚙みしめていたはずなのに、もう笑っているのが不思議だった。

4

（――これではまるで逢引だ）

ＷＩＰが鳴るのを心待ちにし、食事の約束を交わすたびに月里は思う。

そして慌てて別の言葉を用意する。頭に浮かんでしまった言葉を無理やり上塗りするのだ。親衛隊の正隊員として、閣下と同じ食卓に着くため。愛人としての務めを果たし、喜んでいただくため。そのために芙輝様のご厚意に甘えてレッスンを受けているだけなんだ――と、繰り返し繰り返し言い訳をして、塗り固めていく。

あまりにも執拗《しつよう》に言い聞かせているせいで、頭痛の種になるしこりが脳内に形成されそうだった。心も重い、とても苦しい。やめなければいけないことはわかりきっている。

芙輝は有能な教師で、自分は彼曰《いわ》く優秀な生徒――ただそれだけの関係。

広すぎる部屋の隅には常に給仕が待機していて、シェフも時折顔を出す。

何もやましいことはないのだと、今夜もまた弁解を繰り返した。

「一月も今日で終わりだな。今月は忙しかったから共に食事をする機会があまり取れなくて残念だった。来月はもっと一緒にすごしたい」

「……一月は……本当に、お忙しそうでしたね。最近は帝室ニュースを毎日観ています」

「帝室ニュースか、一般参賀の時は隊の人間が大勢映っていただろう」

「はい、芙輝様は映りませんでしたが」

「将官はカメラが入るような場所にはいないからな」

髪を下ろし、紫の長袍を着ている芙輝を見つめながら話していた月里は、遅れを取らないよう手を動かす。

今夜は地中海料理で、目の前にあるのはウズラのコンフィだ。海老芋《えびいも》やハーブに囲まれ、下にはフォアグラが敷かれている。レッスンを兼ねているため骨がそのまま残されており、崩れやすい詰め物をさりげなくまとめるのは難しかった。

フライドチキンのように手摑みで食べたら簡単そうなそれを、月里は丁寧に解体し、骨を綺麗に寄せてから肉を口に運ぶ。

「通常、我々特殊部隊は帝室の御《お》方々が帝宮の外にお出になられる際に出動するが、帝宮で大きな式典がある時はわざわざああやってテレビに映りにいくのだ」

「テレビに……映りにですか？」

「そうだ。帝に万が一のことがあってはならないのも事実だが、藍華帝国が大和帝室を尊重していることを世界に向けて謳《うた》う目的もある。力が正義とは言いきれない今の世を、上手く生き抜くための演出だ。我々が護衛時に正装しているのもそのためで、正装だと赤と金が目立って、まさに藍華帝国軍といった風情だろう？　派手で自己主張が激しい」

正面の芙輝と時折目を合わせて話を聞きながらも、月里は食事の手を止めなかった。芙輝の皿を見て彼のペースを気にしていた頃もあったが、今はいちいち皿を覗かなくてもなんとなく把握して合わせせられる。

ずらりと並べられたカトラリーに臆することもなくなり、さほど緊張せずに会話ができるようになっていた。

レッスンを繰り返してマナーが身につくに従い、芙輝との関係性も少しばかり変化した。

彼は以前のように、「其方」とは呼ばずに、より身近な者として名前以外では「お前」と呼ぶようになった。いつも上品な彼が、そのように砕けた呼び方をする相手は自分だけだということを、月里は知っている。

「通常服も護衛時の正装も、どちらもとてもお似合いです。洋人のようにスタイルがよく、長い足を持っていらっしゃいますから」

「ありがとう。褒めすぎだと思うが、嬉しい言葉だな」

「本当のことですから。……でも、ああいったことを……つまりは、わざわざ派手な恰好でテレビに映るような行為を、芙輝様ご自身はどのように考えていらっしゃるのですか？」

こんな踏み込んだことを訊けるのも関係の変化によるものだが、訊くなり少々後悔した。

軍人として言えないこともあるだろうと思うと、調子に乗ってその境界を越えていないか心配になる。

「そうだな、護衛は黒子に徹したほうがよいと思うこともある。だが存在を強調することで防衛力が高まるのも、アレイア合衆国を牽制《けんせい》できるのも事実だ」

「はい」

「――竹を割ったような答えを返せず申し訳ないが、私は政治家ではなく軍人という立場を選んだ以上、上の方針には従うようにしている」

「それは……よいことでも悪いことでも、なんでもですか？」

月里の問いに、芙輝は目を見開く。

それほど大きく見開いたわけではないが、元が切れ長で涼やかな目なので、反応が大きく感じられた。

「難しい質問だな」

「申し訳ありません、忘れてください」

「いや、答えよう。我が一族は時々恐ろしいことを……それこそ食事中にはとても話せないような残虐なことを考えだすので、なんでもやるとは言えなくなる日が来るかもしれない。しかし軍人になった以上、祖国がアレイアと戦争を起こす気であれば私も戦わねばならない。そうならないよう願ってはいるが、いざとなれば祖国のために尽力する」

「はい……」

「私は、平時に於いても清濁《せいだく》併《あわ》せ呑んで生きていくのをポリシーとしている」

「清濁……併せ呑んで……」

「藍華帝国皇帝の臣下の一人であり、藍華軍人であることを忘れず、常に己の立場を弁《わきま》え、他人の領域には踏み込まない。そして善人にも悪人にも、偽善者にもならない」

芙輝の言葉に、月里は嘘偽りを感じなかった。本当にそういう人だと思っている。

彼の素性はよくわからなかったが、いくら藍一族の貴族とはいえ、年齢から考えて大将という地位はあまりにも高すぎる。経歴だけを聞いたら野心家かと思ってしまいそうなのに、彼にはそういう意味での熱がない。かといってただ流されているようには見えず、やる気がないわけでもない。強い風に逆らいもせず従いもせず、穏やかな薫風《くんぷう》に変えて飄々《ひょうひょう》と歩いているような雰囲気の人だ。

「芙輝様……」

月里が少しだけ身を乗りだすと、芙輝は「なんだ?」と訊くように眉を上げる。

実際に声を出さなかったのは、口がグラスで塞がっていたからだ。

芙輝はいつもの軍服ではなく私服の長袍姿で、ウズラと相性のよいスパイシーなワインを飲んでいた。

今夜の長袍の色は、今グラスの中にあるワインと同じ色だ。艶のある漆黒の髪にも、彼が漂わせるしっとりとした男の艶色にも合っている。長袍は元々、藍華の貴族や富裕層の男が好む衣服だが、この人ほど似合う人は世界中を探してもいないと思った。

「一つ気になっていたのですが……芙輝様が大和の帝室を敬っているのは仕事ではなく本心からですよね？　単なる任務とは思えません。もしお差し支えなければ、何故なのかお訊ねしてもよろしいですか？」

月里は問うなりすぐに、芙輝のペースに合わせてワインを飲む。

将官宿舎に来て彼の私服姿を見るたびに息が止まってしまい、その瞬間は挨拶の言葉すらろくに言えなくなるのだが、落ち着いた今は面と向かってきちんと話すことができた。常に緊張はしていたが、隙を見て食事を続けるのも忘れない。

「それに関してはそろそろ打ち明けようと思っていたところだ。丁度いい、今から話そう。少し脇道にそれるが構わないか？」

「……っ、もちろんです」

打ち明けるという言葉に、月里は大きめのリアクションを取ってしまう。

藍華人である芙輝が平均的な大和人以上に帝室を敬う理由は、帝と接したことがあるからだろうと推測していたが、それだけではないように思えた。

「蓮……お前にだけは誤解されたくないので正直に言おう。本国の軍隊内では同性愛行為が禁じられているため、特別行政区大和への配属を志願する藍華軍人の大半は、同性愛者だ。大和人の立場が弱いのをいいことに、美しい少年や青年を食い荒らすことを夢見て来る者もいるらしい。嘆かわしい話だが、それが事実だ」

「……はい、存じております」

「私も性的な傾向としては美しい青年を好むが、私の場合は男遊びを愉しむために大和への配属を志願したわけではない。実際のところは、許されざる恋に落ちてしまったが……」

相槌《あいづち》すら打てなくなる月里を余所《よそ》に、芙輝は少しも笑わない。

普段は湛《たた》えている笑みを完全に消して、真顔で真っ直ぐに見つめてくる。

「それはあくまでも想定外の運命的な出来事で、私が大和に来た理由は別にある」

「はい」

「理由は二つだ。一つは上から打診があったこと。もう一つは個人的な理由で、母の遺骨の半分を生家の墓に納め、母の希望通り大和帝室に仕えたかった」

月里の顔を見ながらも、芙輝は急に遠い目をした。

月里は完全に手を止めて、目も口も開いたまま固まってしまう。

意外な話に驚きすぎて言葉が出なかった。「大和人の血をお持ちだったのですか?」と、訊こうとして動かした唇が、まともに機能しないまま無意味に震える。

それでも言いたいことは伝わったらしく、芙輝はわずかに頷いた。

「私の母は、藍華貴族に嫁いだ大和人女性だ。売られたも同然だと本人は言っていた。藍華からの資金援助を受けた生家は、大和が特別行政区となった現在でも元華族としての体面を保っている」

「華族っ⁉」

「そうだ、だが目に見える体裁などはそれほど重要なものではない。華族制度が廃止されて百年が経過しても変わらないもの——華族にとって、もっと大切なものが存在する」

芙輝は言葉を止めて、月里と改めて目を見合わせる。

何かしらの答えを求められていることを察した月里は、ごくりと喉を鳴らした。

「大和帝室の藩屏《はんぺい》としての……心でしょうか？」

「素晴らしいな、まさにその通りだ」

これまで真顔だった芙輝は、突如満面に笑みを浮かべる。

甚《いた》く感動しているその様子に、月里は胸を撫《な》で下ろした。

「私は母からずっと、公家《くげ》の血が流れていることを忘れずに、もし大和に行ける日が来たら帝にお仕えするようにと教えられてきた。そんな日が来るわけはないと思い、夢物語として語っていたのだろうが……それから十年以上が経ち、私はこの血筋を生かすべきだと上から打診を受けた」

これですべて納得できて、月里はまたしても何も言えなくなる。

今度は驚いているのではなく、嬉しくて言葉が出てこなかった。

元華族という遠い存在ではあっても、芙輝の体には自分と同じ大和人の血が流れている。

帝に対する敬意も大和への愛情も、すべて本物。

思想だけではなく、その体に流れる血が彼と大和を強固に結びつけているのだ。

これから先も永遠に揺るぎなく。

「芙輝様……私は……特別行政区になってから生を受けましたが、そんな私でも……自国を他国に奪われそうな、いえ、ほぼ奪われているような現状は、とても悲しくて……」

感極まって、声が震えてしまう。続けたい言葉も見失ってしまった。

月里は妹が妓楼送りになるのを防ぎたくて、そのためにプライドも祖国への愛も何もかも捨てたつもりだった。逆賊遺子に与えられる永久兵役を漫然と受け入れるのではなく、藍華軍人として上がれるところまで上がろうと思ってきた。

自分がどの民族の人間であるかなど関係ない。ただ力だけを求めなければならなかった。

自力で上がれるところまで上がっても足りないとわかった時には、男であることも捨てた。

李元帥に求められるまま男妾になることを受け入れて、虚飾に満ちた白軍服を身にまとい、お飾り軍人として生きてきた。

「すみません、何を言いたかったのか……わからなくなってしまいました。ただ、嬉しくて、今とても……自分が大和人であることを強く感じています」

捨てたはずの想いが、心の中で存在感を増していく。

自覚すれば苦しいだけだとわかっていた。母国への愛など持っていないほうが、藍華軍の中では楽に生きられる。そういう道を選んだのだ。

大和人であるより藍華軍人であることを選んだ身なのだ。

わかっている、わかっているけれど、それでも大和人は大和人だ。

「この話は秘密にしておいてくれ。知っているのは私が心から信頼している人間だけだ」

芙輝はそう言って、自分のそばにやってきた給仕に微笑みかける。

藍華装姿の若い給仕は、どことなく照れたような表情を見せてから頭を下げた。

信頼している人間——その中に自分を入れてくれたことは光栄だったが、月里は同時に、李元帥に言えない秘密を抱えてしまったことに気づく。

(そうだ……喜んでばかりもいられない。これはたぶん、かなり重大な秘密だ)

詳しいことは知らなかったが、どうやら軍を離れた身分では藍一族に属する芙輝のほうが上で、軍位では李元帥が上になるため、二人は不即不離の微妙な関係のようだった。

性格的にも違いは大きく、芙輝は粋人だが基本的には真面目な男だ。

元帥も粋人と言えるのだろうが、どちらかと言えば享楽主義者と表現したほうが正しい。

洋人寄りな外見の親衛隊員を白軍服で着飾らせ、総督府内に公然とハーレムを作っていることからしても——芙輝が「心から信頼している人間」からは外れているだろう。

「秘密は守ります。元帥閣下にも決して言いません」

月里の言葉に対して、芙輝は口角を少し持ち上げた。

どこか意味ありげな苦笑のように見えたが、含みがあるのかないのかわからない。

彼は今、「李元帥とあまり仲がよくないことをわかっているのだな」と思っているのかもしれない。もしくは、「大和人の血を持っていることは藍華人にとってマイナスでしかないからな」と思っていて——けれど大和人の自分の前では口にしにくいので、苦笑で済ませている可能性もあるだろう。

「——もっと……もっと早く大和に来るべきだった。お前が元帥の物になる前に出会って、私の物にしてしまいたかった」

「……！」

推測したものとは、まったく違うことを言われた。

月里は目の前に置かれた珈琲《コーヒー》カップに視線を落とす。

目を見ながら告白めいた言葉を聞くのはつらかったのだ。

それも熱っぽく、心から悔やんでいるとばかりな言い方をされると動揺してしまう。

「元帥との繋がりを口にされるたびに……私は悔やむ。もっと早く出会いたかった」

(そんなこと……俺だって何度も思った。何度も、思ってしまった)

ワインと同じくらい魅惑的な色をした珈琲にも、困惑した自分の顔が映っていた。

悔恨でいっぱいの顔だ。元帥に散々世話になっておきながら、他の男のことばかり考えている、恩知らずで不埒な人間の顔——。

「芙輝様、私は親衛隊に入ったことを後悔したことはありません」

月里は珈琲に何も入れず、そこに映った顔を崩すようにして飲む。

芙輝を知れば知るほど、尊敬や憧れの念は強くなっていき、逆に元帥に対しての気持ちは薄れていった。元々愛情などなく、ただ契約で繋がっている関係なのだ。けれどその契約を崩すわけにはいかない。崩さなければならないのは、今こうして芙輝の言葉に揺れて、彼に惹かれている自分の心だ。

「逆賊遺子の私が士官になるには、超法規的措置が必要でした。元帥閣下は私に士官の位を与えてくださっただけではなく、妓楼送りになるはずだった私の妹を……箸もまともに使えないような妹を、裕福な家の養女にしてくださったんです」

「それは知っている。お前は妹のために出世を望み、親衛隊の正隊員が一人残らず李元帥の愛妾だと知ったうえで入隊したのだな？」

月里は芙輝の問いに、しばらく時間を置いてから「はい」と答えた。

自分自身、立身出世を望む気持ちもあったのではないかと疑って自問してみたが、そんなものは見つからなかった。だから正直に妹のためだと認めた。事実それだけなのだ。

「逆賊遺子は義務教育が終わるまで特殊孤児院に収容され……男子は永久兵役、女子は妓楼送りと決められています。それらの基準に満たない者は藍華帝国に強制送致されて、過酷な労働を強いられて早死にすることになります。藍華人が嫌がるような仕事を押しつけられ、口にするのも憚るような、酷い目に……」

自分の言葉に怨念が籠もってしまったのを、月里は自覚していた。

身の内で暴れる鬼にぶちかけるつもりで、まだ熱い珈琲を流し込む。

芙輝が秘密を打ち明けてくれたからといって、大和総督、藍王瑠《ワンリウ》に対する苛烈《かれつ》な復讐心を抱えながら生きていることを明らかにすべきではないのだ。

芙輝はすでにそのことを察しているからこそ癒やしの曲を奏でてくれているが、だからといって、芙輝に対して剝きだしにしてよい感情ではない。

彼のことを信用しているか否かの問題ではなく、心の鬼を抑えきれずに夜叉となっている自分の姿を、彼に見せたくなかった。

「私の妹は……舞というのですが、生まれた時から体が弱く、病気がちで咳《せき》ばかりしている子でした。妹には私しか頼れる者がいませんでしたし、私にとっても唯一残された家族です。ですから、どうしても……何をしてでも助けたかった」

妹の顔を思い浮かべると、指先が震えそうになる。熱くなった瞼も痙攣《けいれん》しそうだ。

士官学校を首席で卒業しても士官になれず、妹の妓楼送りを阻止するのも無理だと知った時、月里はすぐに次の手段を考えた。絶望している時間などなかったのだ。

出世したくば藍華人の上官と寝ろ――最早《もはや》常識になっていたその言葉に縋る思いだった。

自分の性別やプライドにこだわってなどいられない。残された手段はそれしかなく、最高司令官である李元帥に見初められたことは、人生最大の幸運だったと思っている。

「妹は相変わらず入退院を繰り返しているようで、いつも心配ではありますが……養父母にとても大切にされています。可愛いシールがたくさん貼られた写真や手紙が届くたびに私は、自分の選択が正しかったと納得し、己の運命を甘受しています。私は、自分が間違っているとは思っていません。後悔もしていません」

同じようなことを繰り返し言わないと、揺らいでしまいそうになる。

あの時の最善には違いないけれど、今は揺れていた。芙輝がいるから揺れるのだ。

それは李元帥に対する甚だ酷い裏切りであり、自分は心の中で主《あるじ》の面子を潰している。

「総督に復讐しようとは考えなかったのか？」

「……！」

「逆賊やその配偶者を容赦なく処刑し、逆賊遺子を苦しめているのは大和総督、藍王瑠《ワンリウ》様だ。お前は自分の父親のように、政権奪還を訴えたり総督暗殺を企てたりはしないのか？」

「芙輝様、なんてことを！」

いきなりとんでもないことを訊かれ、月里は愕然として息を詰めた。

総督への復讐を考えなかったのかという問いに対して正直に答えるなら、「考えない日はない」だ。しかし言えない、言えるわけがない。そもそも言ったところで無意味だった。

月里の復讐は妄想の中で繰り広げられるばかりで、実行に移すなどありえない。

そんなことをすれば、自らの手で妹を処刑場に送ることになってしまう。

(芙輝様……何故こんな質問を……)

月里は本音が面《おもて》に出ないよう、辛《かろ》うじて表情を固めた。

珈琲の味がする唾を飲み干しながら、芙輝の意図を慎重に探る。

思えば自分を親衛隊に入れるにあたり、李元帥は周囲から猛反対を受けたという。

親衛隊は大和総督と元帥を守るための隊だ。平時の今は飾り人形にすぎないが、それでも総督官邸の警護を任とし、その気になれば総督の寝室に近づくことができる。

(――俺が、今の立場を利用して総督暗殺を企てるとでも思ってるのか? これは忠誠心を量るための質問? それとも単なる好奇心? 俺は……どう答えればいいんだ?)

芙輝の考えを探っていると、些《いささ》か複雑な気持ちになった。

妹のことを顧みずに反逆を企てるほど愚かだとは思われたくない反面、自分の心底《しんてい》にある遺恨を軽んじられたくない想いもある。

大和総督に両親を惨殺された逆賊遺子として、総督を恨んでいて当然だと見なされるのは仕方がない、それだけは知られてもいいのだ。実際にそうなのだから――。

「芙輝様が……総督と同じ藍一族の御方だからではなく、上官だからでもなく、正直に申し上げます。私は腹の中に復讐の鬼を飼っているかもしれませんが、その鬼を抑え込むだけの意志があります。時には貴方の笛の力をお借りすることもありますが……」

月里はよく考えた末、今の自分の気持ちをありのままに語った。芙輝を信じているからだ。

何一つ嘘がないことを見せつけるように、真っ直ぐに視線を繋げる。

瞬《まばた》きすらせず、芙輝の目に心の奥底まで晒して見せた。

「芙輝様、私は自分の父親を無責任で独善的な人間だと思っています。大和のために行動を起こしたかった愛国心はわからなくもありません。ですが、父には守るべき妻子がいました。圧倒的な力を持つ大国……藍華帝国に逆らって地下活動を行い、自分が逮捕されれば妻子が苦しむことはわかっていたはずです。ましてや大和攘夷党が政党だった時代に、その党員であり議員でもあった父親を持っていたわけですから……危険因子として流罪地に追いやられ、ある程度の自由はあっても公安に目をつけられていたんです。今では地下組織となった大和攘夷党にかかわれば、見つかって逮捕されるのは当然でした。結局、無関係な母は容赦なく処刑され、私と妹は特殊孤児院に収容されました」

月里は全身の血が沸き上がる感覚を覚えながら、自分の膝を握る。

こうして軍服に身を包み、何不自由なく暮らせる今はいい。自分は頗《すこぶ》る運がよかった。

しかし容姿や能力が少し違っていたら、藍華帝国に連れていかれて家畜以下の扱いを受け、疾《と》うに死んでいたかもしれないのだ。

「私は、守るべき者がある人間は、現状にどれだけ不満があろうとも自我を殺し、許される状況下での最上を求めて生き抜くべきだと思っています。そもそも大和は完全に侵略されたわけではありません。私達大和人は、自分達の生まれた土地で生きていけます。当たり前に一日三食の食事にありつくことができて、ほどほどに綺麗な服を着て、大和語を話し大和の文化を守って生きていけます。藍華人に逆らうことさえしなければ――」

「つまり、長い物には巻かれろということか？」

「そうです。誇りや主張のために死んで、家族を苦しめてなんになるでしょうか。守るべき者を守れない愛国心など、空疎でくだらない正義です」

月里は自分の胸に改めて言い聞かせながら、滾《たぎ》る情動を押し殺す。

たとえ祖国を支配下に置かれようと、権力者の愛人となって体を売る破目になろうと……そして憎い男の命を守る役目につかされようと、耐えてみせる。

守るべき者がある限り、自分は決して身勝手な復讐に生きたりはしない。

妹のためにすべてを捨てた。両親から託された唯一の家族のために、他の誰も顧みない。

愛という言葉で飾る必要がないほど当たり前に愛している妹を、これからも守らなければならないのだ。

（――笛の音が、また……）

こうして意図的に気持ちを静めさせようとすると、必ずと言っていいほど芙輝の笛の音が聞こえてくる。細胞にまでじっくりと沁み込んでいて、勝手に再生されるのだ。まるで母の手のようだった。心にそっと触れて、自分を許し、宥めてくれる。そういう音だ。

「……なんだか、熱くなってしまいすみません。今夜は……これで失礼します」

「蓮、お前は私に似ているな」

芙輝の思いがけない一言に、月里は眉を寄せて反応した。

反射的なものなので仕方がなかった。どうしたってそういう表情になってしまう。

「……似ている？　藍華貴族で、華族の血まで持つような御方が何を……」

「気を悪くしたのなら謝る。ただ本当に似ていると思ったのだ」

芙輝は憂愁《ゆうしゅう》の色を隠さずに出し、「もう少しつき合ってくれないか？」と訊いてきた。

つき合ってもらっているのは月里のほうだが、芙輝はいつもこんな言い方をする。

月里が帰ろうとするたびに、断りにくい表情と口調で自分を引き止めるのだ。

芙輝に誘われるまま将官宿舎の裏庭に出た月里は、夜風の中を黙って歩いた。
そうしながら、先を行く芙輝の後ろ姿と、彼の白い息を見つめる。
この庭に出るのはよくないことだと思っていた。屋外では二人きりになってもいいという
ルールが出来上がっていたが、それは人目につく場所での話だ。
将官宿舎の裏庭は、こぢんまりとした占有スペースになっている。
隣の藍中将の庭との間には高い壁があった。非常口と思われる鉄製の扉で一応繋がっては
いるが、それを開けない限りは完全な死角だ。

一階の部屋からは木々が邪魔になって見えず、よく見えそうな二階の部屋は真っ暗で誰もいない。やはり、閉ざされた空間だと意識せざるを得なかった。

月里は、この裏庭で二人きりになるのは避けたいと思いながらも、食後はいつもこうして誘われてしまう。特に何かをされるわけではないので、気にはしつつも拒めずにいた。

「芙輝様……寒くはありませんか?」

一月末日の夜は深々と冷え込み、長袍だけで外に出てよかったのかと心配になる。

しかし訊いた途端に杞憂だとわかった。研ぎ澄まされてなお厚みのある体は、簡単に風邪などひきそうには見えない。

「寒いな、お前の体を抱き寄せて暖を取りたいくらいだ」

芙輝は裏庭の奥に立つ桜の木の下で足を止め、おもむろに振り返った。

紫色の長袍には牡丹とハスの花が咲き乱れており、その間を縫うように、幸福を意味する蝙蝠が飛んでいる。精緻《せいち》で美しい柄で――裾が夜風に揺れるたびに花弁が散り、蝙蝠が飛び立ちそうに見えた。

「手だけでも、温めてくれ」

月里は返事をする暇もなく右手を摑まれ、彼の両手の中に閉じ込められてしまう。

芙輝の手は大きくて、挟まれると温かかった。

「芙輝様……」

「自分を殺して妹のために生きるお前は、かつての私に似ている。そうでなくともこんなに愛しいのに、痛みを分かち合うと一層引き寄せられてしまう」

「手を、放してください」

（……分かち合えるはずがない）

人の痛みなどその人にしかわからず、自分が一番不幸だと思っているわけではない。貴族だからといって、芙輝の痛みが自分よりも軽いとは限らないのだ。

そんなことはよくわかっている。

されど、支配国の王朝筋と思われる人間に「似ている」と言われても、「分かち合う」と言われても現実離れしていて……やはりどこか不快感があり、すんなりと受け入れる気にはなれなかった。

「私にも守りたい人がいたのだ」

芙輝は手を放してはくれなかった。

月里がきつめの視線を送っても動じずに、花のない桜の下でゆっくりと唇を開く。

「その人を守るために、私は自分を抑えて生きていた。憎悪や殺意と闘って、それらを封じ込めなければならなかった。暴れたがる鬼を、何年もずっと笛の音で鎮めていたのだ」

「……!?」

「お前の言う通りだな……腹に鬼を飼いながらも微笑んでいるのは、女だけではない」

芙輝は自分の腹部を見るように視線を落とし、「もういなくなったが」と言って笑う。

その表情は笑みの部類に入るのに、瞳は泣き顔に似合いそうなほど悲しかった。

「私は強い者に逆らわず、大人しく耐えて……最後まで耐え抜いてみせたのだが、結局……愛する人を守りきることはできなかった」

「芙輝様……」

「圧倒的な力に抗って男らしく闘うべきだったのか、それともあれが最善だったのか、その答えは未《いま》だに出ていない。それでも、お互いに対して与え合った愛情のすべてを胸に刻み、生きる糧にしている」

愛する人、与え合った愛情……そう聞いた月里は、芙輝の両手に挟まれた指を震わせる。

ぴくんと反応してから気づいて、どうしようもなく焦った。李元帥の愛人である自分には無関係なことだと思ってもこらえきれず、「……恋人ですか?」と訊いてしまう。

「いや、母親だ。大和では大の男が母親を愛しているとは言わないものか?」

芙輝は真顔で訊いてきて、月里の指の間に左手の指を絡める。

そうして囚われてしまうと逃げられず、空いた右手で頰に触れられてしまった。

「母君でしたか……あまり、口に出しては言わないと思いますが、誰だって愛しています。それに母親をすでに亡くしている者は……男であれ女であれ、憚ることなく口にすることもあるのではないでしょうか?」

母親のことを口にする時、自分も普通ではいられないことを月里はわかっていた。

震えそうな声を発した唇に、芙輝の親指が当たる。

頬に添えた手で顔を持ち上げられて、下唇の膨らみを押さえられた。

顔が近くにあり、形のよい唇に目が留まってしまう。

こんなことをされると口づけを想像してしまい、心臓がきりきりと痛くなった。

指で押さえられた唇を動かして、「触れないでください」と言おうとした月里は、考えた挙げ句に唇を一文字に結ぶ。

喋ればもっと接触が深くなってしまうから……そして舌にまで触れられてしまうかもしれないから、だからじっとこらえて、「手を放して」と目で訴えた。

「自分をもっとも愛してくれた人……そして自分がもっとも愛した人を失うことは、世界を失うのと同じように悲しいことだ。一秒も遅れを取らずに一緒に死んでしまえたらどんなに楽かと思った。それでも残された人間は、前を向いて生きていかなければならない。そして生きていると、こうしてまた……愛しい存在に出会えることもある」

「……っ」

「母の遺骨と血が私を大和に導いてくれたのに、お前は何故、他の男の物なのだろう……」

額《ひたい》をこつりと当てられて、月里は卒倒しそうなほど動揺した。

至近距離に秀麗な眉があり、亜麻色の前髪と漆黒の前髪が交差して見える。

微《かす》かに開いてしまった唇から、親指を差し込まれた。

歯列にも舌にも触れられ、吐息が思いきり漏れてしまう。

体が熱くなっているのか、宵闇に流れる息が濃霧のように白かった。

「……う、っ……ぅ」

親指を抜き取られ、唇を閉じる前に舌をねじ込まれる。

芙輝の唇の感触を初めて知った瞬間、炎の中に投じられた気分だった。

（——キス……ッ、駄目だ……こんなこと……！）

信じられないと思いながらも、頭のどこかでいつかこうなることを予感していた。

心と体と頭が、まとまりのない反応を起こす。

計算高い頭は先々のことをすぐに考え、血の気が引くほど怯《おび》えているのに——愚かな心と体が結託して危険な行為に燃えてしまう。これは芙輝の一方的な行動ではない。自分自身、以前から望んでいたことだ。それを認めずに、ただ目をそらしていただけ。

「——ふ、ぅ……く……っ」

頬にあった手で襟の後ろを押さえられ、逃げられなかった。

侵入してくる肉厚な舌に、脚衣の中の雄がひくつくのがわかる。

キスをされているだけなのに、体中を愛撫されているかのようだ。強引に起こされた舌が、腰骨と連動してびくんと震える。

「……う、う……！」

情動や肉欲に流されてはいけない——頭が繰り返し訴えてくる。

妹の笑顔を脳裏から引っ張りだし、「これを壊してもいいのか？」と迫ってくる。

「……あ……は……っ」

壊していいはずがないのに、それなのに……心と体が言うことを聞いてくれない。

舌はますます奥まって、自分だけではなく芙輝まで息苦しそうなほどのキスになる。

砂漠でようやく水にありついた旅人のように、互いの水分を欲してしまった。唇を斜めに潰して舌を絡め、磁石のように体を密着させる。

「ん、う……」

軍服の釦を一つ外され、ネクタイの下のシャツに触れられた。

さらにその釦まで外されると、指先の温度に肌が弾ける。

自分の体が熱すぎるせいなのか、芙輝の指先が冷たいせいなのかわからなかった。

胸に滑り込んできた手で乳嘴《にゅうし》に触れられ、昂《たかぶ》りだす雄を衣服の上から擦りつけられる。

「……は、ふ……」

唇の隙間から漏れる吐息が白い。元々白かったのに、際限なく白くなった。

口内を行き交う唾液が、食後に口にした珈琲よりも熱く感じられる。

芙輝の指で摘まれた乳首の周辺が、ぴんと張り詰めた。

片側だけ小さく硬く尖《とが》ってしまい、感じているのを隠せない。

（……男なのに、こんな……）

ひんやりとする指で、紙縒《こより》をねじるように扱《しご》かれた。

キスも愛撫も股間に直結して、血が一ヵ所にぐんぐん集まっていく。

「は、ぁ……ぅ、く……」

芙輝の舌を不器用に追い求めながら、抗えない欲望に呑まれた。

危険を回避しようとする理性を裏切り、狡《ずる》いことを望んでいるのだ。

（このまま無理やり、犯されたい……）

いつか元帥に抱かれることが決まっている体を、先に奪ってほしい。一夜だけでも芙輝の物になってしまいたい。所詮、本気では逆らえない身なのだから、夜伽を命じ、殴ってでも奪ってほしい――心と体はそんな酷いことを望み、どこまでも甘えている。

「……っ、ぅ……ゃ、やめてください……！」

月里は唾液を啜《すす》っていた口を引いて、必死に叫んだ。

違う――自分はそんなに弱い人間ではない。

相手に罪を着せ、被害者面で肉欲を貪るような卑怯者ではない。

彼に、そんなことをさせたくもない。

「蓮……」

体ごと後退した月里は、桜の根に足を取られて「ぁ！」と声を上げる。

よろけた隙に完全に捕まって、そのまま強く抱きしめられた。

解放されたばかりの唇が、芙輝の肩に埋まり込む。

「芙輝様……っ」

息が苦しいくらい、ぎゅっと抱かれた。どちらの体もまだ昂っているものの、先程までの情動とは違う。幾度も髪を撫でられて、お互いを静めるための時間が流れた。

「すまない……お前を困らせるつもりではなかった」

すまないと思うなら放してください——そう言って突っぱねたいのに、両手が彼の背中に回りそうになる。

（どうしよう、この人が好きだ）

突然泣きたくなった。

答えは出ていたのに、それでも抑え込んでいた感情が足元からせり上がってくる。

（駄目なのに……いけないのに……好きだ、この人が……好きだ）

自分からも抱きしめて、存在を感じたくてたまらない。両腕と十指を使ってぎゅっと抱き返したらどんな感触が得られるのか、想像するだけで血が沸騰しそうになる。

出会ってまだ数ヵ月の他人——一滴も血の繋がらない人を、こんなふうに求める日が来るなんて思ってもみなかった。

もっと近づきたい。触れて、触れられて、大きな体に押し潰されて重苦しくなるくらい、芙輝の感触に酔いしれたい。皮膚も肉も骨も、舌も、じっくりと味わいたい。

（どうしよう、こんなに好きになってしまって……どうしたら……）

好きだと言われて好きだと言い返せる――そうだったらどんなによかっただろう。

対等な関係の恋人に別れを告げて、もっと好きになった人の胸にこうして飛び込めるならいいのに、それは絶対に叶《かな》わない。自分は条件付きで買われた身であり、李元帥に落ち度はない。裏切りなど決して許されないのだ。

「……は、放してください」

「蓮、こんなことは、もう二度としないと約束する。この裏庭に誘うのもやめよう。食後に引き止めたりもしない。だからどうか、また来てくれ」

芙輝に言われて初めて、月里は彼ともう会わないという考えが自分の中に存在しなかったことに気づく。頭では危険だとわかっているのに、心は断崖絶壁の上の、落ちはしない際に立ち続けていたいようだった。

（俺は最低だ……拒絶しておきながら、二度と会わない覚悟もできないなんて……）

「どちらにせよ明日からしばらく会えない。場所は言えないが……四日は戻れないだろう。その間に私は、自分を見つめ直して反省したいと思う。四日後に会う時は普通の顔で会えるようにしたい。だからどうか――許してくれ」

切なげに響く芙輝の声が、耳に直接届く。

火照《ほて》りの引かない体がぞくんっと揺れるほど艶のある声だった。身も心も蕩《とろ》けそうだ。

（四日……芙輝様のいない四日間……なんて長い日々だろう）

芙輝の腕に抱かれたまま、月里は胸元に手を滑り込ませる。

シャツの釦はそのままに、白軍服の釦だけをきっちりと嵌め直した。

四日分の仕事と寝食を繰り返す自分を思い巡らすだけで、気が遠くなっていく。

その間ずっと芙輝のことばかり考えてしまい、帝室ニュースを観ては映るはずのない姿を求めるだろう。

会いたくて会いたくて、そして笛の音が聴きたくて、苦しくなる。

実際に会うと視線をそらしたくなったり口を噤《つぐ》んでしまったりすることも多いのに、一日二日会えないだけで恋しくて……彼の帰りや連絡を待ち焦がれてしまうのだ。

「今回は……早いお戻りなんですね」

月里は桜の下で抱きしめられたまま、芙輝の肩に埋めていた唇を浮かせた。

軍人らしい姿勢を保ち、彼の背中に手を回したりはしない。胸と胸の間に入れた手で拳を作って、体の隙間を少しずつ広げていった。

「……早い？　お前にとっては早いのか？　私にはとっては長い……長い日々だ……」

（そうですね……俺にとっても長い日々です。今夜、自分の部屋に戻ることさえつらい）

本音など言えるわけがない。誘惑めいた言葉など、間違っても口にしてはならない。

権力を頼りに伸し上がった身は、それを失えば脆《もろ》いのだ。

李元帥は情のない人間ではなく、寵妾桂木セラの手前、他の愛人に簡単に手を出したりはしない。享楽的ではあるが、肉欲以外の駆け引きを愉しむだけの余裕は持っている。

しかし面子を重んじる藍華貴族で、支配階級の男には違いない。

本気で怒らせたら何をされるかわからなかった。

「もう帰ります……放してください」

「蓮……これは私の独り言だ。答えを求めて、お前を困らせたいわけではない」

耳元で囁く芙輝に、月里は一層強く抱かれる。

彼の心音が、ドクンッと大きく伝わってきた。自分のものよりも激しいくらいだ。

芙輝は胸の奥から絞りだすような声で、「愛している。お前が欲しい」と口にした。

「……！」

改めて言われなくても、これまでの数々の言動で告げられているも同然だった。

これは無意味で、彼の自己満足でしかない。自分は苦しめられ、困らせられるだけだ。

それなのに——嬉しくて、嬉しくて、嬉しくて……両腕が芙輝の背中に回ってしまった。

5

「これはいったいどういうことだ？」

警鐘に耳を塞いですごした日々が、いきなり壊れる音がした。

ここは総督府行政局五階にある、最高司令官室——李月龍《ユエロン》元帥の部屋だ。

月里は彼のデスクの前に立ったまま、突きつけられた文書を目にする。

一読するだけで、体の中にある血が瞬く間に下がっていった。

「三日前の朝のことだ。その怪文書が私のデスクに置かれていた。誰が置いたのかは想像がつくが、それは大した問題ではない」

桂木セラ少佐の顔を文書の向こうに思い浮かべた月里は、音がするほど強く歯を食い縛る。

自業自得だという思いはある。けれど文書の内容はあまりにも酷いものだった。

「閣下……これは、違います。ここに書いてあることは事実ではありません」

「私は君を、自制心が強く真面目で、清い心根の持ち主だと信じていた。もちろん体の清らかさも含めて特別愛してきたつもりだ。だからこそ周囲の猛反対を押しきって君を親衛隊に迎えたのだ」

「閣下、どうか信じてください。これは事実無根です」

「よくもそんなことが言えるな。尾行させてみればその文書の通りだったではないか！」

普段は冷静な話し方をする元帥は、語尾も表情も乱して怒りを露《あら》わにする。

彼に釣られて「違います！」と声を張り上げそうになった月里だったが、冷静になるべく一旦言葉を呑み込んだ。

「一昨日《おととい》も昨日も、君は藍大将の宿舎に行っている。一昨日の二月十二日は一時間五十分、昨日、二月十三日は二時間七分もの間、彼の宿舎から出てこなかった。ＷＩＰの通信記録も見てみるか？　その文書に書いてあることが事実無根だと言うなら、君はいったい藍大将と何をしていたのだ？」

冷静に、とにかく冷静になれと、月里は自分に言い聞かせる。

二月も中旬に入り、芙輝は宿舎ですごせる日が多くなっていた。

毎晩毎晩——もう裏庭に出ることも二人きりになることもなく、食事をしながら話をして、時折黙って見つめ合う。ただそれだけの日々だった。

月里にとっては夢のような日々——しかし自分は芙輝の物ではない。恋人同士でもない。自分は彼よりも二十近くも年上の……今、目の前で忌々《いまいま》しげに眥《まなじり》をさいている壮年の男の物なのだ。

「閣下……お調べになったのならご存知のはずです。両日とも、藍大将の宿舎に伺ったのは午後七時前でした。夕食をご馳走になっただけで、その場には大将の使用人達がいました。

決してここに書いてあるような不適切な関係ではございません」

「そんなことを信じろと言われて信じる男がいるなら、連れてきてもらいたいものだな！」

先程よりもさらに声を荒らげられ、月里の胃は縮こまる。

いつもスマートに振る舞っている人間が、滅多にない荒れ方をするのは恐ろしい。

何かとんでもないことが起こりそうで、思った以上に恐怖を感じた。

「まさか君がこのような形で私を裏切るとはな！　いったい何が不満だと言うのだ⁉」

元帥は激昂《げっこう》を隠さずにデスクを叩いたあと、キャップの嵌まった万年筆を左手に握る。

器用に回転させてから、報告書をガッッと突いた。万年筆が壊れそうな勢いだ。

「私は君に対して常に誠実に接してきたつもりだ。君が心や体を自ら開いてくれる時を二年以上も待ち侘《わ》びて、無理に夜伽を務めさせたこともない。君の妹が妓楼に送られるのを阻止し、恵まれた家庭の養女になれるよう取り計らった。ただ裕福な家庭というだけではない。病弱で医療費のかかる君の妹を、きちんと可愛がってくれる養父母を厳選したのだ！」

「閣下、わかっています！　妹のことはもちろん、閣下の御心にはどれだけ感謝しているか、言葉ではとても言い尽くせません！」

月里が叫んでも、元帥はまるで聞こえていないかのように苛立《いらだ》ちを募らせる。

黄色人種として標準的な色をしているはずの顔が、怒りでみるみる赤くなっていった。

「私は君を愛していたから、君に喜んでほしかった。感謝され、尊敬され、愛される存在になりたいと思った。真面目な君からしたら、軍の内外に妾を抱える不実な男かもしれないが、君のことは格別に大事にして可愛がってきたと自負している！　それを何故こんなっ」

「どうか信じてください！　私は嘘などついていません。藍大将とは本当に食事をしていただけで、やましいことなど何もないのです。仰る通り、大恩ある閣下を裏切るような真似ができるわけがありません。どうしたら、どうしたら信じていただけるでしょうか？」

月里は胸の中にある芙輝への想いは隠しきり、どこまでも無実を訴える気でいた。そうすることに罪悪感など覚えてはいられないのだ。

実際に耐えてきた。同性に抱かれることなど望んでいなかったはずの身に、何度も訪れた甘苦しい情動に、今日まで耐え抜いたのだ。

ほんの少し気をゆるめたら、きっと、今頃もうあの人の物になっていた。

食事のあとに芙輝の寝室に行くくらい、いつだってできた。

「閣下、信じてください……藍大将とは何もありません。一緒に食事をしていただけです」

まったくやましいところがないという顔をしなければ、すべてが無駄になってしまう。

あの人ともっと口づけがしたかった。抱き合って、秘めた肌や表情を見せ合って、本気の恋に溺《おぼ》れてみたかった。それでもこらえてきたのだ。

「ユエリー……君は私が親衛隊員との日々の食事を楽しみにしていることを知っていながら、一度も出席してくれなかった。正隊員二十四名の中で純粋な大和人は君だけで、逆賊遺子ということもあって他の隊員と折り合いが悪いことはわかっている。君が総本部の食堂を使いたがるのも無理はないと思い、私は一度も強要しなかった。それがなんだ、この裏切りはっ、本当に食事だけだとしても腹が立つ！　君は藍大将と結託して私の面子を潰したのだ！」

「違います！」

月里は大声で否定するなりデスクの反対側に回り込み、元帥の足元で膝を折る。

黒革のたっぷりとした椅子に体を預けていた彼は、真紅の軍服に包まれた脚を斜めに投げだしていた。軍靴は金装飾の目立つ長いブーツで、踵もそれなりに高く洒落《しゃれ》た物だ。

その靴の先で身を低くした月里は、目を見開いて元帥を見上げる。

「信愛なる元帥閣下、私はただ、他の隊員と同じように貴方の食事会に参加させていただきたかっただけなのです。お恥ずかしい話ですが……私は特殊孤児院育ちでテーブルマナーに自信がありませんでした。それで、藍大将のご厚意に甘えてレッスンを繰り返していました。恐れ多くも、藍大将は閣下の代役として練習台になってくださったのです」

「テーブルマナー？　藍大将が……私の代役？　単なる練習台だと言うのか？」

「はい、その通りです。あの方が閣下の面子を潰すような愚行をなさるはずがありません。藍大将はとても親切な御方ですから……私が抱えている劣等感や閣下に対する愛情を知って協力してくださったのです。奇《く》しくも昨夜ようやく及第点をいただいて、とても喜んでいたところです。これでやっと念願が叶い、閣下と同じテーブルに着けると思うと嬉しくて」

月里は膝に置かれていた元帥の手を取り、甲に忠誠の口づけをする。

これまでにも何度か、こういった状況を想像したことはあった。

だから失敗などしない。上手く切り抜けてみせる。

こうして実際に追及されると、妹の幸せそうな顔がくっきりと浮かんでくるのだ。

自分のしてきたことの危うさが身に迫って、全身の皮膚が粟立《あわだ》った。何年も何年も、妹のために我慢してきたのだ。底辺から這《は》い上がろうとして、身を削って努力してきた。

手に入れたものが壊れて指間から全部すり抜けていきそうだったが——それを黙って見ているわけにはいかない。

「私がお慕いしているのは、李月龍《ユエロン》元帥……この世でただひとり、閣下だけです」

必ずやこの危機を乗り越えて、元帥との関係を修復しなければならない。

恋も愛もない。そんなものにうつつを抜かしてはいられない。

(——俺は、無責任な父とは違う)

心の底に滾る想いに身を任せ、守るべき者を危険に晒すような真似は絶対にしない。

自我も誇りも捨てたのだ——。

「ユエリー、なんということだ……ああ、私はなんて愚かなことを。君がそのような悩みを抱えていたことに気が回らなかった。単に人間関係の問題だとばかり思って……すまない、もっと早く君の苦しみに気づいてやるべきだった」

元帥に手を引かれた月里は、勲章で飾られた胸に顔を埋める。

表情が見えないのはわかっていたが、殊勝な顔を崩さないまま彼に縋った。

心音を聴くようにして大人しくしていると、髪やうなじを撫でられる。

これでいい、これが正しいのだ。

割りきって買われた身なのだから当たり前のことだ。

「いいえ……誤解を招くような行動を取った私が悪かったのです……ご不快な思いをさせてしまい、本当に申し訳ありません。私はどのような罰も受けます。ですがどうか、藍大将や妹にはお咎《とが》めのないよう……心よりお願い申し上げます」

月里は床に膝をついて元帥の身に縋ったまま、顔を上げた。

大和総督の藍王瑠《ワンリウ》は、強硬で知られる武闘派の藍一族の人間だったが——その甥であり、藍華帝国軍大和の最高司令官である李月龍《ユエロン》元帥は、穏健派として知られている。

軍人である元帥のほうが総督よりも穏健派なのは奇妙な話のようだが、王朝筋の藍一族の人間で上層部を埋め尽くしてしまうと外聞が悪いため、目立つポジションに社交的で愛想がよく、アレイア人とも友好的に接することができる李月龍《ユエロン》を据えるには、それなりの意味があるのだ。

(この人は情に厚く……甘いところがある。色仕掛けにも弱い)

月里は元帥のそういった隙をついて、許しを請おうと必死になっていた。

今の流れならば妹に災厄が降りかかることはなさそうだったが、芙輝のことが心配でならない。すべては軍の内部で起きたことであり、事情はどうあれ彼が上官の不興を買ったのは事実なのだ。

「ユエリー……私は君のことは信用するが、あの男のことは信用していない」

「っ、閣下」

「だいたい下心もなく食事に誘うはずがない。正隊員が私の妾だと知っていてよくも余計な手を出せたものだ。前々から感じてはいたが、上官の私を軽視しているとしか思えない」

「閣下、そのようなことはございません。私は藍大将から閣下のことを色々と伺いましたが、アレイア合衆国大統領と既知の間柄であることや、西洋の社交界でも大変華やかな存在で、ダンスの名手として有名であることなど、閣下への憧憬《どうけい》が深まるような話ばかりでした」

焦燥する月里の前で、元帥は再び万年筆の音を立てる。

重厚なデスクにカツカツと繰り返し打ちつけ、「私を褒めることで自分の余裕を演出しているだけだ」と言い放った。そうしながらも月里の髪に触れ続け、思いきり舌を打つ。

「そもそもあの男は生意気なのだ……藍一族の血を引く貴族とはいえ、誰も知らないような末端の家の人間だぞ。帝都に住んでいたわけでもない。伊達男《だておとこ》のように見せかけているが、元々は鄙人《ひなびと》だ。本来ならば藍一族と名乗れるような身分ではなかったのだ！」

「……鄙人？　まさか、そんな」

あのように垢抜《あかぬ》けた方が――と言いそうになった月里は、既《すんで》の所で言葉を呑む。芙輝の年齢と軍位から考えて間違いなく王朝筋の人間だと思っていたうえ、月里には彼が地方の出身とはとても思えなかった。

「田舎《いなか》にいたのは昔の話ではあるがな。ともかく現状、私はあの成上り者に強くは出られん。私は皇帝の異母弟である藍王瑠《ワンリウ》総督の母方の甥だが、奴はもっと上なのだ。それがわかっているから、奴は今回のように無茶なことをする……まったく油断のならない男だ」

（……もっと上……総督の甥よりも上。それは、察してはいたが……）

月里はこれまで知らなかった芙輝を知るに当たって、怖いほどの興奮を覚える。

芙輝が何者でも自分が抱いている敬愛と感謝の念は変わらない自信があったが、それでも緊張しながら元帥の唇の動きを追った。

「藍大将はあの美貌を利用して、皇帝の娘婿《むすめむこ》という実に晴れがましい地位を手に入れた男だ。つまり皇帝の姻族《いんぞく》ということになる」

（――娘婿……？）

それはいったいどういう意味だっただろうか、その言葉が示すものはなんだったか……。

月里の頭の中で一つの単語が一瞬にして何度も回り、膨張し、思考回路を塞ぐ。

意味を考えたくなかった。思いだしたくない。わからないままでいたい。

理解してしまったら、大切な何かが抜け落ちてしまいそうで……。

「本来は身分違いも甚だしいというのに、田舎から出てくるなり王女を誑《たら》し込んで妻に迎えたのだ。上手くやったとしか言いようがない。数多《あまた》いる求婚者を出し抜いて美しい妻を得た身でありながら、よくも大和になど来られたものだ。しかも上官の愛妾に手を出して男遊びなど、ふざけるにもほどがある」

「……藍……大将……ご結婚、されて……」

理解するのを拒んでも答えを耳に注がれてしまい、勝手に言葉が漏《も》れる。

支えきれないほど体が重くなって、無意識に元帥の体に伸しかかっていた。

そのままずるりと床まで沈み、最後は完全に座り込む。

立たなければと思っても、まるで力が入らなかった。

骨が抜けたかのように体が動かない。

心の中にある強く大切なものまで、すとんと床に落ちて霧散した。

（――結婚……あの人に、奥方が……）

「なんだ知らなかったのか？　これまでずっと騙《だま》されていたということか、憐《あわ》れな話だな。

藍大将には本国に妻がいるのだ。まだ子供はいないが結婚生活はそれなりに長く、仲のよい美男美女夫婦として本国では有名だ」

「……っ」

「ユエリー……あの男が君に好意を向けてきても、それは一時の遊びにすぎない。火遊びの結果、痛い思いをするのは君のほうだ。夫に心底惚れ込んでいるという噂の奥方の耳にでも入ったら、どんな目に遭わされるか想像がつくだろう？　藍一族は血腥い強硬派の一族……特に女の恐ろしさには、鬼も逃げだすと言われているほどだ」

　元帥の声が、遥か遠くから聞こえてくるようだった。

　月里はしばし自分の状況がわからなくなり、気づいた時には上を向かされていた。

「いいか……あの男に誘惑されても、どんなに惹かれても……決して気を許してはならん。私は君を奪われたくも殺されたくもない」

「──閣下……」

「妻女の威光で伸し上がった身で、愛人を持つということがどういうことか、あの男はそこまで頭の回らない冷酷な人間なのだ。相手の身の安全など本気で考えてはいない。この国にいる間、美しい大和人青年との禁断の恋を愉しみたかっただけだ」

「ん……っ、ぅ」

　不意に唇を塞がれ、口内が煙草《たばこ》の味に侵食される。

　元帥に口づけを迫られたのは初めてだった。

　しかし特に感慨はない。口の中でうねっている生温かい物体が彼の舌なのだということはわかっていたが、息苦しい……と体が感じるだけで、心を動かす余裕がない。今、この体の中に心などないのだろう。

『本国に妻がいるのだ』

ぬるりと歯列をなぞっていく舌を黙って受け入れながら、月里は瞼を閉じた。

今すぐ意識を失ってしまいたかった。そして時間を一気に進めてほしい。きっと今感じている衝撃も痛みも、一ヵ月後には大したものではなくなっているのだ。どんなにつらい目に遭っても時がすぎれば過去になり、少しは冷静になれるはず――。

（……助けて……お願いだから、時間を進めてくれ……！）

何も考えたくない。今のこの想いを、一刻も早く遠くへ流してしまいたい。

あの時はつらかったと、過去の話として冷静に考えられるくらい先まで行きたい。

一ヵ月もあればきっと立ち直れるから、立ち直ってみせるから、時間を進めてほしい。

「……ッ、ユエリー……」

しばらくして唇が離れ、月里は重たい瞼を持ち上げる。

目の前にある顔が歪《ゆが》むのが見えた。

そして不満げな溜め息が続く。

元帥はつまらない口づけに落胆しているようだった。それでも月里の顎を摑んだまま放さない。摘まんで上向きにしていた顔を左右に揺さぶって、「不愉快だ」と吐き捨てた。

「藍大将は確かに魅力的な男だ。君が惹かれてしまうのは仕方のないことだと思っている。だが君には、私の愛人として貞節を守る義務がある」

「……っ、守っています……信じてください。私は誰にも穢されていません！」

「信じたいと思っている。だが彼が君を狙っていたのは間違いない。強く求められたら君の立場では拒めなかっただろうな」

「求められてなどいません。藍大将は、閣下の面子を潰すような御方ではないと先程も申し上げたはずです。あの方は、人の物を盗むような浅ましいことはなさいません」

気が遠退《とおの》きそうになっていたにもかかわらず、口はそれなりに動いた。

滑らかとは言えなかったが、芙輝の立場を守るための言葉をどうにか発してくれた。

（あの人に奥方がいても……俺は……）

既婚者であろうとなかろうと、そんなことは自分には関係のないことなのだ。

元々好きになってはいけない人。彼が独身だったとしても、結末は変わらない。

芙輝に世話になったことに変わりはなく、本当によくしてもらったのだから、騙されたと恨んだりしてはならない。芙輝を責めたり奥方に嫉妬したりできる筋合いではないのだ。

「閣下……信じてください。私も藍大将も、閣下を裏切るようなことはしていません」

本当に、いい人だった。優しい人だった——奥方がいようと、好意を持ってくれたことは本心だったと信じられる。

たとえ一時の火遊びだとしても、好きだと言ってもらえたことを光栄に思う。

あとはただひたすらに感謝して、終わりにしなければならない。

「果たして藍大将が君の言葉通り真ある男かどうか……その真偽を確かめさせてもらおう。脚衣と下着を膝まで下ろし、デスクに突っ伏せなさい」

「閣下っ」

「伊達に大勢の愛人を持っているわけではないぞ。不義を働いたか否か、体を見れば即座に判別できる。男を日常的にくわえ込んでいると、痕跡は確実に残るからな」

「……痕跡？」

「女と違ってわからないと思っていたか？　男でもわかるのだよ。初物かそうでないかは、後孔の状態でだいたい見分けられる。まして昨日や一昨日愛し合ったのなら一目瞭然だ」

立ち上がった元帥に腕を引っ張られ、月里はデスクに向けて前屈みに倒される。

木材の宝石とも称される黒檀の表面が眼前に迫り、額を打ちつけそうになった。

それを避けるために咄嗟《とっさ》に手を出すと、肘《ひじ》をぶつけてしまう。痺《しび》れが肩まで伝わった瞬間、後頭部の髪を引っ摑まれた。喉を限界まで伸ばされ、「うっ」と呻いてしまう。

「無実なら見せられるだろう？　さあ、早く脱ぎなさい」

大きな手で摑まれた髪を、ぐいぐいと引っ張られながら命じられる。

李元帥からこんなふうに乱暴に扱われたことはなく、激しい怒りが伝わってきた。

彼は恋多き男ではあるが、愚かな勘違いをしているわけではない。自ら選んだ親衛隊員に本気で惚れられてはいないことくらいわかっているのだ。

しかし親衛隊員はそれを面に出してはならない。

あくまでも彼だけを愛している振りをして愉しませる。それが、見返りを得て愛人になることを約束した、親衛隊正隊員の義務だ。

「どうぞ……お検《あらた》め、ください」

芙輝に惹かれていることを読まれてしまった今、月里ができることは体の無実を証明することだけだった。抵抗せずに黙々とベルトを外し、デスクに伏せた状態のままファスナーを下ろす。命じられた通り脚衣を膝近くまで下げ、下着に手をかけた。

余計なことを考えないよう努めて、黙々と肌の上を滑らせていく。筋肉質な双丘から腿へ、そして再び脚衣の中に隠れるほどまで下げると、伸ばしていた膝が震えた。

「素晴らしいな……この肌、薄桃色の花珠《はなだま》真珠のようではないか」

髪を解放された月里は、元帥の手でシャツや上着の裾を捲られる。脚や腰だけではなく、背中の中ほどまで露わにされた。

行き場のない両手でデスクの上を引っかいていると、双丘のカーブを撫でられる。

「やはり白人の血を持つ隊員とは手触りが違う。白さでは劣るが、質感は圧倒的に上だ」

しなる背中や双丘の盛り上がり、そして太腿《ふともも》をゆっくりと撫でられた月里は、細い呼吸を繰り返す。これはただの検査で医療行為なのだと暗示をかけて、震えを止めようとした。

「しかしこのままでは肝心な部分がよく見えない。自分で広げて見せなさい」

尻臀《しりたぶら》をペチペチと、音を立てて叩かれる。

月里はデスクに当てていた頬の内側で、奥歯を軋ませた。

それでも不快げな表情など見せるわけにはいかず、眉を寄せないよう意識しながら両手を動かす。引き締まった双肉を摑み、外側に向けて広げていった。

「ほう……これはこれは……」

元帥は少しだけ腰を屈めて覗き込むと、フッと息を抜くように笑う。

「なるほどな……あの男は私を軽んじているところがあると思っていたが、さすがに上官の愛人に手を出すほど厚かましくはなかったか」

「……これで、信じていただけますか？」

月里は元帥の言葉に心底胸を撫で下ろし、尻臀を摑んだまま後ろを向いた。

日中の最高司令官室のデスクで、自ら広げた後孔を間近で見られるという屈辱的な状況でありながらも、疑いが晴れたことを喜ばずにはいられない。

（これでいい……あとはもう二度と、芙輝様と会わなければいいんだ……）

「ああ……もちろん信じるよユエリー。この……少しも腫れず、捲れることもなく窄《すぼ》まった後孔が何よりの証拠だ。まるで桜の花ように可憐ではないか」

摑んでいた肉の間に指を寄せられ、月里は「っ、う」と呻いて身をよじらせる。

本来ならば他人に見せることのない部分を、検分しながら触られるおぞましさに耐えた。

「口は嘘をつくものだが、体は正直だ。君はおそらく大将の再三に亘《わた》る誘惑に打ち勝って、私に捧げると誓った純潔を守ってきたのだろう。君のそういうところを、私は心から愛している。君があの男と二度と接触を持たないと誓うなら、今回のことは不問に付そう」

「誓います！　私は……藍大将に誘惑など、一度もされてはいませんが、閣下の仰る通りに致します。もう二度とお会いしません。誓います！」

「ユエリー、君は優しく賢く、とてもいい子だ。このままもう少し、じっとしていなさい」

元帥は尻肉を割っている月里の手を押さえ、おもむろに抽斗を開ける。

磁器製の小さな壺《つぼ》を取りだすのを目にした月里は、顔をそむけたくなった。

男妾という立場を受け入れた時から、いつ夜伽を命じられても対応できるよう知識だけは持っている。瀟洒《しょうしゃ》な壺の中身は想像できた。

「……ぅ、う」

デスクの表面にこめかみを当てていると、壺の中の香油を肉の谷間に垂らされる。

香油は少し冷たく、とろみがあった。ゆっくりと流れてきて袋の裏まで伝わる。

花の香りのするそれをさらに注ぎ足されて、後孔に塗り込められた。

「私はね、他人の御手つきには興味がないのだよ。男でも女でも純潔は大切だと考えている。手垢のついていない清らかな美人を、時間をかけて自分好みに育てるのが愉しくてね」

「う……ぅ、っ」

香油をまとった元帥の指が、二本揃って潜り込んできた。

何をされても文句は言えない身だと覚悟したところで、体は拒否反応を示す。

内臓と筋肉が激しく抵抗し、侵入する指を押しだそうとしていた。

「手をつけられなくてよかったな。もし穢されていたら、すぐさま君の妹の養子縁組を解消させ、妓楼送りにしなければ腹の虫がおさまらなかっただろう。たとえ入院中でもだ」

「──っ、ぅ……」

「あの恐ろしい総督の甥にしては、私はとても温厚な人間だ。だがあまりなめてもらっては困るよ。さあ……もっと腰を高く上げなさい。君は私の愛人なのだから、こうして私に愛されるのは君にとって光栄で嬉しいことだ。そうだろう?」

「はい……っ、はい」

月里は胸をデスクにつけたまま腰を上げ、摑んだ尻肉をしっかりと開く。

抗えないのは当たり前で、もう二度と元帥に不快な思いをさせてはならない。

恋愛を享受したがる彼の愛人になるということは、ただ体を捧げて欲望の捌《は》け口になればいいというものではないのだ。

「ん……ぅ」

ヌプヌプと音を立てて指を出し入れされながら、三本目の指を挿入された。

二本の時とは存在感がまるで異なり、背中の皮膚が一気に引きしまる。

「指を挿《い》れられるのは初めてか？」

「は……は、ぃ……っ」

「そうだろうな、実に初々《ういうい》しい反応だ。内臓が酷く驚いて、大慌てで侵入者を排除しようとしている。藍大将に弄《いじ》られていたのなら、こうはならないはずだ」

「まだ……お疑いなのですか？　本当に何も……っ、あぁ！」

振り返ろうとした瞬間、揃えた指をずぷりと奥まで挿入された。

デスクの表面を掠《かす》めていた性器が大きく反応する。体内の前面にある一点を押されると、自分のものとは思えないような嬌声が漏れてしまった。

「ここか？　君のイイ所はここで間違いないか？」

「……っ、ぅ」

「どうなのだ？　気持ちよくないのか？」

同じ場所をぐりりと刺激され、さらに喘《あえ》ぎ声が出そうになる。唇を噛んでこらえなければ止められないくらいだ。けれど実際にそうしてみた途端に、間違った行為だと気づく。

「は、はぃ……っ、き……気持ち、いい……です……」

「そうか、ではどうしてほしい？　このまま指でもっと弄られたいか？　それとも私自身が欲しいか？」

「――っ」

抵抗感が、吐瀉物《としゃぶつ》のように胃から口へと上がってきた。

尻肉を摑んだ手が震えて外れてしまいそうだったが、爪を立てて必死に維持する。

（……もう、いいんだ。いっそ諦めがつく。はっきりしたほうが、いいんだ……）

月里は腰を突きだした体勢を意識しながら、こくりと頷く。そして唇を開いた。

「く、ください……閣下、ご自身を……ここに……挿れてください」

涙をこらえて言いきると、元帥の指の動きが速くなる。卑猥《ひわい》で粘質な音が体内に響いた。

「はっ、ぁ……あ、う……ぁ……」

快感を齎《もたら》す場所を集中的に突き解《ほぐ》され、演技などするまでもなく昂った。

デスクの表面を掠めていたはずの物が、ぐっと持ち上がって腹に向かうのがわかる。

「う、あぁ……っ」

「フフッ、可愛いな……君は本当に可愛い子だ。一見すると澄まして見えるのに、心の中はいつも必死だ。耐えなきゃいけない、頑張らなきゃいけない。よく顔にそう書いてある」

（それの何がいけない……耐えなくて、頑張らなくて……どうしてこんなことができる？

俺には、男妾の証《あか》しである白軍服を着て歩くことさえ、苦痛だった）

元帥の言葉に、月里は「……ください」とだけ返した。

もう嫌だ。こんなことをする元帥でもなく、こんな世の中にした藍華帝国や総督でもなく、何よりも誰よりも自分自身が嫌だ。

(好きでもない男に、こんな所を弄られて……容易に感じて……俺は、最低だ……)

失望が止まらない。演技ならいい、それなら許せる。

本当に昂っている性器を自分の体の一部だと思いたくなかった。気持ちが悪い。

所詮この程度の安っぽい体なら、芙輝に捧げるまでもなかったのだ。もうどうでもいい。

これからは余計なことは考えず、ただの生理現象だと思って流れに任せよう。

そして元帥に向けて、歯の浮くような愛の言葉を毎日でも口にする。可愛げのある態度を取っていれば、すべて丸く収まるのだ。自分にはそれしかできない。

「……っ⁉」

その時、突然ノックの音が響く。コンコンッ！　と、いきなり激しい音だった。

直前に聞こえたベルトの金具の音が打ち消される。閉ざされた空気が引き裂かれた。

(――まさか！)

扉が無断で開かれる一瞬の間に、月里は芙輝の姿を思い浮かべる。

初めて言葉を交わした雪の日の夜のように、突然現れて助けてくれる……そんな甘い夢を見てしまった。都合のいい展開を無意識に期待して、錯覚や幻聴を起こしかける。

「閣下、何をやってるんですか？」

「！」

最高司令官室に許可もなく飛び込んできたのは、親衛隊長、桂木セラ少佐――。

月里が想像した芙輝の姿とは、真逆と言ってもよいくらいに違っていた。

桂木は金髪と青い瞳を持ち、白軍服と踵の高い白い軍靴を身に着けている。

月里よりもやや小柄な体で、デスクに向かって真っ直ぐに、カツカツと歩いてきた。

「セラッ、お前はまた勝手に！」

「……隊長っ」

月里はノックが聞こえた時点で元帥の手から逃れており、辛うじて半分ほど身を起こしていた。下着や脚衣を上げる余裕はなかったが、反射的にシャツを摑んで引き下ろす。

そういった羞恥心はあるくせに恥知らずな自分に、再び失望していた。

（――本当に、俺はどこまでも最低な人間だ……）

後先を考えない弾みの想像とはいえ、芙輝が踏み込んできて助けてくれることを期待してしまったのだ。実際にそんなことが起きれば困るし、困らせるのに、望んでしまった。

「セラ、駄目だろう……ここには勝手に入ってきてはならんといつも言っているはずだ」

「『浮気はしない』ともいつも言ってますよね、貴方はちっとも守らないけど」

「いや、してない。何もしてないぞ」

「してるでしょう？　どうしてそうやって次から次へと手を出すんだか……だいたいこんな茶髪のどこがいいんですか⁉」

「ぐ、あぁ――っ！」

目の前にやってきた桂木に髪を引っ摑まれ、月里は鈍い悲鳴を漏らす。

髪が数本、ブチブチと音を立てて抜けたのがわかった。

非力でも、桂木は容赦がない。

そのまま勢いよくデスクに伏せさせられたが、逆らわないことを選択して受け入れるしかなかった。軽蔑している相手とはいえ、上官は上官。何より元帥の寵妾だ。

「俺の金髪のほうがずっと綺麗なのに！　目の色だって肌の色だって俺のほうがいいっ」

「セラッ、やめなさい！　お前が一番に決まっているじゃないか。もう放してあげなさい。私はユエリーが不義を働いたかどうか調べていただけなのだよ。手を出そうとしたわけではない。断じてない。私を信じて機嫌を直しておくれ」

「ベルトゆるんでますけどね。で、どうだったんです？」

「う、ぁ……！」

月里は桂木の指でシャツの裾を摘まみ上げられ、隠していた尻を剝きだしにされる。

屈辱のあまり、火で炙《あぶ》られたように顔が熱くなった。

「ユエリーは穢れてなどいなかったよ。藍大将とは食事をしていただけだそうだ」

「食事だけ？　そんな馬鹿な、だって去年からですよ！　もう二ヵ月も……」

信じられないとばかりに声を上げた桂木は、月里の髪を放して背後に回る。

いきなり尻肉を両手で引っ摑み、後孔を確認するように割った。

「やっ……ゃめ、ぅ！」

「嘘……っ、なんで……どうしてそんな……」

「通信記録を調べた結果、確かに去年からつき合いがあったようだ。だが不適切な関係ではなかったのだよ。さあ放してあげなさい。いや……完全に放さなくてもいい。そうだ、私はユエリーに手を出さないから——セラ、代わりにお前が少し御仕置きしてあげなさい」

月里はデスクに突っ伏したまま、ぎくりと顔を上げる。

この状況で言う御仕置きという言葉が何を意味するのか正確にはわからなかったが、嫌な予感しかしなかった。

「別にいいですけど、気が乗らないなあ……俺がコイツを嫌いなの知ってるでしょ？」

「仲が悪いから面白いのだよ。とても刺激的な光景じゃないか」

「それは悪趣味ってもんですよ、月龍《ユエロン》様」

「これも隊員教育の一つだ。お前は親衛隊長、ユエリーは部下だろう？」

月里の不安を余所に、元帥は愉快げに笑う。

そして元々座っていた黒革の椅子に腰かけた。

「あー面倒くさっ。ほら、さっさとズボン上げろよ。ソファーに移動だ」

吐き捨てるように命じられ、月里は黙って下着と脚衣を上げる。

何をさせられるのか徐々にわかってきたが、文句など言えるはずがなかった。

何年もかけて積み上げてきたものが、崩れることのないように――いちいち深く考えたり悩んだりせずに、大人しく従えばいい。生理現象に流されようと傷つかず、身の程を弁えて従属するしかない。そうすると決めたばかりだ。

「……どうせマグロなんだろ？　下になれよ」

着崩れた軍服姿のままソファーまで連行された月里は、自分で座る前に突き飛ばされる。仰向けに横たわる形になると、そのまますぐに脚を跨《また》がれた。

四人掛けの大きな黒革のソファーは、ローテーブルを挟んでコの字に並べられている。桂木が選んだのは元帥のデスクの正面のソファーで、これが見世物であることは明らかだ。

「マグロなのはいいけど、暴れたりするなよ」

白い軍帽を脱いで金髪を指で梳《す》いた桂木は、囁くなり突然キスをしてくる。

（……何？　キス？）

口を一文字に結んでいた月里は、ある程度の覚悟をしていたにもかかわらず瞠目《どうもく》した。すぐに嚙みつかれて痛みを与えられるに違いないと思ったが、そんなことにはならない。自分のことを嫌っている相手が、唇を舌で抉《こ》じ開けるようなキスをしてくる――どうにも奇妙な状況だ。正常な思考がついていかない。マグロという言葉通りになってしまった。

「ん……ぅ、ん……ぅ」

横顔を元帥に見せる恰好でキスをしてくる桂木に、ネクタイを解かれる。

上着を脱がせる手際もよく、シャツの釦も着々と外されていった。

馬鹿にされないためにも、元帥を悦《よろこ》ばせるためにも、自分も動くべきだと月里は思う――思ってはいるのに、体が動いてくれない。

(隊長の服を……脱がせたり、するべきなのか？)

そうしてみようかと思った。こうなった以上は、割りきらないといけないのだから。

しかし手が思うようにならない。両手は無意味に彷徨った。

行き着く先はソファーの座面で、かりかりと無意味に引っかくばかり。奮起してみても、結局どうにもできなかった。

「……ぅ、う……んぅ」

桂木の舌は薄く小さく、芙輝や元帥とはまるで違う。

つるりとしてやわらかい唇は、桂木の物だと思わなければ心地好かった。

(なんだ……これ、なんで……こんなに……)

休まず動く技巧的な舌は、優しいという印象を与えてくる。

意外すぎて戸惑ううちに、下着の中から性器を取りだされた。

前立腺を刺激されて一度勃起《ぼっき》したそれは、まだ萎《な》えきってはいない。

ほっそりとした指先で包み込むように撫でられると、すぐに血が集まった。

「……ぅ、っ、ぁ……！」

月里は座面に肘を立てた状態で、思いきり仰け反る。

そうして口づけから逃れると、今度は首筋や鎖骨にキスをされた。

(嫌だ……こんな奴の手で、感じるなんて嫌だ。いったいどれだけ浅ましい体なんだろう、俺が特に酷いのか？　それとも誰でもこんなふうに……節操のないものなのか？)

徐々に足元へとずれていった桂木に、はだけた胸元から覗く乳首を舐められた。

ちろちろと突起を弾くように舌で刺激され、そうかと思うと軽く噛まれる。

「——あ……ぁ」

細く甘い電流が、屹立《きつりつ》にまで走った。気持ちいい……そう感じる自分にぞっとする。

「ん、ぅ……っ、ぅ」

ちゅぷちゅぷと乳首を舐め吸われ、性器を扱かれると意識が白濁した。

余計なことさえ考えなければ、快感しか残らない。軽蔑している相手なのに、体は嫌悪を示さず反応してしまう。嫌だと思っているのは心だけで、裏切る体は歓喜の最中《さなか》だ。

「……あ、や……ゃめ……」

性器を初めて他人に弄《まさぐ》られた月里は、それを口にくわえられる。

生温い口内に吸い込まれた瞬間、芙輝のことを考えてしまった。

もしも一線を越えていたら、彼にこういうことをされていたのかもしれない。あの上品な唇でされたら、きっとすぐに達していただろう。

「あ、んぁ……っ、ぁ……」

月里は芙輝とキスをした夜に感じた昂りを、鮮明に覚えていた。

お互いの雄を衣服の上から擦り合わせた時のこと――。

それは長い時間ではなかったけれど、粛然たる軍服や華やかな長袍で隠されている芙輝の分身を知ることができた。

(あの人の物だと思うと……嫌だなんて思えなかった)

口に含むことを想像してみても、少しも嫌だと思えない。

むしろ目にしたいと思う、触れてみたいと思う。

(こんなふうに、唇や……舌を――)

「はっ、ぁ……ぁ、あぁ――」

軍人らしくも男らしくもないやわらかな指や、性器の形に引き伸ばされてもなおふっくらとした唇の感触――芙輝の物ではないとわかっているのに、抑えられなかった。

月里は腰をびくんびくんと震わせて、桂木の口内に射精する。

また失望し、絶望し、ぐったりとソファーに身を委ねた。

(――芙輝様に、してもらうこと……して差し上げること……それを想像して、俺は……)

天井を見上げて荒い息を吐いているうちに、全神経が冷めていく。

罪を犯した気分だった。

（あの人を逃避に利用し、穢した……）

妄想は完全に消えて、情けない現実が押し寄せてくる。

泣きたかった。思いきり声を上げて泣いてしまいたい。

（誰もいない深い穴の中で、人知れず泣き叫べたらどんなにいいか……）

「はいおしまい。閣下、ご満足いただけましたか？」

デスクから注がれる好奇の視線、ティッシュを何枚も引っ張りだすリアルな音――。

それらから逃げようとしても青い匂いからは逃げきれず、暗鬱《あんうつ》な気分に呑み込まれる。

気持ちだけは、深い深い穴の底だ。

「今日のところはそのくらいでいいだろう。ご苦労だったなセラ」

元帥は軍靴を鳴らして歩きだし、桂木と月里がいるソファーの裏側に回った。

どうにか上体を起こした月里は、背凭れの向こうから見下ろしてくる彼と目を合わせる。

「ユエリー、快楽に悶える君はとても素敵だったよ。セラの唇は絶品だっただろう？」

「……は……はい……」

瞳が潤んでいたらしく、至近距離にいるのに輪郭がぼやけて見えた。

元帥の表情がわからない。自己嫌悪による眩暈《めまい》で、自分の表情すら思い通りにならない。

「区議会議員らと会合があるのでそろそろ行くが、肝に銘じておきなさい。私は従順で愛情深い隊員には優しい。だが、裏切り者は許さない」

「……承知……しております。裏切ることなど決してありません」

「よろしい。藍大将とは二度と会わないように」

元帥はソファー越しに月里の頬を軽く叩き、そのあとすぐに桂木の髪に触れた。どことなく子供扱いするような手つきで金髪をくしゃくしゃと撫で、身を屈めて口づける。舌を入れるような熱烈なものではなかったが、随分と長いキスだった。いつまでも終わらない気がするほど延々と続いて、名残惜《なごり》しげに離れていく。

「セラ、お前がどうして親衛隊長なのか、ユエリーに教えてあげなさい」

「――……」

命じられた桂木は、睫毛《まつげ》を伏せただけで返事をしなかった。

対して元帥は別段気にしていない様子を見せ、真紅の軍服姿で部屋をあとにする。

(桂木少佐が親衛隊長を務める理由？　そんなの、誰でも知ってる)

外見以外は取り立てて美点のない桂木は、異常なスピード昇進で少佐になり、親衛隊長に任命された。理由は誰でも知っている。彼がもっとも元帥に愛されているからだ。あえて教えられるまでもないことに思えて、月里は意味がわからないまま衣服を整えた。

「相変わらず残酷な人……」

隣に座る桂木の呟きを耳にした途端、月里は目を疑う。

服を着直す自分とは逆に、桂木は何故か軍服を脱ぎ始めていた。

白い上着を放るなりソファーから立ち上がり、月里に背を向ける。

そしてシャツの釦に手をかけた。

「精々ありがたく刮目《かつもく》しろよ。俺が親衛隊長になれた理由——」

「……！」

立ち上がり損ねたまま桂木の背中を見上げる月里の目に、一頭の龍が飛び込んでくる。

白人の血が強く出ている雪色の肌には、紅《あか》い龍の刺青《いれずみ》が彫られていた。

龍は翡翠を握っているのが普通だが、この龍は大きな満月を引っかくように抱いている。

実に鮮やかな色彩で美しく、桂木の細い背中には勝ちすぎるほど著大な刺青だった。

「月と、龍……月龍《ユエロン》様？」

「これでわかっただろ？　お前を含め、他の親衛隊員と俺じゃ格が違うんだよ。閣下に一番愛されてるから隊長なわけじゃない。あの人を一番愛してるから隊長なんだ」

自嘲気味に言った桂木は、袖を抜かなかったシャツを肩まで戻す。

そうして斜め横のソファーに腰かけると、脱いだ上着を引き寄せた。

そのポケットの中から、銀色のシガレットケースとライターを取りだす。

「そういうわけで俺は正隊員全員嫌いだけど、お前のことは特に嫌い。何故かわかるか？」

ライターを投げるように渡され、月里は「わかりません」と答えながら火を点けた。

腰を浮かせて身を乗りだし、桂木の煙草の先にそれを運ぶ。

こんなことをするのは嫌だったが、上官が煙草を吸う際は、部下が火を点けるのが慣習になっていた。体は案外すんなりと動き、細い煙草の先端を赤く灯らせる。

「逆賊遺子の自分が一番かわいそうって顔してるから」

「……そんなつもりは……」

「俺さ、区議会議員の養子ってことになってるけど、ほんとは妓楼生まれでしばらく戸籍もなかったんだよね。父親の顔なんか知らないし、娼婦の母親もすぐ死んで、気づいた時には男娼やってた」

「——男娼？」

尖らせた唇でフーッと煙を吹いた桂木は、白い軍靴に包まれた脚を組む。

「そう、おとこめかけの男妾じゃなくて、誰にでも売っちゃうほうの男娼。子供すぎたんで最初はかなりアングラな店で、毎日十数本もおしゃぶりばっかり。ちょっと成長したら藍華妓楼一の男妓楼に引き抜かれた。そこでナンバー1になって調子こいたりして……それからまあ色々あって月龍《ユエロン》様に身請けしてもらったわけ。そのあとは勉強だのお稽古だの、一気に詰め込まれて頭おかしくなりそうだったけど、いわゆるシンデレラストーリーってやつ」

月里はいつの間にか手にしていたネクタイを握りしめ、口内にあった水分を飲み干す。

つい先程、李元帥の口から純潔を重視する言葉を聞いたばかりの月里には、信じられないような話だった。

「元々は軍外の愛妾だったけど、あの人と一日中一緒にいたくて……あと、浮気しないよう目を光らせていたかったから軍に入った。優等生のお前から見たら士官学校の成績は最下位レベルだし戦闘能力は激低いし、相当な駄目軍人なんだろうけどな。学校もろくに出てない俺にはこれが精一杯だった」

桂木は佐官の勲章がついた上着を摘まみ上げると、それを月里に見せるようにして嗤う。

おそらく事実なのだろうが、俄《にわか》には信じられない。

逆賊遺子である自分でさえ義務教育はきちんと受けているのに、見た目も立場も華々しい上官が、そのような生い立ちだとは夢にも思わなかった。というよりも、自分と妹のことで頭がいっぱいで、桂木のことなどまともに考えたこともない。

「だからさ、自分が一番かわいそうですーみたいな顔してて、そのくせあの人好みな綺麗な体のままでさ。口先だけの愛情ですり寄って、うまい汁を吸ってるお前みたいな寄生虫には反吐が出るんだよね。しかも若くていい男が現れたらすぐにふらふらして、最低じゃねぇ？死ねばいいのに」

「――っ、ぅ」

顔に紫煙を吹きかけられても、咳《せ》き込むこともできなかった。

月里には言い返せる言葉がなく、ただ息を詰める。

結局、彼の言葉通りなのだ。

己の悲況ばかり憂えて、身も心もない愛で伸し上がっておきながら、他の男に心惹かれたという事実は覆せない。非難されて当然だ。

「……でも殺すわけにもいかないから、せめて辞職して閣下の前から消えろよ」

またしても思いがけない言葉を受け、月里は細くなったネクタイをさらに握る。

(消えられるものなら消えたい)

しかしそう簡単にはいかない。できることとできないことがある。

李元帥に対して愛情がないことを、桂木に対して申し訳ないとすら思ったが――だからといって、「はいそうします」と答えられるわけがないのだ。

「一ついいことを教えてやるよ。辞職すれば、お前は最高にハッピーになれる」

「……？」

「逆賊遺子は士官になれない決まりになってるけど、親衛隊の正隊員になるに当たり超法規的措置で士官になっただろ？　その時点で永久徴兵も免除されてて、お前は自由に辞職できるんだよ。軍を抜けて民間人にさえなってしまえば、閣下はお前に手を出せなくなる」

「どういう、意味ですか？」

「閣下は大和総督の母方の甥だってことでこの国では権勢を振るっていられるけど、本国に帰ったら藍華禁城に自由に出入りできない程度の身分なんだぜ。逆に皇帝の愛娘《まなむすめ》と結婚した藍大将は出入り自由で、本国ではかなりの身分差があるらしい」

芙輝が皇帝の娘婿だという事実をまたしても聞かされ、月里は耳を塞ぎたくなる。

桂木がどういう提案を持ちかけようとしているのか先に読めてしまい、これ以上聞きたくなかった。

「藍大将はお前に惚れて言い寄ってきてるんだろ？　お前が軍を辞めて民間人にさえなってしまえば、軍位と無関係にお前を閣下から奪える。お前は藍大将の愛人っていうか大和人妻みたいな立場になって、妹も自分の身も守ってもらえばいい」

やはり予想通りのことを言われた。

確かに軍の外では芙輝のほうが上なのだろう。

切実に頼み込めば芙輝は助けてくれるかもしれない。

しかしそんな汚い真似をさせられるわけがなかった。

自分が心惹かれたあの人は……男同士の痴情《ちじょう》から上官を謀《はか》って愛人を奪うような、下卑《げび》た男ではないのだから。

「辞める気になったか？」

桂木はクリスタルの灰皿に煙草を押し当て、上目遣いに訊いてくる。

「いいえ、辞めません。これまでの閣下のご厚情に感謝し、今まで以上に心を籠めてお仕えします。隊長を見習って――」

淡いブルーの瞳に向けて宣言するなり、月里は壮絶な殺気に襲われた。

燃え盛る愛執の炎を見いだした次の瞬間、重い灰皿を投げつけられる。

「……⁉」

即座に避《よ》けた月里は、飛び上がる勢いでソファーから立ち上がった。

本気になれば桂木に遅れを取りはしない。上官とはいえ逸脱した暴力行為に耐える必要はないのだ。

「お前……っ、よくも……俺は二ヵ月も放っておいてやったのに！」

背後でガシャガシャーンッ！　と音がして、さらにそれが連続する。

マホガニーのキャビネットに突っ込んだ灰皿が、高価なグラスを次々と破壊していく中、月里はデスクに向かって歩いた。

軍帽と黒檀刀を手に取り、ネクタイと一緒に握りしめる。

「その件は感謝します。おかげさまで自信のなかったテーブルマナーをマスターできました。今夜からはご一緒させていただきますので、よろしくお願いします」

「待てよ！　お前そんなことでいいのか⁉　つまんないプライドで意地張っても損するだけだぞ！」

「プライドなんかじゃありません。そんなものは捨てました」

（捨てなければ、こんな恥知らずな軍服は着られない――）

言葉を呑み込んで「失礼します」とだけ告げた月里は、最高司令官室を去ろうとする。

ところが桂木は引かなかった。

入り口まで追いかけてきて、扉を開く前に肘を摑んでくる。

「プライドじゃないなら理由はなんだ？　本気で惚れてたら何もかもぶち破って奪い取って自分の物にして、丸ごと全部捧げたくなるはずだろ⁉」

「それは人それぞれかと思います。隊長は、閣下を奪い取りたいんですか？」

「当たり前だろ！　奥さんからも子供からも、愛人全部からも奪い取りたい。俺はナンバー1になりたいわけじゃない、オンリー1じゃなきゃ嫌なんだ！　あの人が何もかも失って、破産してボロボロになっちまえばいいって、いつも思ってる。誰にも相手にされなくなればいいっ、そしたら俺しかいなくなるからな！」

突き刺さる視線があまりにも鋭くて、月里は初めて桂木に気圧《けお》される。

こういう情動も本当にあるのだと知ると、愛というものが心底怖くなった。

自分は芙輝に対してこんなふうには思えないし、生涯、絶対に思いたくもない。

ただ、桂木の愛を「そんなのは愛じゃない」と断じることはできなかった。

もしも芙輝を好きになっていなかったら、今聞いた言葉を頭から否定的に捉えたかもしれない。けれど今はわかる。これも愛の一つだと思える。

「自分とは正反対で相容れませんが、これまで貴方を見縊《みくび》っていたことは謝ります」

月里は桂木の手を腕力の差で振り解き、扉を開けた。

白い軍靴で廊下に出て、カツカツと足音を立てて歩きだす。

それ以上追われることはなく、誰もいない控えの間を通過しながら軍帽を被った。

自分は好きな人の不幸を願ったりはしない。名を貶めたくもない。夫婦仲に亀裂を入れることも許されない。皇帝の覚えが目出度《めでた》い彼の足を、引っ張ってはならないのだ。

一緒にいられなくてもいい。会えなくてもいいから、芙輝にだけは、いつまでも誇り高く生きていてほしかった。

6

月里《つきさと》は行政局をあとにして、西方第二ゲートから陸軍総本部に続く柱廊に出る。元帥《げんすい》や桂木《かつらぎ》セラに触れられた体を、一刻も早く洗いたかったからだ。

勤務時間中に宿舎に戻るわけにはいかないが、護衛や巡回の当番以外ならある程度自由に動くことができる。

そのため総督府を出て陸軍総本部内の鍛錬所を利用し、鍛錬にかこつけてシャワーを使うつもりでいた。元々この時間帯は鍛錬に当てていることが多く、普段通りの行動でもある。

午後五時――いつもよりは遅く鍛錬所に向かった月里は、巨大な体育館に似た空間に一歩足を踏み入れた瞬間、いつもと違う空気を感じた。

（やけに人が多いな……）

反面やたらと静かなことに驚かされる。

鍛錬所は三階建てになっており、最上階はプールとサウナ、二階にはジムとシャワー室とロッカールームがある。一階は天井が非常に高く、通常の四階分ほどの高さがあった。

広々とした空間は高めのパーティションで区切られており、柔道や空手、木刀武術や剣道、藍華《らんか》拳法の道場が並ぶ。奥の壁一面は難易度別のクライミング練習場になっていた。

「月里、やっと来たか。せっかくいいものが見られるのに勿体《もったい》ないと思ってたんだ」

拳法道場の人だかりが気になっていた月里の前に、同期の篠崎賢吾《しのざきけんご》大尉が寄ってくる。

一般士官の篠崎は、唐茶色《からちゃいろ》に黒いラインの入ったジャージを着ていた。

柔道着や空手着などは除いて、練習着は自身の標準軍服に準ずる決まりになっている。

「いいものってなんだ？　あの人だかりは？」

「藍《ラン》大将がいらしてるんだよ。一般士官に藍華拳法の指導をしてくださってるんだ」

「……え？」

大和《やまと》男子らしい爽やかな笑顔で言われた途端、月里の気持ちはぐらりと揺れた。

（まさかそんなこと……ありえない……でも、あの人ならやりかねない）

正面の人だかりの向こうに芙輝《フキ》がいると知るなり、いつかのように心身が散《ばら》けた。

心は駆け寄りたがっているのに、体は硬直して動かない。頭は「今すぐ引き返せ」と指令を送ってくる。自分という存在を思い通りにできなくて、完全に足が竦《すく》んでいた。

（……どうして、今ここに、こんな時に……）

激しく高鳴る心音が、生木を裂くような音に聞こえる。今だからこそ会いたい。今だからこそ会いたくない。李《リー》元帥や桂木に触れられた体で、あの人の目に映りたくない。

「藍華拳法の使い手だってことは知ってたけど、大将が一般士官に指導だなんて凄《すご》いことだよな。噂通りちょっと変わった人みたいだ」

「……そう……だな、よく知らないが……とても親切な方だと聞いたことがある」

「突然いらしたから驚いたよ。たまたま入り口に立ってたら話しかけられて、もう吃驚《びっくり》するやら緊張するやらで、声が裏返りまくった。今でもドキドキしてるよ」

「なんて……話しかけられたんだ？」

「『木刀武術の道場はどこだ？』って」

「……！」

「木刀武術は大和で近年栄えた武術だし、藍華では珍しいから興味を持たれたんだろうな。しばらくご覧になってたけど、それから拳法道場のほうに移動されたみたいだった。本当に驚いたよ、練習着が黒い長袍《チャンパオ》だったし。やっぱりジャージとか着ないんだなあ」

「藍大将は……貴族だ」

「ああ、そうだな、当たり前か。髪も貴族らしく長くしていらっしゃるし、それがまたよく似合っていて。……ん？　月里……どうしたんだ、見にいかないのか？」

（行きたい……行きたいに決まっている）

昨夜別れてからまだ二十四時間経《た》っていないのに、顔が見たくて、声が聞きたくてたまらない。笛を吹いている時や食事をしている時の優雅な姿も好きだけれど、凛々《りり》しい軍服姿も大好きで、いつも見惚《みと》れていた。拳法の指導をする芙輝を見たら、自分は確実に惚《ほ》れ直してしまうだろう。そしてまたつらくなる。

「用事を思いだした、総督府に戻る。それとこれからはもう陸軍総本部の食堂を使うことはないと思う。お前と会う機会もなくなりそうだ」

「え、なんでだよ！　ただでさえ最近ほとんど来てなかったのに、完全にってことか？」

「俺は本物の親衛隊員になる。そう決めたんだ」

「それってどういう……おい、ちょっと待てよ、月里！」

月里は散り散りになっていた自分自身を一つにまとめて、踵《きびす》を返した。

甘い情動に揺れてはいけない——芙輝が自分に会いにきてくれたのではないかと考えて、胸をときめかせたり嬉《うれ》しくなったりしてしまうことすら罪だ。

相手は妻のある人で、自分には主《あるじ》がいる。

長い人生の中で一瞬でも彼と触れ合えたことを胸に刻んで、別の道を歩いていかなければならない。知らないほうが幸せだったのだとしても、恋を知ったことを後悔はしない。彼を好きになって、よかったと思いながら生きていきたい——。

陸軍総本部をあとにした月里は、総督府に続く柱廊を歩きながらポケットを探った。

西京《さいきょう》土産にもらった御守りを取りだし、足を止めずに先を急ぐ。

ハス柄の白地に金糸で、健康長寿と刺繡《ししゅう》されたこれを見るたび、顔が綻《ほころ》んだ。

今だってそうだ。こんな状況でも笑ってしまう。

しかしいつもと違うことがある。

今は、あの時に芙輝が言っていたことがよくわかった。

たとえ自分の物ではなくとも、彼には健やかに幸福に、いつまでも輝いていてほしい。

同じことを今、心から願っている。

「蓮《れん》！」

金色の文字が滲《にじ》んで見え、目を擦《こす》ったその時だった。

振り返ると、早い夕照に浮かぶ柱廊の先に、長身のシルエットが見える。

直前に耳にしたのは、間違いなく芙輝の声だった。「蓮」と呼ぶのも、今はこの世でただひとり、彼だけだ。

（芙輝様……！）

黒い長袍の裾《すそ》を揺らす芙輝の姿を目にするや否や、月里の足は止まってしまう。

まだ間に合う――気づいていない振りをして、さりげなく早足で逃げろと思っているのに、靴の底が柱廊の床から生えているかのように動かない。

びくともせず、芙輝が追いつくまでにできたのは、御守りを握って隠すくらいのことだけだった。

「蓮、何故《なぜ》声をかけてくれなかったのだ？　お前が来ると思って待っていたのだぞ」

(……どうしよう、もう会わないって……閣下に約束したばかりなのに……)

手の届く位置に立たれてしまった。今から走って逃げられるだろうかと考える。

しかしそれでは抜本的な解決にはならないだろう。

いきなり逃げたところで、事情を聴くためにWIP《ウィップ》を鳴らされたらまた通信記録が残ってしまう。かといっていきなり着信拒否に設定して連絡を絶つような真似は、無礼がすぎるというものだ。

(二度と会わないと命じたとはいえ、閣下は芙輝様と俺の身分差を十分わかっている。突然無視できないことくらい……承知のうえで言ってるんだ)

「私が鍛錬所に行っては迷惑だったか？　人目がある所なら問題ないと思ったのだが……」

「いえ、迷惑というわけではありません。それにしても……私があの場から立ち去ったこと、何故わかったんですか？」

「これでも音楽をやる人間だからな。耳は頗《すこぶ》るいい。特にお前の名前や声は逃さない」

(そんなふうに、嬉しそうに笑わないでください……)

芙輝は月里が声をかけずに去ったことを怒りもせず、その理由すら、もうどうでもいいとばかりに微笑《ほほえ》む。まるで「会えて嬉しい」と書いてあるかのような笑顔だ。

(こんな顔をされたら、どうしたって勘違いしてしまう。奥方のことは頭の片隅にもなく、俺のことだけを本気で好きでいてくれてると信じて……舞い上がりそうになる……)

「芙輝様……あの、折り入って……お話があります。ここで少し、よろしいですか？」

月里は腹を括《くく》り、芙輝の顔を見据える。

完全に拒絶するしかないと思った。

今のところ柱廊には誰も歩いていなかったが、ここなら人が近づいてきたらすぐに会話を止められる。総督府と陸軍総本部を繋《つな》ぐストレートの柱廊だ。遠目にもよく見える。

誰かの目に留まって元帥の耳に入ったとしても、後ろ暗いことはしていないと弁解できるので都合がいい。「お別れの挨拶をしていただけです」と言えば済むことだ。

世話になった上官に最後の謝辞くらいきちんと述べなければならない立場なのは、元帥も理解してくれるだろう。

「改まってどうしたのだ？」

「芙輝様……とても言いにくいのですが、私はこれまで芙輝様に秘密にしていたことがありました。秘密というよりは、あえて触れないようにしていたのですが――」

月里は言葉を選びながら思考を整理し、疑いを持たれないようできる限り真《ま》っ直《す》ぐに目を見て話すよう努める。

本当は顔を見るのがつらかった。けれどもこうして面と向かい合うのは最後だと思うと、瞳に焼きつけておきたい気持ちもある。

「秘密？」

「はい……私はもう二年以上も閣下の妾《めかけ》として親衛隊にいますが、他の隊員との兼ね合いもあって閣下はなかなか手を出されない方なので、実は昨夜まで御手がついていませんでした。そういう経験がない身だったのです」

月里が言い終えると同時に、芙輝は目を大きく見開く。

いきなりではなくゆっくりと……まずは耳を疑って、何度も言葉を反芻《はんすう》するように時間をかけて、最後には三白眼になるほど瞠目《どうもく》した。

「御手がつくまでは……閣下のことをそれほど好きではありませんでした。たくさんの妾を持つ方ですし、私はあくまでも妹のために、体を売るようなものだと割りきって今の立場を受け入れたつもりです。ですから芙輝様のご厚意に心が揺れて、貴方《あなた》を特別に好きになってしまったのかと……悩んだりもしました」

月里は御守りを握る手に力を込め、芙輝の表情に心折れないよう、自分を奮い立たせる。

好きです、貴方が好きです——迸《ほとばし》るこの想いも、時が経てばいい思い出になるだろう。

その時まで凍らせて、今この瞬間の苦痛を乗り越えたい。

「昨夜……閣下に抱いていただいて、自分は本当に閣下の物になったのだと感じました。体だけではなく、心も全部、閣下に持っていかれてしまって、今はもう……閣下のことで頭がいっぱいです。奥様にも、お子様にも、大勢いる妾の誰にも負けたくない。一番ではなく、あの方の唯一の存在になりたい。そう思っています」

「蓮……」

桂木セラの燃えるような瞳を思い描き、月里は精一杯真似をして芙輝の顔を射抜いた。

彼の顔色が変わっていくのが目に見えてわかる。

夕陽に照らされているのに、唇も頬《ほお》も真っ青に見えた。

「本当に、お世話になりました。言葉では言い尽くせないほど感謝しています。夢のように素晴らしい、一生忘れられない時間をすごさせていただきました。私の宝物です」

涙が込み上げてくるのをこらえてもこらえても、瞳が濡《ぬ》れてしまう。

もしも瞬《まばた》きをしたら涙粒《なみだつぶ》が零《こぼ》れそうで、月里は必死で目を開けたまま乾くのを待った。

「私は多情で浅ましい人間なのかもしれませんが……どうか許してください。妹のためだけではなく、私自身も幸せになりたいと思ってしまいました。そのために私は、閣下の誤解を招くような行動は一切控えたいと思います。もう……二度と、お会いしません」

「……私も……お前に言いたいことがあった。今、言ってもよいか？」

話が終わるまで待っていた様子の芙輝が、焦燥も露《あら》わに迫ってくる。

鮮やかな姿が滲んでしまい、芙輝の表情はよく見えなかった。

ただ、声が酷《ひど》く震えて焦っているのはわかる。

「私は、お前がどういう私を好んでくれているのか、それを早い段階から察していたように思う。お前に見せた姿は無理に演じていたものではないが、好かれる人間であろうと努めた部分は少なからずあった。それ故《ゆえ》に……お前に嫌われたくないあまりに、ずっと腹に溜《た》めて言わなかったことがある」

芙輝は少し早口に言うと、強い視線で月里を捕らえる。

体はどこも触れ合っていないのに、微動《びどう》だにできなくなる視線だった。

「私は、お前を李元帥から奪えるだけの力を持っている。元帥の面子《メンツ》を潰《つぶ》さぬよう気を配り、納得してもらえるだけの十分な礼を尽くそう。お前のことも妹のことも必ず守る。今は他の男のことなど考えられないかもしれないが……もう一度、私を見てはくれないか？　他人の愛妾を一族の力で奪おうとする私を軽蔑せずに、許してはくれないか？」

「……芙輝様」

「必ず幸せにする。お前を愛する気持ちでは誰にも負けないと自負している」

月里は間を詰めてきた芙輝に手を取られ、びくりと震える。

御守りを握りしめているほうの拳《こぶし》を、両手で摑《つか》まれてしまった。

自分の拳など簡単に包んでしまう大きな手と、熱い言葉に覚悟が揺らぐ。

許すも何も、芙輝を軽蔑することなど絶対にありえない。

本当は何も考えずに飛び込んでしまいたい。妹の手を引きながら「助けて！」と叫んで、芙輝の胸に縋《すが》りつきたい。

「蓮、心から愛している。どうか、私の愛人になってくれ――」

芙輝の唇の動きが、やけにゆっくりと見えた。

先程の彼がそうであったように、月里は向けられた言葉を何度も何度も反芻する。

『本国に妻がいるのだ』

芙輝の愛情が、元帥の一言に蝕《むしば》まれていった。

恋心も一緒になって砕け散り、破片は粉微塵《こなみじん》になるまで粉砕される。

(――愛人……)

芙輝は本当の意味で高貴な人間で、不必要に威張《いば》ったりはしない男だ。

使用人に対しても思いやりをもって接している。

されど妻や愛人を大勢持つのが当たり前の貴族の男であり、自分とは育ちも感覚も違う。

だからこれは芙輝の罪ではない。彼は何も悪くない。

(育った国の風習と、身分の違いだ……この人が悪いわけじゃない。俺には勿体ないくらい誠実に接してくれた。尊敬に値する素晴らしい人だった……)

ただ、自分の心が追いつかないだけ……ただそれだけ――。

「ありがとう、ございます……お気持ち、本当に身に余る光栄だと、思っています。ですが私はもう、先程申し上げました通りの状況ですので……何卒《なにとぞ》ご容赦ください」

月里は芙輝の手を片方ずつ剝《は》がしていき、柱廊の先に顔を向ける。

同時に軍靴《ぐんか》の爪先《つまさき》も動いていた。一刻も早く去らなければならない。

これ以上ここにいたら、泣き崩れてどうしようもないことになってしまう。

「私は、また出遅れて……お前を困らせているのか？」

「……お気に……なさらないでください。どうか、お元気で……」

月里は目を見合わせずにそれだけ言って、柱の影の濃くなった廊下を走りだす。

軍位を越えて、ポリシーを崩してまで、本当は奪いたかったのだと告白してくれた。

芙輝にそんなことはさせたくないと思っていたはずなのに、その気持ちが酷く嬉しい。

こんなにも愛してくれた。こんなにも愛した。

それだけでもう十分だ——。

7

『……十八日？　そんなに先になっちゃうの？』

芙輝と別れて李元帥の食事会に初めて出席した日の夜、月里は行政局地下一階の通信室にいた。電話の相手は妹の舞《まい》だ。

細長いフロアには、電話ボックスと呼ばれている半畳の小部屋が並んでいる。置いてあるのは電話機とメモ用紙と椅子《いす》だけで、通話はすべて記録される決まりになっていた。

「今日は十四日だぞ、あと四日じゃないか」

『ほんとは今日会いたかったのになあ。お兄ちゃん今日がなんの日かわかってる？　バレンタインデーだよ。今年はチョコレートもらえた？』

「いや、もらってない。軍には男ばかりだからな」

『職員さんとか食堂の人とか、女の人もそれなりにいるって言ってたじゃない。お兄ちゃんカッコイイのに告白されたりしないの？　彼女いない歴二十四年は絶対おかしいよ……どう考えてもモテるはずなのに』

月里は磨硝子《すりガラス》に囲まれたボックスの中で、メモ用紙に『二月十八日・面会』と書く。

電話の向こうの舞は、入院中の病院の電話ボックスの中にいた。

「暇さえあれば勉強してたし、軍の敷地外には出ない部隊に配属されたから出会いもない。それに身内が思うほどモテないものだ。そっちこそ例の彼氏はどうしたんだ？」

『彼氏じゃないよ、友達になっただけ。先に退院しちゃってそれっきりって感じ』

「そうか……でも退院したならよかったじゃないか」

『うん、そうだね……でも、ほんとはもうちょっと長く入院しててほしかったな……』

そんなこと言っちゃ駄目だろ——と、喉まで出かけた言葉を月里は呑《の》み込む。

あえて言わなくても、妹はよくわかっている。

足を引っ張りたいわけじゃない。不幸を願いたいわけじゃない。

好きだから一緒にいたい。淋《さび》しいから一緒にいてほしい。方法はなんだっていい。

罪の意識が湧いて自己嫌悪に陥ろうと、そう思い始めてしまったら消し去れないものなのだろう。今はその気持ちが、少しわかる。

「十八日は非番だから、朝一で行くよ。面会時間中ずっといてやる」

『ほんとに!? あのね、病院の売店でチョコレート買っておいたの。大人っぽくてお洒落《しゃれ》なやつだよ。あげるから絶対来てね！　夜まで帰っちゃ駄目だよっ』

興奮したせいか、舞はそう言うなり激しく咳《せ》き込む。

一度始まるとなかなか止まらず、受話器を押さえる音と共に喘鳴《ぜんめい》が耳に届いた。

声をかけるとかえって焦らせてしまうことを知っているので、月里は黙って待つ。

ゴホゴホ、ゼイゼイと、それは長く長く続いて——分かち合えない苦しさに胸が痛んだ。健康に生まれた自分には、肺が潰れるような苦しさなど決してわからない。

ただ待つことしかできないのだ。

時には胃の中の物を吐き戻し、爪で胸をかき毟《むし》ってしまうほどの苦悶《くもん》を前に、いつもただ、見守りながら背中を擦《さす》ってやることしかできなかった。

今はそれすらも叶《かな》わず、メモ用紙の上に無意味にペンを走らせる。

(——神様……)

存在を信じてもいないのに、頭の奥で呟《つぶや》いてしまう。

穴が開きそうな筆圧で白紙を黒く埋め尽くしてもなお、舞の咳《せき》は止まらなかった。

月里はペンを折りそうになる自分の手を制して、軍服のポケットから御守りを取りだす。

芙輝からもらった数多くの宝物の中で、形として残っているのはこれだけだった。

健康長寿の文字を見ても今は笑えないが、この御守りに籠《こ》もる彼の想いに頼りたくなる。

『……っ、ご……ごめ……ごめん……っ、うるさかった?』

「馬鹿だな……謝る奴がいるか。興奮させて悪かった。もう平気なのか? そろそろ切ったほうがよくないか?」

『やだ、切らないで……あんまり、電話できないのに……やだよ』

ようやく落ち着いた舞は、一息一息慎重に呼吸する。

苦しさのせいなのか淋しさのせいなのか、涙声になっていた。

月里が腕に嵌《は》めているＷＩＰは電話の役目を果たすが、軍の施設内では外部と連絡が取れないようになっているため、舞と話すにはこの通信室の電話を利用しなければならない。

舞が入院している時は病院の規則を守らねばならず、退院して自宅に戻っている時は養父母への遠慮があり、電話で話すことさえ容易ではなかった。

「舞……四日後そっちに行く時、いい物を持っていってやる。健康長寿の御守りだ」

『御守り？　お兄ちゃんがそういうの珍しいね。神様なんていないとか言ってなかった？』

「これは特別な御守りなんだ。徳の高い方からいただいた物だから、絶対に御利益《ごりやく》がある。お前にやるよ」

助けて――存在しない神ではなく、芙輝に祈りたい。圧倒的な力を分けてほしい。

妹の涙声に釣られたのか、鼻の奥がつんとした。言葉が出てこなくなる。

迂闊《うかつ》に喋《しゃべ》ったら声が震えて、涙が溢《あふ》れてしまいそうだった。

『お兄ちゃん……大丈夫？　もう、切る？』

泣きそうなのがわかってしまったのか、自分からは切りたがらない妹に気を遣われる。

月里は受話器を押さえながら無音で呼吸を繰り返し、「ごめん」とだけ言って切った。

これが妹との最後の会話になるとも知らず、男の体面を守るために切ってしまった。

8

二月十八日、外出先から総督府に戻った月里は、西方第三ゲートの前で足を止めた。傘を差すほどではない霧雨《きりさめ》が舞っている。

照明に照らされる雨の筋は、重力に逆らって見えた。

少し風が強く、手に提げていた紙袋がカサカサと音を立てる。

月里はゲートのロックを解除する前に、紙袋の中から和紙製の小さな袋を取りだした。それを千切《ちぎ》るように開封して、中に入っていた清めの塩を軍服にかける。

親衛隊の軍服だが、今日着ている物は外出用の冬服で、色は黒だ。

「このたびはご愁傷様」

ＷＩＰの認証が済んでゲートが開くと、覚えのある声が聞こえてきた。

親衛隊宿舎に続く回廊の入り口に、白軍服を着た親衛隊員が八人も立っている。

中央手前にいるのは隊長の桂木セラ少佐で、彼を始めとして全員が喪章をつけていた。

「妹さん突然だったそうで、残念だったな」

「恐れ入ります」

「閣下が心配されていた。『唯一の肉親を失うのはさぞかしつらいことだろう……』って。

まあそれはそうだろうけど、最初から天涯孤独な人間もいるわけだし、お前が世界一不幸なわけじゃない」

桂木の口調に敵意を感じ、月里はその場に佇《たたず》む。

その通りだと思います——と言いかけた口から、白い吐息だけを漏《も》らした。

「……はい」

少し遅れながらも無感情に答えると、桂木が軍靴の足音を響かせながら寄ってくる。

四日前から月里が元帥の食事会に出席するようになったため、彼の態度は以前にも増して厳しいものになっていた。喪章をつけているのも元帥の指示なのは明らかだ。

殴られるのを覚悟して腹筋を固めるように、心が瞬時に構えだす。反射的なものだった。

桂木から何を言われても動じないよう、何重もの壁を作らなければならない。

「それと伝言。『しばらく何も気にせずゆっくり休みなさい……困ったことがあったらなんでも相談しなさい』……あとはなんだったかな？　忘れちゃった」

桂木は棒読みで告げると、唐突に距離を詰めてくる。

色違いの軍帽がぶつかるかと思うほど迫られた月里は、他の七人の死角で腕を摑まれた。

「これで怖いものはなくなっただろ？」

「……!?」

桂木の唇が耳朶《じだ》を掠《かす》め、甘ったるい声が頭の奥に響く。

霧雨の夜は冷えており、互いの息が白く漂いながら混じり合った。

「もう我慢しなくてもいい。欲望の赴くままに生きろよ」

月里にしか聞こえない、官能的な声だった。

白手袋に包まれた指先が、塩の残る黒い袖《そで》に食い込んでいく。

「お前は自由だ……なんだってできる」

やわらかな唇から注がれる甘い息、甘い声――蕩《とろ》けそうなほど甘い言葉。

天使の姿を借りた悪魔に、誘惑されているかのようだった。

聞いてはならない言葉を、聞いてしまった気がする。

（……これは……元々あった言葉だ。俺の腹の底に、以前から眠っていた言葉……）

生まれつき体の弱かった妹が肺炎を起こし、危篤の知らせもなく訃報が届いた瞬間から、月里の中にこれらの言葉は芽生えていたように思う。その種子は元々存在したのだ。ただ、芽ぐまないよう抑え込んでいただけで――。


桂木セラ他七名の隊員が去ったあと、月里は回廊を歩いて自室に戻った。

黒い軍服姿で寝室に入り、着替える気力もなくベッドに座り込む。

一度腰を落とすと体が重く感じて、何もする気が起きなかった。

(――チョコレート……)

通夜返しの紙袋の中にあった金色の包みに目を留めた月里は、気怠《けだる》くそれを手に取る。

通夜のあとで舞の養父母から渡されたのは、他の参列者と同じ通夜返しと、チョコレート一つだけだった。

舞の養父は軍需品を製造している大和企業の重役を務めていて、その妻は李元帥の遠縁に当たる藍華人女性だ。

舞が入院していた病院は誰でも知っているような大病院で、臨終の際には養父母が揃《そろ》って看取《みと》ったと聞いている。通夜も大層立派だったうえに、養母は目を腫《は》らして泣いていた。

わずか二年という短い期間ではあったが、彼らは体の弱い舞を本当に可愛がってくれた。

しかし実の娘のように愛するが故に、舞の中で大きな割合を占める実兄の存在を、疎《うと》んでいたのも事実だった。

養子縁組の仲介者である元帥の手前、露骨に邪険にはしないものの、接触を持ってほしくないという気持ちが感じられて――月里も舞も、お互いに遠慮しながら連絡を取ってきた。

(不満なんて何もない……これ以上は考えられないくらい、よくしてもらった)

通夜の帰り道も今も、月里は自分に何度も言い聞かせる。

赤の他人としてしか参列できなかったこと、危篤の知らせをもらえなかったこと、たったひとりの妹を看取れなかったこと……本当は、摑みかかって叫びたいくらい悔しかった。

（あの時もっと話せたのに……あの日に戻れたら、時間の許す限り喋るのに……）

涙声になってもいい、男らしくなくても、情けなくてもいい。もっと喋って、優しくしてあげたかった。真剣に話を聞いて、自分のことも打ち明けて……舞が好きなもの、頑張っていること、その一つ一つに興味を示し、褒めてあげればよかった。

（舞……）

月里はラッピングされたチョコレートの箱から、メッセージカードを引き抜く。

小さな封筒に入ったそれを開いてみると、十七歳の少女らしい文字が目に飛び込んできた。

『お兄ちゃんへ　いつもありがとう！　毎年一個は保証するから泣かないでね！　マイ』

妹は幸せなまま、明日があることを信じて死んでいったのだろうか？

自分は兄として、できるだけのことをしてきたと自負してもいいのだろうか？

（いいわけがない。俺はただ環境を与えただけ……本当は、もっとできたはずだ……っ）

「——ぅ……」

愛していた——重荷に感じたことが一度もなかったとは言えないけれど、それでも誰より愛していた。心の底から愛していた。

「……!?」

メッセージカードを見つめていると、外から笛の音が聴こえてくる。

（……芙輝様！）

一瞬、いつもと同じ曲だと思った。けれど違う。いつもの曲とはまったく違う。
月里は無心でベッドに膝をつき、窓の鍵を外して思いきり開放した。
霧雨を運ぶ冷たい風と共に、笛の音が一気に流れ込んでくる。
「――っ……う……」
黄金色《こがねいろ》の蝶《ちょう》が舞う蒔絵《まきえ》の笛から届けられる、覚えのない旋律――。
それが鎮魂曲であることは、すぐにわかった。
曲の名前など知らない。どこの国の曲かもわからない。それでも心が理解していた。
『愛した人を失うことは、世界を失うのと同じように悲しいことだ』
芙輝の声が、鎮魂の旋律と共に届く。
月里は慟哭《どうこく》を手のひらで押さえつけ、窓枠に伏した。
「……う、う……ぅ――っ！」
『それでも残された人間は、前を向いて生きていかなければならない』
芙輝の言う通りだ。彼の言葉は正しい。自分もそうするべきだと思う。
これで、完全に解き放たれた。
進むべき道を、好きに定めても構わないのだ――。

9

大和暦、泰平《たいへい》二十八年、三月十七日、東都《とうと》、藍華妓楼《ぎろう》——。

男娼《だんしょう》名ユエリーこと月里蓮は、漢門《おとこもん》の近くにある男妓楼、蝶華楼《ちょうかろう》の三階にいた。

陰見世《かげみせ》には出ないとマダム・バタフライに伝えてあるので、娼室で客を待っている。

真紅の婀娜《あだ》めいた藍華ドレス、桃色の紗《しゃ》の幕で覆われた寝台、開店時間前の歓楽街の喧騒《けんそう》、いつもと変わらない……この二週間、身を置いてきた小さな世界だ。

（無理にでも休暇を取って見舞いに行ってたら……これを舞に渡せていたら、もしかしたら運命は変わったかもしれない。休みくらい、取ろうと思えば取れたのに……）

月里は寝台に座りながら、手のひらに載せた御守りを見つめる。

続き間の私室に黒色の親衛隊服を隠してあるが、そのポケットに入れていた御守りには、これまで触れないようにしていた。

芙輝と再会した昨日までは、持っていることすら忘れるよう努めてきたのだ。

見ればどうしても、芙輝のことを思いだしてしまう。

殺したはずの恋心が蘇《よみがえ》ってしまう。

そして覚悟が揺らぎそうになって、そんな自分に嫌気が差すのがわかっていたから。

「！」

御守りを見ていると突然、ノックの音に耳を打たれる。

思わずびくんっと全身で反応してしまった。

（マダムか？　いや、違うな……）

叩かれている位置が低く感じて、月里は寝台に腰掛けたまま首をひねる。

誰かとは問わずに「どうぞ」と言うと、扉が開かれた。

「……これはまた、随分と可愛いお客さんだな。どうしたんだ？　俺に何か用か？」

月里の娼室にやって来たのは、昨夜初めて喋ったばかりの少年、シンだった。

藍華妓楼一の男妓楼と言われているこの蝶華楼のナンバー1で、ハーフに見える少年だ。

丈の短いピンク色の藍華ドレス姿で入ってきたシンは、後ろ手に扉を閉める。

「ちょっとお知らせ。あのさ、昨夜の長袍の人、開店前から待ってるんだよね、店の前で」

「……!?」

愛くるしい口から発せられた言葉に、月里は目を剝《む》く。

言葉の最後に、「冗談だよ」とつけてほしかった。

からかっても嘲笑《あざわら》ってもいいから、嘘だと言ってほしい。

昨夜、芙輝は漢門の近くで笛を吹いてから立ち去った。あれは別れの言葉の代わりだったのだと月里は判断した。今この瞬間もこれから先も、そう思い続けていたい。

「ねえ知ってる？　開店前から待つ客は野暮天《やぼてん》て呼ばれるんだぜ、いい笑いもんだ。あんないかにも貴族って感じの色男にそこまでさせるとか、アンタいったい何様なわけ？」

シンは首を傾けながら不快げな表情を見せたが、口調はさほどきついものではない。責めているというよりは、何かを諭《さと》したい様子に見えた。

「アンタってさ……なんか腹立つんだよね。不幸オーラ漂わせてるんだけど、そのくせ凄いメラメラしてる感じ。マイナスパワー全開みたいな？」

シンを前にしていると、桂木セラの顔を思いだす。

自分に向けてくる言葉も少し似ていた。一人ではなく二人に言われると、説得力をもって身に伸《の》しかかってくる。

「ここは他の店で売れっ子だった子が集められる店で待遇もましだけどさ、アンタみたいに我儘《わがまま》が通るわけじゃないんだぜ。あんな上客を追い返すとか、絶対ありえねえから」

人差し指を顔に向けて言われながら、月里はどうしようもなく狼狽《うろた》えた。

シンは冗談を言っているわけでも嘘をついているわけでもないのだ。今こうしている間も芙輝が男妓楼の前で立って待っているのかと思うと、居た堪《たま》れなくなる。

「つまり僕が言いたいのは、アンタは物凄く恵まれてるってこと。どういう事情があるのか知らないけど、自分の運は大事にしないと罰《ばち》が当たるぜ」

「……運？」

シンの話を聞く余裕などなかったはずの月里は、思いがけない言葉に反応した。

おそらく十は年下であろう少年から、こんな言葉を聞かされるとは思わなかった。

最愛の妹を失った時からずっと、毎日のように考えてきたことに直結していたのだ。

「そう……だな、それは……わかっている。恵まれた立場に立つということは……そうではない人間の嘆きを届ける代表に……選ばれたということだ」

月里は自分自身に言い聞かせ、藍華ドレスの胸元を握りしめる。

覚悟が恋に揺らがぬように、大切なことを思いだしながら鼓動を押さえつけた。

「……嘆き？　代表？　なんか、それはよくわかんない」

「わからなくていい……シン、そのまま少し待っていろ」

一声かけて立ち上がった月里は、続き間の私室に入る。

店の前で待っているという芙輝を、娼室に上げるしかないと思った。あれほど拒絶しても足りないなら、自分がここにいる理由をある程度まで話して理解してもらうしかない。

芙輝は昨夜、「体が穢《けが》れていようと構わない」と言ってくれた。

男のプライドを打ち砕くような言葉をぶつけたのに、今夜も会いに来てくれた。

こうなった以上、特殊任務の妨げになると言って突き放す以外に、方法が見つからない。

「これは御駄賃《おだちん》だ。一つ頼まれてくれ。マダムに、『昨夜の長袍の人を、客としてではなく今すぐお通ししてくれ』と、伝えてほしい」

蛇腹蓋《じゃばらぶた》付きの机の抽斗《ひきだし》から金を取りだした月里は、娼室で待っていたシンにそれを渡す。

金を見た途端シンはすっかり機嫌をよくして、尻上《しりあ》がりな口笛を吹いた。

「了解。伝言の駄賃にしちゃもらいすぎもいいとこだけど、遠慮なくもらっておく」

口笛はさらに続く。ミニドレスから伸びた脚で、スキップでもしそうに見えた。

（芙輝様がここに来る。もう一度、面と向かって話さなければならない……）

愛した人に会える月里の心は沈んだまま、シンのように舞い上がれない。

開閉された扉の一点を見据えて、寝台の前に立ち続けた。

目を閉じて深く息を吸い、自分の覚悟を改める。

（芙輝様、これから貴方に嘘をつきます。これまでも嘘だらけでしたが、さらにまた……）

月里は妹が死ぬまで、自我というものを極力殺してきた。

己の思想を歪《ゆが》め、李元帥の愛妾になってでも、賢いとされる生き方を通した。

何をおいても守りたい存在があったからだ。

しかしそれを失った時、抑えつけていた想いは解き放たれた。

自分はどうしたいのか、本当の望みはなんであるのか——腹の底に封じ続けた鬼と共に、自我を覚醒することができたのだ。

妹の死によって自由になった月里の目の前には、二つの道が延びていた。

一つは、辞退を撤回して芙輝の愛人となり、李元帥から解放してもらう愛の道。

もう一つは、親衛隊員という立場を利用して大和総督を暗殺する――復讐の道。

そのどちらかしかなく、答えは考えるまでもなく決まっていた。

(俺は男だ。それも……好きになったのは妻のある人。縋りつける道理がない)

そして、大和人として、逆賊遺子《ぎゃくぞくいし》として、やらなければならないことがある。

月里の祖父の時代まで、大和は紛れもない法治国家だった。

死刑制度はあっても死刑判決を受けるまでには厳正な裁判が行われ、執行までには何年もかかるのが常識だった。ところが藍華帝国の特別行政区になり、司法行政権が帝国のものとなったことによって、大和総督による独裁政権が始まった。

藍華帝国に逆らう者に容赦はなく、犯罪者の人権は著しく損なわれたのだ。

月里の父親は確かに大和攘夷党《やまとじょういとう》のメンバーで、大和側から見れば愛国者でも、帝国側から見れば政権奪還を目論《もくろ》む逆賊だった。

実際に逮捕されてみれば、仕事と称して自宅で作っていたビラらしき物がなんであったのかも、こそこそと連絡を取り合っていた相手がどういう人物だったのかも察しがついた。

しかし母親は何も知らなかったのだ。夫の不審な行動を浮気のせいだと思い込み、夜中に夫を問い詰めながら感情的になっているような、ごく普通の女だった。

それなのに、ただ配偶者だというだけで母親まで逮捕された。裁判とは到底呼べない申し開きの場を与えられたあと、二人まとめて首を刎《は》ねられた。鶏を殺すように簡単だった。

逆賊の子に親と同じことをさせない戒めのために、月里もその場に連れていかれた。血飛沫《ちしぶき》を浴びる距離ですべてを見せつけられたのだ。

余程大きく口を開けて叫んでいたのか、喉の奥にまで届いた母親の血が……腹に溜まって鬼となり、時折悲鳴を上げる。

しかしもう、芙輝の笛の音に頼って鬼を鎮める必要はないのだ。

事実上の独裁者――大和総督、藍王瑠《ワンリウ》総督を殺さなければならない。

芙輝の姻戚であろうと李元帥の伯父《おじ》であろうと、そんなことは関係ない。

絶対に、あの男だけは絶対に許さない。

妹を失って心が自由になり、自我が完全に息を吹き返した時――全細胞が殺意に燃えた。

自分が総督に容易に近づける親衛隊員という立場にあるのは、天命なのだと悟った。

運命が、そして非業の死を遂げたあらゆる魂が、「お前が殺《や》れ」と訴えてくる。

(俺は必ず総督府に戻り、あの男を殺す)

揺るぎない決意に武者震いした。決行前に奇《く》しくもこんな所に追いやられてしまったが、帰還のための切り札は握っている。あとはただ、芙輝を退けるだけだ。

「ユエリー、お連れしたわよ」

二人分の足音に続いて、マダムの声が聞こえてくる。

返事はしなかったが、扉がゆっくりと開かれた。

芙輝の姿を見るなり、月里はかつてのように言葉を失い、息を詰める。

事前に心構えができていたにもかかわらず、やはり目を瞠《みは》ってしまった。

今夜も雄々しい黒の長袍——長い髪は、編み込んで一つにまとめられている。

「蓮……」

ひとりだけ部屋に入ってきた芙輝は、いつも通り笛筒を手にしていた。

昨夜身分証明章を求められたせいか、手首にはルビーとゴールドのＷＩＰを嵌めている。

「芙輝様……こんな所に来てはご身分に障りますと、昨夜申し上げたはずです」

月里は芙輝の顔を見上げながら拳を握り、御守りを手にしたままだったことに気づく。

続き間に行った時に何故置いてこなかったのか、後悔しても遅かった。

「昨夜はすまなかった。帰国している間に信じられないことになっていたと知って、詳しいことも調べずに飛びだしてきてしまった。あのように取り乱して勝手なことばかり言って、さぞかし迷惑をかけたことだろう。どうか許してくれ」

「やめてください！　私こそあんな、酷いことばかり言って……心配してくださったのに、無礼な口を利いて……本当に申し訳ありませんでした」

開口一番こんなふうに謝られるとは思わず、月里の計画は一気に崩れる。

冷めた口調で淡々と、これは特殊任務だと説明して帰ってもらおうと思ったのに、感情が決壊寸前の勢いで溢れてしまった。

「蓮……昨夜門の下で拒絶されてから、自分なりに色々と考えてみた。本当は李元帥を問い詰めたかったが、それはお前の意に反すると思い、藍中将に会って内密に話を聞いたのだ」

「中将に？」

鸚鵡《おうむ》返しにするばかりで、月里には先が読めない。

何故中将の名が出てくるのか、芙輝が中将から何を聞いたのか、まるでわからなかった。

「元帥自らが調査名目で情報公開を阻止しており、中将も詳しいことは知らないそうだが、先日逮捕された攘夷党のメンバーが、総督官邸の警護に絡《から》む資料を持っていたらしいな」

「……っ」

李元帥から、「誰も知らない」と言われていた話を藍中将がある程度知っていたことに、月里は困惑する。しかし取り乱すわけにはいかなかった。ポーカーフェイスを装いながら、臨機応変に対応しなければならない。

「それが事実なら、当然親衛隊員が疑われることになる。準隊員を含めれば約百名いるが、攘夷党のメンバーだった父親を持ち、抑止力となっていた妹を失ったばかりのお前に、強い嫌疑がかかるだろうな」

芙輝はそう言うと、少しだけ近づいてくる。立ったまま手に触れてきた。

御守りを持っていない右手を握られた月里は、冷静を装って芙輝の顔を見つめ続ける。

「――貴方は、どう考えていらっしゃるんですか？　私がスパイだと疑っていますか？」

自分で何かを話す前に、芙輝の考えていることをすべて聞きだすべきだと思った。

それにより出方を変えつつ、最終的には決別する必要がある。

復讐に命を捧げ、総督暗殺の実行犯となる自分に、これ以上かかわってほしくないのだ。

だからどうあっても、二度と接触を持つ気にならないほど完全に、彼を突き放さなければならない。

「私はお前がスパイ行為などという姑息《こそく》な真似をしないことはわかっている。だが李元帥はお前を疑い、軍から隔離したかったのではないか？　無論告発するわけにはいかなかった。愛情があるというだけではなく、私情で選出した親衛隊からスパイが出ては困るからだ」

芙輝は推測ではなく確信を持っている目をしていた。

軍服姿の時と変わらない、毅然とした態度だ。

赤や桃色の目立つ婀娜めいた娼室には、つくづく不似合いに見えた。

「元帥はおそらく、スパイ容疑を別の人間に押しつけるために、その選定をお前自身にさせようとした。資料の入手経路はあとから捏造《ねつぞう》すればいい――とにかく親衛隊員以外の犯人を必要としていたのだろう。お前はこの特殊任務を言い渡された時点で、自分が疑われていることも、元帥に何を求められているのかも気づいていたのではないか？」

「それは……」

月里は芙輝にどう答えるべきか気持ちが定まらず、一旦俯《うつむ》いて手を見下ろす。

芙輝に握られている右手が、わずかに震えはじめていた。

「こんな所に閉じ込められて顔見知りの軍人客を取らされていれば、仮に本物のスパイだったとしても徐々に心折れていくだろう。本国に送られてどのような罰を受けるか、考えているうちに改心するかもしれない。そして誰か別の人間に、罪を着せようという気になる……元帥はその時を待っていた。違うか？」

疑問符をつけられて待たれても、月里は返事をする気になれなかった。

どうしよう、これからどうしよう――漠然とした焦りばかりが空回り、相槌《あいづち》もできない。

そうしているうちに、芙輝が息を吸い込んだ。返事を待つのをやめたらしい。

さらに何か話しだそうとしているのが、唇を見なくても感じられる。

「元帥がお前を男娼に貶《おとし》めたのには、別の意図もあったように思う。特殊任務にかこつけて軍人としての誇りを著しく傷つけ、辞職に追い込むためだ。お前が改心したあとで、軍外の愛妾にでもするつもりだったのだろう。……なおかつ私に手出しをさせないために、お前を穢れた身に『見せかける』必要があった」

「！」

頭上から降り注ぐ言葉に、月里は再び顔を上げる。

真実を見抜こうとする二つの黒瞳に射抜かれると、心臓が止まりそうになった。

何故たった一夜でこんなにも真実に迫れるのか、彼という人の洞察力が恐ろしくなる。

「何故、どうして……そんなことを……」

「お前がここで働き始めたのは三月二日。私が皇帝陛下のお召しで藍華に帰国し、軍からも大和からも完全に離れた日だ。元帥はその時を狙ったとしか考えられない。だがあの男には少なくとも三つの誤算があった。一つ目は、お前が二週間の間に身代わりの人間を立てたり辞職を申し出たりするような、弱い人間ではなかったこと」

二つ目を語りだす前に、芙輝は握った手に力を込める。

よく聞けと言いたげな顔をして、目に焼きつけるようにゆっくりと唇を動かした。

「――二つ目は、私が肉体の穢れなどには動じないほどお前を愛しており、自らここに来て接触を持ったことだ」

「芙輝様……」

愛の告白の一つとして熱く語った彼は、顔を少し上向ける。

そうして空気を吸い込み、娼室の匂いを嗅《か》いだ。

「三つ目は二つ目に付随し、私がこの香りに気づいたことだ」

「……え？」

「昨夜お前に無理やり口づけをした際、暴力にしかならないと言われて胸を抉《えぐ》られたが……お前が立ち去ったあとに自分の袖から夜妃香《イエフェイ》の匂いを感じたのだ。まさかと思い、そのまま門の下に立ち続けて、店から出てきた二人の士官から同じ匂いがするのを確認した」

「――⁉」

（そんな、この香のことを知ってたのか？　その確認のために、門の下に何時間も……）

月里は芙輝の敷く布陣に圧倒され、逃げ場を失っていく。

何をどう言ったら彼を突き放すことができるのか、頭で考えてもわからない。

用意していたはずの嘘も演技もどこかへ消えて、闘う前から燃え尽きてしまった。

「夜妃香《イエフェイ》は藍一族の……それも王族に伝わる秘香だ。李元帥がお前に下したと考えるなら、元々は藍王瑠《ワンリウ》総督から賜《たまわ》った品だろう。そんな貴重な香を、不始末を働いた者に渡すわけがない。元帥はお前の名を貶めたかったが、体は穢したくなかったということだ」

「！」

次の瞬間、月里は芙輝の体に追い詰められる。

手を摑まれたまま迫られて、横に逃げずに後退してしまった。

寝台はすぐ後ろにあり、ふくらはぎが当たるとたちまち崩れてしまう。

「う、ぁ！」

桃色の紗の幕で覆われた寝台に、月里は仰向《あおむ》けに縫い止められた。

芙輝は枕の近くに笛を置くなり、両手でしっかりと手首を摑んでくる。

「私の推察に何か間違いはあるか？　間違いがあるなら今すぐ訂正してくれ。ないのなら、私はお前を抱く」

「待ってください！　今の話が事実だとしても、私が閣下の物であることに変わりはありません！　こんなことは困りますっ、私はこうなってもまだ、閣下をお慕いしているんです！　軍に戻れなくても、閣下が望んでくださるなら軍外の妾としてお仕えします」

「そんなことは私が許さん！」

真上から怒鳴りつけられ、月里は人形の如《ごと》く硬直する。

寸前に暴れかけていた手や足はもちろん、髪一本に至るまですべて固まってしまった。

まるで別人に見えたのだ。芙輝のことを本気で怖いと思った。

いつも微笑んでくれた彼とは違う、鬼か龍《りゅう》の咆哮《ほうこう》のようだ。

「お前に拒まれた日からずっと、潔く身を引くべきだと言い聞かせてきた。だが今はそんなふうには思えない。たとえお前が本当に李月龍《ユエロン》を愛していたとしても、私は許さない」

「芙輝様……」

「お前を愛しているのは私だ」

「――う、ぅ！」

両手首を摑まれたまま唇を奪われ、月里は沓《くつ》の中にある爪先を丸める。

無遠慮に押しつけられる唇は熱っぽく、重みのある舌は肉感的だった。

これ以上ないほど奥まで舌を挿入され、口蓋《こうがい》を突くように刺激される。

「……ん、ぅ……ゃ……め……」

藍華帝国に背き、芙輝と同じ藍一族の人間を暗殺しようとしている自分――そして必ずや殺される自分と、こんなことをしてはいけない。かかわってほしくない。本気でそう思う。

(――でも本当は……本当はもっと……)

「……蓮、愛している……」

芙輝は一瞬だけ唇を放したかと思うと、絞りだすような声で告げてくる。

そして顔の向きを変え、もう一度斜めに深く口づけてきた。

「……う、ふ……く……」

芙輝に迷惑をかけたくない。かかわってほしくない。

それは真実だけれど、本当はもっと強い……私情塗《まみ》れの抵抗感があった。

(奥方のいる人に、こんなことされたくない……)

胸の底から突き上げてくるような怒り。拭《ぬぐ》えない不快感がある。

おそらく自分の中では、その気持ちが何よりも大きいのだ。

(――嫌だ……っ、俺は……愛人になんてなりたくない!)

月里は芙輝に触れられてたちまち発熱する体を揺さぶり、抵抗を示す。

どうしても嫌だった。芙輝のことが好きだからこそ、穢れた関係にはなりたくなかった。

「……う、ん……ぅ⁉」

キスをしながら両手首をまとめて押さえつけられ、藍華ドレスのスリットを開かれる。

太腿《ふともも》の外側を撫《な》で下ろされたかと思うと、今度は腿の内側を逆撫《さかな》でされた。

行きつく先にある熱を帯びた分身を、大きな手で包み込まれる。

笛を奏でる芙輝の指先を想像してしまい、ぞくんっと腰が震えた。

あの繊細な指で撫でられている。血液を送るように握り込まれている。

想像すると肉の悦《よろこ》びを上回る快感が襲ってきて、芙輝の手の中でますます育ってしまう。

「……う、く……う――」

月里は自身の変化に焦り、より一層抵抗した。

体は確かに正直だ。好きな男に口づけられ、性器に触れられれば反応する。

それは事実として否定できないが、だからといって心までは投げだせなかった。

「や、め……嫌だ、嫌です！」

捕らえられていた両手を片方だけ外し、その手で芙輝の肩を押し退《の》ける。

首を大きく反らして唇からも逃れた月里は、寝台の端に手を伸ばした。

天蓋《てんがい》から下がる吊《つ》り行灯《あんどん》の紐《ひも》を握り、苦しい姿勢でどうにか引っ張る。

「放してください……退《ど》いてください！」

月里は足をばたつかせて力いっぱい拒絶すると、愛撫からも完全に逃れた。

紐を引いたことで主照明が落ち、着火音と共に吊り行灯の灯《あか》りがつく。

同時に仕込んであった夜妃香《イエフェイ》が焚《た》かれる仕掛けになっていた。

薄暗くなった紗の幕の中は、蠱惑的《こわくてき》な香りで満ちていく。

芙輝に夜妃香《イエフェイ》は効かないかもしれない。

効いてくれればよいが、無理な気がした。

それでも嗅がせることに意味がある。

眠らせてでも逃げたいのだと、訴えることができればそれでいい。

「蓮……これは、私を嫌っていると言いたいのか？」

芙輝は夜妃香《イエフェイ》を焚かれたことに対して怒りは見せず、ただ表情を曇らせた。

シーツの上に置いていた手をゆっくりと滑らせ、足元まで指を這《は》わせてくる。

また捕らえられると思った月里だったが、芙輝の手が体に触れることはなかった。

彼は足の横にあった何かを摑み、その手を月里の眼前まで持ち上げる。

「お前はどうして嘘ばかりつくのだ？　私はそんなに鈍い男ではないぞ」

悲しげな微笑と共に突きつけられたのは、白い御守り――。

二人の名前を繋ぐハス柄の御守りが、指跡のついた状態で目に飛び込んでくる。

「――ぁ……！」

行き詰まる。唐突に弁解の余地がなくなってしまった。

奥方がいようと、芙輝の愛情は本物だと信じている。

結婚観や貞操観が違うだけで、一時的な軽い遊びではないことは……芙輝の性格からも、これまでの様々なやり取りからもわかっている。

（その証《あか》しみたいな、御守りの前で……どうやって嘘を……）

何が言えるだろうか？　どう言ったらかわせるだろうか？

どうしても無理だ。もう嘘はつけない。

「蓮、私は色恋に長《た》けているわけではないが、これは愚かな勘違いではないと思っている」

先程までとは打って変わって優しい手つきで手首を握られ、御守りを返される。

重さなどほとんど感じないほど軽いのに、ずっしりと胸に錘《おもり》をかけられた。

「お前は私を特別強い人間だと思っていないか？　私は鋼《はがね》の心を持っているわけではないぞ。想う相手に拒まれれば……切なくて、悲しくて……泣きたくなる」

「芙輝様……」

言葉通りの表情で語る芙輝を見ているのがつらくて、月里は目をそむける。

膝が触れ合っている黒い長袍と赤い藍華ドレスが、吊り行灯の光に照らされていた。

行灯は絶えず回転しており、寝台の中には花と蝶の影が舞っている。

「申し訳……ありません。数々のご無礼を、心よりお詫《わ》び申し上げます」

「そういう言葉を聞きたいのではない。私はお前の本当の気持ちを聞きたいのだ」

そむけていた顔に触れられ、顎《あご》を摑まれる。

くいっと上向けられて、「目を見て答えろ」と無言で命じられた。

覚悟を決めなければならないのだろう。こんなに真っ直ぐに向かってくる人から、逃げることなど不可能だ。それもまた不実な行為になってしまう。

「芙輝様……私が正直に想いを口にするには、お約束していただかなければならないことがあります。私が今から何を言っても、今夜は私を抱かないでください」

「……何故だ？」

「私には……男としてつけなければならないケジメがあります。貴方に抱かれたら、きっと途方もなく幸せな気分になって、自分の中にある芯が折れてしまう気がするんです」

月里は言葉を選びながらも、心を剝《む》きだしにして率直に語る。

今の芙輝に嘘は通じない。けれど誠意なら通じる。そう信じて腹を割るしかなかった。

「私の中にある芯は……そんなに脆《もろ》いものではありません。簡単に折れはしないでしょう。それでも私は貴方に抱かれるのが怖いんです。今は自分を見失いたくない。ほんの少しでも自我を折られたくありません」

「蓮……」

「貴方は私にとって特別な存在です。だから、怖いんです」

芙輝は少し驚いたようだったが、真摯《しんし》な態度で聞いていてくれた。

紡いだ言葉は、正真正銘の本音だった。芙輝に抱かれ、幸せになるのが怖い。

討死《うちじ》に覚悟で復讐すると決めた身で、惚れた男に抱かれるなどできるはずがないのだ。

（初めて好きになった人に女のように抱かれた途端……自分が自分でなくなってしまったら、俺はどうすればいい……）

恋をすると人は変わると聞いたことがある。

月里は情交を知らず、芙輝以外の人間に恋をしたこともない。

己の幸福に酔い、それを守ることに心血を注ぐ人間にはなりたくなかった。

復讐心が後回しになったり、芙輝に奥方がいても構わないと思うようになったり、芙輝の立場が危うくなっても自分だけの物にできるならいいと思ってしまったり——万が一でも、そんな自分にはなりたくない。

「勝手なことを言ってすみません。どうか許してください」

「蓮……私はお前のあらゆる美点に惹《ひ》かれているが、もっとも愛しているのは誇り高い魂だ。それを劣情で傷つけるつもりはない。お前がもう大丈夫だと言ってくれるまで、いくらでも待つと約束しよう。だからどうか、私を信じて聞かせてくれ……」

御守りを握らずにただ載せていた手のひらに、芙輝の手が重なる。

温かくて、大きな手だ。向けられた言葉は頭の奥まで沁《し》み込んで、心を揺さぶってくる。

（……やっぱり、駄目だ……この人と一緒にいると優先順位が変わってしまいそうになる。愛してくれているという誇り高い魂なんて、すぐに消えてなくなってしまう。そんなものはかなぐり捨てて、好きですと叫びながら胸に飛び込んでしまいそうで……）

駄目だ駄目だと抑え込もうとすればするほど、感情が隙間《すきま》から溢れだす。

これまで誰にも見せたことのなかった涙が、瞳の表面を漂った。

「……ぁ、貴方が……好きです……貴方だけを……愛しています」

涙が零れた――そう自覚して顔をそむけようとすると、唇を重ねられる。

恥ずかしい涙粒が芙輝の頬に移るほど密着され、舌を深く挿入された。

「……う、ぅ……ん……」

いけない――頭では思うのに、芙輝の舌に応じてしまう。

押し倒されながら瞼《まぶた》を閉じ、口づけくらいは許してください――と、誰かに許しを求めていた。

(これだけ……口づけだけ……)

月里は自分からも舌を絡め、ぎこちなくも懸命に追いかける。枕に頭を埋めると、芙輝の口づけが一層重くなった。けれど苦しくはない。頭も体も彼の重みによって寝台に埋め込まれていたが、重いというよりは、ただただ嬉しかった。

「――ぅ……ふ……」

手触りのよい芙輝の髪を梳《す》くようになじを抱き寄せ、唇や舌を貪《むさぼ》る。

自然に脚が絡み、互いの昂《たかぶ》りを密着させながら擦り合わせる形になった。

芙輝の存在、芙輝の欲望を強く実感することで、胸の奥がめらめらと燃え上がる。

いけない……もう、やめないと——頭に響く制止の声は掠れ、トーンダウンしていた。

「……は、ぁ……っ」

少しずつ体の位置を下げる芙輝に、伸ばした首筋を吸われる。

藍華釦《ボタン》を扱い慣れている指先で、胸元に取りつけられたそれらを着々と外された。

「芙輝様……いけません、約束が……」

「これくらいはよいだろう？　私は嬉しいのだ……口づけくらい、させてくれ」

んあっ……と声を漏らしかけるのをこらえ、月里は身を大きく仰《の》け反らせる。

藍華ドレスの胸元と裾を広げられ、露わになった右側の突起を吸われてしまった。

「ん、ぅ……！」

頭を少し持ち上げて視線を落としてみると、乳嘴《にゅうし》を舌先で転がす芙輝と目が合う。

捲《めく》られて剝きだしになっている雄も、再び扱《しご》かれてしまった。

まるで舌使いや指使いを見せつけるようにされ、思わず素直に見やってしまう。

「……っ、は……ぅ」

赤いドレスから零れる白い肌は、霧に触れたようにしっとりと濡れて、真珠の如く輝いて見えた。ぴんと勃《た》ち上がった桃色の乳嘴は艶《なま》めかしく、そのくせ雄の象徴は猛々《たけだけ》しい。

(男であって男でないような……これは、本当に俺の体なのか？)

「芙輝様……っ、も……ぅ、手を……」

「蓮……大和語の詳しい意味を教えてくれ。私がお前に禁じられた『抱く』とは、どこから先の行為を差すのだ？」

「う、ぁ」

芙輝は悪戯《いたずら》な微笑を浮かべつつ、握った雄をクチュクチュと鳴らす。

月里の先端からはすでに滴《したた》りが溢れており、粘質な水音が響くほどの状態だった。

細められた舌でつつかれている胸の突起もすっかり腫れて、服に隠れている左の突起まで勃ち上がっている。服の裏地で擦《こす》れるたびに感じてしまい、触れられている所もいない所も、すべてが性感帯のようだった。

「ふ、ぁ、ぁ……ゃ、やめ……」

「この場合は抱きしめるとは意味が違うのだろう？　何をもって抱いたことになるのだ？　説明してもらわなければ間違って禁制を犯してしまうかもしれない。私は外国人だからな」

芙輝の表情も言葉も、悪戯を越えて意地悪の域に達している。

わかっているくせに酷いと思う――けれど憎めない。鼓動に乗って「好き」「好き」と、気持ちはどんどん高まっていく。

「こんな、時に……ふざけないでください。私は真剣に……」

「私も真剣だ。約束したことは守るが、お前が許してくれるところまでは……したい」

「あ、ぁ……！」

弄《いじ》られていた鈴口に、爪の先をヌチュッとねじ込まれた。

月里は海老《えび》のようにびくびく跳ねて、シーツやカバーをかきまぜる。

腰が勝手にうねってしまい、よがっているのか逃げようとしているのか曖昧《あいまい》になった。

「さあ教えてくれ、この場合の意味は？　どこからが『抱く』になるのだ？」

「や、やめ……っ、『抱く』は、その……あ……性器の……挿入を……ぁ、あ！」

気を抜いたら達してしまいそうな手淫《しゅいん》に翻弄《ほんろう》され、月里は意識が散漫なまま口にする。

するとたちまち膝裏を持ち上げられた。

「あっ！」

一瞬何が起きたのかわからないほどの勢いだった。

気づいた時には、秘めるべき所のすべてが芙輝の眼前に晒《さら》されている。

「や、やめてください！　何を……何をするんですか、放してください！」

「思っていたよりもゆるい禁制でよかった。お前のここに性器を挿入さえしなければ好きに触れてもよいということだな？」

「そっ、ぅ……ぁ！」

そうじゃない——言いかけた月里は、次の瞬間言葉を失う。

自分の両膝が顔の左右にやってきて、先走りの雫《しずく》が顎にかかったのだ。

仰臥姿勢のまま赤子のように体を丸められたかと思うと、後孔に舌を這わせられた。

「……っ、ひ……！」

信じられないような行為に、裏返った声が出てしまう。

宙に浮かんだ双丘の谷間に、芙輝の顔があった。

窄《すぼ》まりに、ぬるつく舌が当たっている。

（——嘘だ……っ、こんなこと……こんなことって……！）

悪い冗談としか思えなかった。恥ずかしいだけでは済まない。

抱かないと約束したのに、信じていたのに、あまりにも酷すぎる仕打ちだ。

「……や、嫌です！　やめてください……嫌だ！」

ありえない羞恥《しゅうち》とショックで、頭がどうにかなりそうだった。

そのうえ今も、目を開けたままじっと顔を見下ろされている。

自分はこれから死ぬ身で、こんなにも真剣に芙輝との情交を避けたいと思っているのに、彼は明らかに愉《たの》しんでいた。後孔を舌で突きながら、口角を上げている。

（——酷い、あんまりだ……約束したのに……）

こちらの事情がわかられては困るとはいえ、気持ちを無視されていることに腹が立った。

心から信じていたのに、理性も誠意もある人だと思っていたのに、裏切られた。

舌だけではなく指でも後孔を刺激され、さらには挿入されそうになる。

「……っ、やめ……もう……や……だっ！　俺に触るな‼」

夜妃香《イエフェイ》に満ちた空気が震える。それほど大きな声が出た。

しまった——そう思った時にはすでに遅い。

（……なんてこと……芙輝様に向かって俺は、なんてことを……）

肝を冷やすどころか、体中がサァーッと冷気に晒された。謝罪の言葉が声にならない。

芙輝は藍華帝国軍大和のナンバー2で、本来ならば口も利けないような身分の男だ。

ベッドの中で自分が何を口走ったからと言って、いちいちめくじらを立てるような狭小な男ではないと思っているが、それでも焦る。

罰せられるか否かや、許してもらえるかどうかが問題ではない。

ただ申し訳ない気持ちが大きかった。大和総督を暗殺しようと考えている身でも、月里の感覚は軍人のままなのだ。

「怒られてしまった」

ぽつりと呟いた芙輝は、舐《な》めていた場所から顔を離す。

相変わらず宙にある双丘に唇を寄せ、チュッチュッ……と、音を立てながらキスをした。

それを何度も繰り返し、太腿の内側に唇を押し当てて止まったかと思うと、最後には笑いだす。プッと吹くような笑い方だ。

「……芙輝様？」

「すまない、お前に好きだと言ってもらえてあまりにも嬉しくて……はしゃぎすぎた」

「……も、申し訳ありません。勢いでつい、無礼なことを……！」

「悪いのは私だ。今もまた、お前の本当の言葉を聞いて興奮している。不届き者だな」

芙輝は濡れた唇を軽く拭うと、ようやく月里の下肢を下ろす。

寝台の上に丁寧に流すようにしてから、自分も横になった。

並んだ枕に肘《ひじ》をついて、腰をぐいっと寄せてくる。

「う、あ……」

「蓮、軍服を脱いだら素のままに話してもよいのだぞ。私の愛し方が気に入らなければ今のように怒鳴っても構わない。私の名を呼び捨てにして、自分のことは俺と言えばいい。そのくらい遠慮のない関係になれたら、私は嬉しい……とても嬉しい」

「芙輝様……」

今度は耳にキスを繰り返しながら囁《ささや》かれ、月里は惑乱する。

本当はもっと深刻に、切迫すべき状況だというのに、芙輝とこうしているだけで心が円《まる》くなってしまう。涙もいつの間にか乾いており、うっかりすると口端が上がってしまいそうだ。

（――だから嫌なんだ。この人は危険すぎる……）

釣られて笑っている場合ではない。それなのに、このまま芙輝との時間を噛《か》みしめていたくなる。ぬくぬくと幸せに浸って、ずっと一緒にいたいなどと思ってしまいそうで――恋も芙輝も恐ろしい。

「もう、黙っていてください……私は、芙輝様と一緒にいると頭がおかしくなります」

「気が合うな、私もお前といるとおかしくなるのだ。鼓動が高鳴り、冷静さを失い、お前のことばかり考えて心が熱く燃え上がってしまう。特にここは、変化が顕著で始末に困る」

「あ……っ⁉」

長袍をさりげなく捲って脚衣越しに雄を寄せてくる芙輝に、月里の腰は怯《おび》える。熱を孕《はら》んだ硬い屹立《きつりつ》が、黒い生地と赤い生地を隔てて何度も擦り合わされた。

「芙輝様……っ、あの……当たって……います……」

「当たっているのではなく当てているのだ。私がどんなにお前を欲しがっていて、どれだけこらえているかわかるか？　我慢強い私の分身を少しでも憐《あわ》れに思うなら、その手で褒めてやってくれないか？」

芙輝の唇が触れた耳が、火を点《つ》けられたように熱くなる。

その興奮は脚の間に直結し、雄だけではなく後孔の奥までずきずきとした。

こうして寝台で一緒に横になっているだけでも心臓が痛いくらいなのに、自分への欲望を当てられると、生々しく想像してしまう。

「ほ、褒めるって……どういう、意味ですか？」

「いい子いい子と頭を撫でてやったら、泣いて悦ぶと思うのだ」

くすっと耳元で笑われ、月里は無意識に顔を覆った。

半面だけだったが、そうすることで芙輝の視線から逃れる。

彼の言葉の意味を具体的に考えると、下半身の疼《うず》きが一層激しくなった。

「――芙輝様……っ、貴方って……意外と、あれなんですね……」

「あれとは？」

月里は耳から伝染した熱に顔中を侵され、半面を隠したまま身を起こす。

本気で言葉の説明を求められているのか、わかっていて遊ばれているのか判断がつかないながらに、言葉を探した。「いやらしい」は無礼だし、悪感情を抱いているようで使いたくない。「エッチ」が相応《ふさわ》しい気がしたが、それは芙輝のイメージに合わない。

「――好色です」

月里は呟くように答えた。

その途端、何か憑《つ》き物《もの》が落ちたようにストン……と、気持ちが楽になるのを感じる。

（もうこれ以上、あれこれ考えても仕方ないのかもしれない）

いつの間にか笑ってしまっているのも、顔が真っ赤になるのも当たり前なのだ。

自分はこの人が好きで好きでたまらないのだから、一緒にいれば必然的に舞い上がる。

（この時間がすぎたら、本来の自分に戻ればいい。必ず戻ればいい）

ただそれだけの話なのかもしれない。

「男が好色でなくてどうするのだ？　お前の横に寝ながら勃たないような男がいいのか？」

得意げな顔の芙輝に問われ、月里は少しだけ笑い返す。

総督暗殺の一件も、芙輝に奥方がいることも忘れてはいないが、死ぬ前に一夜くらい何もかも忘れて、幸せになってもいいような気分になっていた。

それに、未練たらしく縋ることがないくらい味わって、たっぷりと満たされてから死ぬという選択肢もあると思えたのだ。

(——芙輝様が本当に嬉しそうだから……どうしたって明るくなってしまう)

「わかりました。褒めるというわけではありませんが、お慰めを……」

月里は芙輝の望み通り、彼の脚衣の中に手を入れる。

同性なので、いざ腹を決めてしまえば触れることそのものにはさほど抵抗がなかったが、実際に触れてみて重量感に驚かされた。

(……俺のと……全然違う。凄く、ずっしりして……熱い……)

擦れば擦るほど、芙輝の物も自分の物もぎちぎちと硬くなる。

上体を少し起こしている彼の体に触れながら、月里は自分の屹立を扱いているかのような快感を得ていた。実に奇妙な現象に思える。

他人の体を愛撫することで、こんなに反応することがあるなんて——これまでは知る由《よし》もなかった。

「芙輝様……あの……一つ、伺ってもいいですか?」

月里は脚衣を下ろした芙輝の体をさらに愛撫し続け、雄茎《ゆうけい》の隆々とした筋の浮き上がりに視線を寄せる。

張り巡らされた血管を指の腹で撫でると、そこを勢いよく流れる血の熱さを感じられた。凹《へこ》ませようと思っても簡単には凹まないくらい硬くなっている血管に、思わず照れて目をそらしては、再び吸い寄せられて見てしまう。

「なんだ？　なんでも遠慮なく訊《き》いてくれ」

「こんなにご立派で、その……男の体に入りきるものなんでしょうか？　死にませんか？」

だいぶ興奮したうえでの質問に、芙輝は不思議そうな顔をする。

月里は彼と繋がることを現実的に考え始めており、それ故の率直な疑問だった。

「随分と妙なことを訊くんだな。男を死ぬほどよがらせたことがあるかという意味か？」

「あ、いえ……っ、それは、仰《おっしゃ》らないでください。聞きたくありません」

芙輝の横に座って彼の屹立を扱きながら、月里は顔を左右に振る。

今自分の手の中にある物に、奥方や他の愛人が触れる様を想像してしまった。

するとたちまち胸が痛くなって、舞い上がっていた気持ちが萎《しぼ》んでいく。

(――嫌だ……誰にも触らせたくない。誰かを相手に、こんなふうになってほしくない)

妬《ねた》んでいい立場ではないことはわかっているのに、激しい嫉妬《しっと》が芽生えた。

芙輝の体のどこであれ、他の人間には触れさせたくないと思ってしまう。

こんな感情はこれまでに記憶がなかった。

妹の舞とは年が離れていたので、母親を独占されても嫉妬はせず、舞に彼氏らしき存在ができた時も、一切の濁りなく嬉しいと思えた。けれど芙輝に対してはまるで違う。あとから現れた立場でありながらも、狂おしいほどの独占欲を感じてしまった。

（……奥方に触れられても、ここは……こんなふうに硬くなるのか？　姿形が好みだったら誰にでも同じように？　同じ硬さ、同じ温度になって……その人と一つになるのか？）

「蓮……逆に訊いてもよいか？」

らしからぬ愛執《あいしゅう》を燃やしていた月里は、芙輝の声で我に返る。

嫉妬と独占欲が渦巻く視界に、自分を睨《にら》み据える彼の黒瞳が飛び込んできた。

「そんな疑問を抱くということは、元帥の手がついたというのは嘘だな？」

「——っ」

芙輝の口調には、わずかに怒りが籠もっている。

この体が穢れていないという事実は、芙輝にとって悪い話ではないはずだ。

それなのに思わず眉《まゆ》を寄せてしまうほど、あの嘘でつらい気持ちになったのだろう。

「芙輝様……どうか許してください。あの時は、ああいう方法しか思いつかなくて」

本当に、申し訳ないと思った。そのくせ彼の怒りに悦びを感じてしまう。

どうにかして謝罪と感謝の気持ちを伝えたくて、月里は身を沈めた。

芙輝の雄に顔を寄せ、迷わず唇を押し当てる。

同性の物を口にするなど、本当は絶対にしたくないはずのことで……いつか元師に対してしなければならない時が来ることを覚悟しては吐き気を催していたのに——今は違った。

「蓮……」

「んっ、ぅ……ふ、ぅ」

自分に向けられている芙輝の欲望が、途轍もなく愛《いと》しい。

愛されているという実感が嬉しい。

芙輝の肉体の一部である硬い弾力を、自分の一物《いちもつ》と同じようには思えなかった。

(これはもっと、ずっと愛しい——)

「蓮、体をこちらへ……」

口角がひりつくほど深く頰張《ほおば》りながら、月里は体を逆向きに横たえる。

芙輝の顔を跨《また》ぐような恰好《かっこう》をさせられ、羞恥で口淫も手淫も止まってしまったが、すぐに再開することができた。考えなくても体が動く。ただ欲求に従えばいい——。

「……ん、く……ぅ、む……」

芙輝の先端の膨らみを口内に迎え、歯を立てないよう気をつけながら舐めた。

しばらくは同じようにしてもらえたが、程なくして後孔に舌を這わされる。

自身の零した蜜液と芙輝の唾液をたっぷり塗られ、指を一本挿入された。

「あ……は、ぅ……！」

性器の裏側あたりを刺激されると、昂った自分の雄にドレスの裾を捲り上げられる。

腰を高く突き上げているせいか、ねっとりと濃厚な蜜が胸のほうまで流れてきた。

「ふ、ぁ……芙輝様……っ、あ、ぁ……！」

屹立を口に含んでいられなくなった月里は、それを握ったまま唇を寄せた。

舌を痛いほど長く伸ばして、複雑に張り巡らされた血管を押し舐める。

「……蓮……っ、これでもまだ抱くなというのは……些《いささ》か、残酷だぞ」

芙輝は艶《つや》めいた声を漏らし、徐々に体を起こしていった。

芙輝の指で突かれ続けている双丘は、その動きに応じて揺れる。

月里の後孔はすでにやわらかく解《ほぐ》れており、片手の指が奥まで二本、もう片方の指も一本入り込んでいた。

「――寝台の、吊り行灯の下、あたりに……香油、が……」

月里は身を起こす芙輝に押される形で四つん這いになり、浅い呼吸を繰り返す。

今はもう、余計なことは何も考えられなかった。

復讐だとか幸福だとか、そういったものより何より、とにかく欲しい。そして捧げたい。

芙輝と愛し合える最後の機会を、理屈を並べて棒に振ろうとしていたことが信じられないくらいだった。

「あ……ぅ、ぁ……！」

これまで一度も使われたことのない香油を狭間《はざま》に落とされ、月里は後ろを振り向く。

芙輝は悪戯めいたこともするが、やはり真面目《まじめ》な人間だ。

自分が「約束は反故《ほご》にしていいです」とはっきりと口にしなければ、挿入に踏みきってはくれない気がした。

「蓮、悪いが約束を破るぞ。こらえ性がないと詰《なじ》られてもいい。お前と今すぐ繋がりたい」

先を越されて言われてしまい、月里は四つん這いのまま性器を押し当てられる。

返事をする余裕もなく、ぐぐっと先端をねじ込まれた。

「う、ぅ……！」

電流のような痛みが腰に響き、悲鳴を上げそうになる。やはり無理ではないかと思ったが、もっとも張りだした部分が納まってしまえばなんとかなるものだった。香油の助けもあって、一過性の激痛を乗り越えたあとはそれほど痛くもない。

「……っ、ひ、ぅ……ぅ——っ！」

月里は波打つシーツを握りしめ、上体を伏せながら穿《うが》たれる。

じりじりと、実に丁寧に深まってくる芙輝に、肉の洞《うろ》を埋められていった。

無事に繋がったことに甚《いた》く感動してしまい、思わず「……ぁ、入っ……た……」と、声を漏らしてしまう。はしたないことだと思ったが、感極まって鼓動がますます高鳴った。

「ああ、きちんと入っているぞ……初めてにしては上等だ。きっと相性がよいのだな」

「……ぁ……芙輝、さ、ま……っ」

「無理に振り返らず、腰を上げて真っ直ぐにしていろ。獣のようで嫌だろうが、最初はこのほうが楽だ。顔を見合わせながらするのは、慣れてからでいい」

「……ぅ、っ、んぁ……！」

腰を摑んでいた手を胸に回され、着崩れたドレスの間から尖《とが》りをきゅっと摑まれる。その途端に屹立から浅い射精をしてしまい、元々熱かった顔がさらに熱くなった。

「あ、ぁ……っ、は……」

「蓮、ここを弄られると気持ちがいいのか？　今、中がきつく絡みついてきたぞ。搾られて早くも達してしまいそうになった……何故こんなに上手なのだ？」

「──ぅ、ぁ……そんなこと……い、言わないで……ください……っ、ぁ」

「鍛えているせいか？　括約筋が実に激しく動く……中で、扱かれているようだ……」

「あ……ぅ、ぁ……っ！」

月里は煽動《せんどう》する筋肉を自分でも感じながら、腰を揺らす。

芙輝の硬い物で体の中が満ちていた。

乳嘴を弄られながら、一番よい所をごつごつと繰り返し突かれると、そのたびに甘く細く喘《あえ》いでしまう。

「は、ん……っ、あ……ぁ！」

よりいい場所を探るように耳を澄まされ、観察されているのがわかった。

角度を変えて斜めに突いたり緩急をつけたりしながら、的確に前立腺を刺激される。

自分は最高に気持ちいい。

だから芙輝のことが気になった。

この体を抱いて、気持ちよくなってくれているか——少しでも満たされているか、それが気になって仕方なかった。

「や、ぁ……っ、い……いぃ……っ、いぃ……」

「蓮……っ」

降り注ぐ芙輝の声の艶に、とくんっと鼓動が弾《はじ》ける。

彼も感じているのだと思うと安心して、自分の快楽を追う余裕が生まれた。

解放を求める分身に、月里は手を伸ばしてしまう。

理性がついていかなかった。

芙輝と繋がったまま、この悦びのまま達したくて、彼の目も構わずに扱きたくなる。

「あ……っ！」

ところが手首を摑まれて阻止されてしまった。

先端も全体も激しく擦りたいのに、指一本触れさせてもらえない。

「蓮、愛している……蓮……っ」

「あ……っ、うぅ……ぅ――！」

焦《じ》らされて、振り返りながら「達《い》かせて」と目で訴えた時だった。

芙輝の苦しげな呻《うめ》き声が聞こえ、柳眉《りゅうび》を波立たせるのが見えて――中に放たれる。

「――……ッ、ゥ……ッ……」

「あっ、つ……っ、熱……っ」

手を使うまでもなく、重く熱い吐精に連なることができた。涙まで迸りそうになる。

月里は肩口から現れた唇を無我夢中で舐《ねぶ》り、「愛しています」の一言を、何度も何度も、口づけながら囁いた。

10

この世の桃源郷を知った夜、月里は一生分くらい笑った気がしていた。

もちろんけらけらと声を上げて笑ったわけではない。

ただ、二回目以降はずっと微笑んでいた記憶がある。

実際にどんな顔をしていたのかは知らないが、自分としてはそういう余韻に浸っていた。

どれだけ好きになった人が相手でも、女役という立場上、それなりに傷ついたり失ったりするものはあるだろうと覚悟していたのに、拍子抜けするくらい幸せ一色だった。

男としてそれはいかがなものかと思い、終わってから心の瑕疵《かひ》をあえて探してみたものの、紅水晶のように仄《ほの》かに色づいた心は、艶やかに輝いている。

幸福の絶頂にありながら無理やり瑕疵を探しだして、それを男らしさの証しにしようとするのも馬鹿げたことだと気づくと、やはりまた笑ってしまった。

「お前がどれだけ穢されていても構わないと思っていたのに……綺麗《きれい》な体だと知ると嬉しくなって興奮してしまうのだから、自分で思っていたよりも俗物なのだな、私は……」

浴室を使いシルクのバスローブに着替えた芙輝は、寝台に横たわりながら自嘲する。

端整な横顔が、今も回転し続ける吊り行灯の光と影の中に浮き上がって見えた。

「相手が男でも、初めてだとそんなに嬉しいものですか？」

月里は芙輝と同じバスローブを着て、彼の横に寝ながら笑う。

特に意味もなく手と手を合わせ、指の長さを比べてみたり、強く組み合わせてみたりした。

湯上りの肌の感触も、汗ばんだ感触も好きで、どこかしらを重ねずにはいられない。

「どうやらそのようだ。出会った時点で、御手つきだと思っていたのにな」

「いつどうなってもおかしくない身でしたが、色々な巡り合わせがありまして……」

元帥の手がつきそうでつかなかったのは、親衛隊長、桂木セラの存在が何より大きいが、妹が死んで喪中だったせいもある。

月里にとってよいことと悪いこと、その両方が作用して今があるのもまた、一つの運命のように感じられた。

守るべき者を失った月里には、大和総督、藍王瑠《ワンリウ》を今このタイミングで暗殺したい明確な理由があり、すべてが繫がっているように思えてならない。天命は信じても神という存在は信じていないが、もしいるとしたら、この一夜は神の餞《はなむけ》なのだろう――。

「初物は嬉しいものだが、肝心なのは最初ではなく最後だ。私は必ず、お前の最後の男になるぞ。もう二度と振られたくない。愛想を尽かされぬよう努める所存だ」

「大丈夫です……貴方以外とは、決してしません」

明日の朝にはたぶん、見るも無惨な亡骸《なきがら》になっている。

誰の物になる心配もない。そして思い残すこともない。十分すぎるほど幸せだ。

自分を愛してくれた彼を悲しませてしまうことは申し訳なく思っている。けれど夫婦仲のよい奥方のいる人だから……心の強い人だから、時間が経てば元気になってくれるだろう。

「蓮、あと一時間ほどで日付が変わるぞ。車を待たせてある……共に帰ろう」

「芙輝様はもうお戻りください。私は朝にでも閣下に連絡したいと思います」

「連絡してどうするのだ？　元帥はお前がスパイだと疑っているのだろう？」

「閣下の疑いを晴らす方法はあります。自力で総督府に戻りますから、ご心配なさらないでください」

月里の言葉に、芙輝は体ごと反応する。「どういうことだ？」と訊くような顔をした。

そういう顔をされるのは予《あらかじ》め予想がついていたので、月里は動じない。

「ここで詳しいことをお話しするわけにはいきません。まずは閣下にご報告します」

元帥から与えられた特殊任務だから……と言わんばかりの顔をして見せた月里は、黙して顔を顰《しか》める芙輝と見つめ合う。

手を握り合ったまま、しばらくそうしていた。

今夜、総督を暗殺すると決めたのだ。元々近日中にと決めていたことだ。今夜が一番いい。総督暗殺の犯人が藍大将の車で総督府に戻った——などという事実を残してはならないし、それでは芙輝を利用することにもなってしまう。

皇帝の娘婿《むすめむこ》として栄えある彼の経歴に、傷をつけたくなかった。

接触の跡を残してはならないのだ。どうにか説得して、強引に連れていかれないよう突き放す必要がある。

「蓮、私の車で戻ろう。元帥には明日にでもゆっくり話せばいい。私は元帥の愛妾を奪ってしまったのだから、謝罪して話をつけなければならない。お前を疑いこのような場所に追いやった男に頭を下げたくはないのだが、それでも筋を通して詫びなければ」

「お願いです芙輝様……どうかわかってください。私は閣下の妾として親衛隊に入り、貴方ともこうしているような人間ですが、それでも男です。女のように扱わないでください」

「そんなつもりはない。私はただ、一刻も早くお前を在るべき場所に戻したいのだ」

不機嫌になりかけている芙輝の手を胸に引き寄せ、月里は身を滑らせて彼と密着する。

瑞々《みずみず》しい頬や立体感のある唇にキスをして、繋いでいた手に一層力を込めた。

「芙輝様……私は貴方がとても好きで……好きすぎて……だから貴方に抱かれたら、自分が自分ではない人間になってしまう気がして怖かったんです。でもそうはなりませんでした」

「蓮……」

「私は私のままです、芯は少しも折れていません。もちろん……これまでには知らなかった欲求や幸せを感じました。でも崩れてはいない。真っ直ぐに、自分のままです」

口にすることで、月里は改めてその実感を得る。

何故なのか、それがよくわかっていた。

女のような体勢で男に抱かれながらも、少しも傷つかなかった理由が、本当によくわかる。

「それは私が、あるがままのお前を愛しているからだ。私はお前を挫《くじ》かない」

（……ありがとう……芙輝様……でも、それだけではありません）

自分も本当に、芙輝を愛しているからだ。心から想っているからだ。

この人を愛し、愛されたことを誇りに思う。だから何一つ傷つかない。折れたりしない。

「芙輝様……」

「私はお前を挫かないが、お前が本当に間違えた時は黙っていないぞ――」

「……！」

芙輝は厳しい口調で言うと、裏腹に唇を甘く啄《ついば》んでくる。

そうして何度もキスをされるうちに、月里の中にはぽつぽつと未練の芽が生まれていった。

あともう少し、あと数日、せめてこの一夜……朝まで引き留めてもっと愛し合いたい――

そんな誘惑が芽生えてしまいそうで、気持ちが焦る。

（もう十分だと思ったはずだ。存分に味わって満たされたのだから、未練がましく揺れるな）

「……あの……そろそろ着替えてください。お着替えを、手伝ってもいいですか？」

一緒に帰らないという態度を明確にすると、彼に気怠げな溜《た》め息《いき》をつかれる。

それでも本当に着替えを手伝わせてもらえた。

最初の情交の際は長袍を完全に脱いではいなかったので、少しばかり皺《しわ》の入ってしまった裾や後ろ身頃を整え、胸元の釦を一つ一つ丁寧に嵌めていく。

寝台の横に立ち、男として惚れ惚れする体軀《たいく》や顔を、目に焼きつけるように見つめた。

この姿を忘れない。手のひらや指先が覚えている彼の肉体の感触を、決して忘れない。

「お見送りはしません……ここで……」

月里は最後に笛を手にして、芙輝に向かって差しだす。

彼が浴室を使っている間に、あの御守りを笛筒の底に忍ばせておいた。

(──どうか……ここから先のご利益はすべて芙輝様にありますように。末永く健やかで、御子《おこ》にも恵まれ、奥方と共に幸福でありますように……)

節度を守っている芙輝は、今夜はもう笛を吹かないだろう。

明日の夜には、鎮魂曲を奏でてくれるかもしれない。

「蓮、元帥とまだ話をつけてはいないが、お前は私の愛人だ。必ず幸せになろう」

「芙輝様……」

はい……とは嘘でも言いたくなくて、月里は黙って芙輝の胸に寄りかかった。

幸せにする、ではなく、なろうと言ってくれたのは嬉しかった。けれど愛人にはなれない。

「今夜は……いえ、いつも……ありがとうございます。私は本当に幸せ者です」

笛を受け取った彼の背中に両腕を回して、ぎゅっと強めに抱きつく。

全身で感じる心臓の音も、声も、何もかもを刻みつける。

(貴方を絶対に忘れない。死んでも忘れない)

奥方がいようといまいと、今夜はお互いに幸せだった。

人生の最期に、最高の恋ができた。

「おやすみなさい、どうか……お気をつけて」

月里は泣かずに微笑みを保ち、芙輝の口づけを受ける。

舌は絡めず、膨らみを強めに長く潰し合った。

「──おやすみ」

名残《なごり》惜しく体を離すと、やはり気怠げな、重たい声で言われる。

おやすみと告げることもひとりで帰ることも気乗りしない様子の芙輝は、何度目かの溜め息をついて扉を開けた。そして歩きだすものの、胸騒ぎでも感じたのか、廊下の途中で足を止める。

「──……」

振り返った彼は、何か言いたそうだった。しかし何も言わない。

微笑みを無理やり保ち続ける月里をしばらく見つめてから、再び歩きだした。

沓の音が響き、芙輝の背中が完全に見えなくなる。

月里は娼室の扉を閉め、その瞬間、両目から同時に落涙した。

頬を経由せずにポタッ……と床に落ちた涙が跳ねて、足首にかかる。

「……っ、ぅ……！」

(自分の芯は少しも折れていないなんて、嘘だ……っ、大嘘だ……！)

折れてはいなくとも蠟燭《ろうそく》のように溶けて、とろとろと流れてしまいそうだった。

本当はもっと生きて、一緒にいたい。

話が尽きるまで語り合い、笑い合い、自分の体か彼の体かわからなくなるほど深く、愛し合っていたい。

「——っ、ぅ……」

扉に施錠してから寝台に倒れ込んだ月里は、芙輝の体温が残るマットの上に突っ伏す。

じわじわと伝わってくる温《ぬく》もりは、自分の体の中にもあった。芙輝の熱が残っている。

彼の一部とまだ繋がっている気さえして、今にも肌が火照《ほて》りそうだった。

「……っ、う……ぅ……」

芙輝が好きだ。彼のすべてが好きだ。彼のそばで、いつの間にか笑っている時間が好きだ。

このまま逝《い》けるなら幸せだろう。けれどより大きな幸福が、瞼の裏側から消えてくれない。

それを洗い流すように泣いて……たくさん泣いて、泣き飽きるまで泣いて気が済んだら、
もう一度立てるだろうか。軍服に身を包み、死地に向かうことができるだろうか——。

11

三月十八日――十四年前の今日、月里の両親は処刑された。

妹の月命日でもあるこの日、月里は約二週間ぶりに総督府に戻る。時刻は午前一時前――。

この日にこだわっていたわけではないが、月里には三月二十日前後に総督を暗殺したいという気持ちが元々あった。これは単なる復讐ではないからだ。

月里は芙輝から、「前を向いて生きていかなければならない」と言われたことを忘れてはいなかったが、自分が選んだ道を進むと、どうしても生存は不可能だった。

ただ、前向きな死に方をしたいとは思っている。

復讐だけのために命を捨てるのでは、この機会をくれた運命に申し訳が立たない。

自分には、逆賊遺子でありながら地位を得られた人間として、選ばれた責任があるのだ。

「月里中尉お久しぶりです。おかえりなさいませ。閣下から伺っております」

「久しぶりだな、山下《やました》曹長、井野端《いのはた》軍曹」

親衛隊の外出用黒軍服姿で、月里は総督府から直結する南方第三ゲートの前に立った。

青軍服の準隊員が二人で夜間警備をしているこのゲートの先には、総督官邸と元帥宿舎の二つがある。

「閣下のお怒りが解けたんですね。中尉がお戻りになられて嬉しいです。閣下より、決して官邸には近づかないよう、気をつけていらっしゃるようにとのご伝言を承りました」

「官邸に近づかないようにとは、どういう意味だ？　俺は元帥宿舎に行くだけだぞ」

「はい、もちろん承知しておりますが……実は今夜、桂木隊長が官邸警護の当直なんです。隊長のことですから巡回なんてしていないと思いますが、元帥宿舎に向かうところを見咎《みとが》められないようご注意ください」

「ああ、そういう意味か……わかった。ありがとう」

月里は準隊員二人の前で、左手首に嵌めたプラチナのＷＩＰをゲートに翳《かざ》す。つい先程までの時点で、このＷＩＰが通行可能な状態だったのかどうか——それは月里の知るところではなかったが、少なくとも今は難なく通ることができる。

至極簡単な話なのだ。

このＷＩＰを使って妓楼から李元帥にいつも通り電話を入れ、「例の件、判明しました。ただ、ディテクターが故障したために盗聴の危険があります。込み入った話になりますし、宿舎に伺って直接お話ししたいと思います」と、含みを持った言い方をしただけのことだ。

総督官邸のセキュリティ資料が、秘密結社の地下組織である大和攘夷党に漏れた一件と、自分が妓楼に送られたことに関して、元帥の行動の大半は芙輝の推察通りだと月里は思っていたが、一つだけ確実に違うことがあった。

それは元帥が、月里のことを漏洩犯《ろうえいはん》だと疑っているか否かという部分であり、答えは否だ。元帥は、真犯人を知っている。

だからこそ、ここまで来られた。ある意味では脅しだ。だが問題はこの先にある。

月里は元帥の宿舎に行くことになっていたが、実際にはそのつもりはなかった。

目的地は、同じ敷地内に建つ総督官邸のほうだ。

邸内に入るには、事前に登録されている当直の隊員のＷＩＰと、生体認証とパスワード、それらがどうしても必要になる。

「ぐは……ぅ、うあぁ……」

総督官邸入り口の玉砂利の上に、青軍服を着た巨体が沈んだ。

準隊員を背後から黒檀刀《こくたんとう》で叩きのめした月里は、銃をホルスターごと奪い、軍用ロープを取りだす。気を失っている男の手足を縛って猿轡《さるぐつわ》をかませ、首根っこを摑んだ。

「……う、ぅ……」

「お前が当直でよかったよ。恨みのない相手に怪我《けが》をさせたくないからな」

月里は男の体をずるずると引き摺《ず》って、官邸の正面入り口に迫る。

磨き抜かれた黒曜石の階段が数段あったが、巨体をそのまま引っ張り上げた。

全治二週間程度の怪我はしているかもしれないこの男の名は、二峰《ふたみね》レオン、もしくは二峰ハルトのどちらかだ。双子なので見分けがつかないが、どちらであろうと心は痛まない。

月里は正面入り口の自動扉の前に立ち、二峰少尉のＷＩＰを、手首に嵌めたままの状態でセンサーに翳した。ＷＩＰの認証が済むと以前から使われていたパスワードを入力し、電子ロックが解除されたところで少尉の体を抱くように担ぎ上げる。パスワードを頻繁に変更しなかったり、監視カメラを設置していても誰もモニターを見ていなかったりと、甘い警備体制のわりにロックの数だけは多かった。二峰少尉の目の高さをセンサーに合わせ、瞼を無理やり見開かせて、瞳孔による三つ目のロックを解除しなければならない。

それが済むと自動扉が開き、朱色に塗られた玄関ホールが目に飛び込んできた。

総督官邸は外観こそ落ち着いた大和家屋に見せかけていたが、中に入ると藍華禁城と同じ朱色一色に染まっている。

鮮やかな空間には、黄金の龍の置物や、翡翠《ひすい》やアメシストの彫刻、絹色で織られた精緻《せいち》なタペストリーが飾られていた。広い玄関ホールは、贅を尽くした美術館のようだ。

廊下に足を踏み入れて警備室に向かおうとすると、扉が開いて双子の片割れが出てきた。

この官邸が建つ敷地そのものが陸軍施設の三層内にあるため、何かが起きるかもしれないとは誰も思っていない。

二人目の二峰少尉は片割れの危機も己の危機も察することなく、呑気《のんき》にあくびをしながらホールに向かって歩いてきた。

「ぐあ……っ、ぅ……！」

柱の陰に身を隠していた月里は、背後から襲いかかって顔すら見せずに気を失わせる。

一旦やると決めた以上、容赦はしない。迷いもない。

月里は単純な腕力や脚力だけでは巨体の彼らに敵《かな》わないが、極めて優れた反射神経と動体視力を持ち、俊足で敏捷性《びんしょうせい》にも優れていた。

木刀武術の習得の際に磨き上げた気配消去は次元の高いもので、臍下丹田《せいかたんでん》に全意識を集中させ、四肢に意思を持たせない技術を完璧に会得《えとく》している。

要は、殺気や攻撃思考を発することなく刀を振るえるのである。

相手にしてみれば、動きの速い無心の剣士に襲われるようなもので、面と向かっていたとしても攻撃を読むのは難しい。

太刀筋《たちすじ》に気づいた時には遅く、強化黒檀刀で強《したた》かに打たれてしまうのだ。

ずしりと重い二峰少尉の体を引き摺った月里は、自分が隠れていた柱の陰まで彼を連れていく。監視カメラの死角になる場所に横たわらせ、ロープで拘束してから猿轡をかませた。

残るは——親衛隊長、桂木セラだけだ。

「レオン？　もう戻ったのか、早かったな」

月里が警備室の扉を開けると、監視モニターの前にいた桂木が声をかけてきた。

画面は疎《おろ》か入り口すら見ていない彼は、広げた雑誌の上で爪の手入れをしていた。

総督は一度私室に入ったら自主的には外に出てこないので、当直の人間はだいたいこんなものだ。桂木は特に酷いが、本気で神経を張り詰めている者などいない。

「隊長、そのまま動かないでください」

「――っ⁉」

桂木が振り返ろうとする寸前、月里は警備室の扉を閉めた。

通常の木刀とは太さも重さも異なる強化黒檀刀を突きつけられた彼は、口を大きく開いて固まる。青い瞳も限界まで剝いており、まるで幽霊でも見たような形相だった。

「な、な……んで……っ」

「銃を抜こうなんて考えないでください。引き鉄を引く前に確実に払い落とします。綺麗な指が折れますよ。骨が砕けて元の形には戻らないかもしれません」

「お前……っ、どうしてここに……なんで⁉　俺に仕返しでもしに来たのか⁉」

月里は片手で構えた木刀を上下に揺さぶり、驚倒する桂木に起立を促《うなが》す。

戦闘能力の低さを自覚している彼は抵抗せず、木刀の先端に突かれるまま背中を向けた。

「両手を後ろに回してください。貴方には、かすり傷一つ負わせたくありません」

「……なんだよ、それ……お前、ここでいったい何をする気なんだ？」

月里は朱色の壁に白軍服姿の桂木を追いやり、両手を後ろで縛りつける。

念のため銃をホルスターごと外して、モニター前のデスクに置いた。

「お世話になった閣下に多大なご迷惑をおかけすることは、申し訳なく思っています」

金色の髪が揺れるほど近くで囁くと、桂木は肩をびくっと持ち上げる。

「な……何？　お前、まさか総督を暗殺しようとか、思ってるのか？」

「そうです。ただせめてものお詫びに、例の一件は引き受けます」

「……例の……一件？」

「漏洩の件です。すべて私がやったことにしていただいて構いません。元帥閣下に、その旨お伝えください」

「――ぅ、っ……お前……なんで……」

狼狽える桂木の体を強引に押して、月里は警備室をあとにした。

二峰少尉が気絶したままであることを遠目に確認し、廊下を真っ直ぐに進んでいく。

まずは鍵も何もない、瀟洒《しょうしゃ》な格子扉を開けた。

するとその奥から、壁に埋め込まれた電子式のスライド扉が現れる。

今は見えなかったが、このスライド扉の先に数メートルほどの通路があり、その向こうが総督のプライベートスペースになっていた。月里が知っている限り、この先に入ったことのある親衛隊員は一人もいない。

「さあ、ロックを解除してください。貴方は脅されただけですから、罪にはなりません」

「その前に聞かせろ……お前、何故わかったんだ？　なんで黙って妓楼に入ったたっ」

月里は俄《にわか》に顔色を変える桂木の腕を引っ張り、スライド扉の前に立つ。

そこに取りつけられたセンサーに桂木のＷＩＰを翳すと、一番目のロックが外れた。

同時に、パスワードの入力画面が現れる。

「閣下から情報漏洩の件を聞かされたのは、妓楼に送られる日の朝でした。三月二日です。その時、閣下は攘夷党から回収した資料を見せてきたんです。役に立ちそうにない物も多数ありましたが、この総督官邸の図面や、セキュリティシステムの詳細な内容が書かれた物もありました。だから最初は……自分が疑われていて自白を迫られているんだと思いました。その時点ですでに総督を暗殺しようと心に決めていたくらいですし、妹を失ったことや親のこともありますから、疑われても仕方がありません」

月里は記憶しているパスワードを入力したが、それはエラーになる。

桂木に最新のものを教えるよう目で促すと、「話が終わってからだ」と睨み返された。

青という涼しげな色にもかかわらず、桂木の瞳は攻撃的で熱い。これから総督を暗殺して死ぬ覚悟の月里でも、無視できないくらい力のある瞳だった。

「閣下は妓楼で罠《わな》を張る作戦を語り始めて、その時にこう言ったんです。『士官以上なら、誰でも手に入れられる資料だ。士官の誰かに違いない』と――。その後も報告のたびに同じことを言われました。どう考えても親衛隊員を疑うべきなのに、おかしな話です。その時に気づきました。二月末日の夕食会の時のことを、思いだしたんです」

「二月……末日?」

「お忘れですか?　あの時、昼食時にはなんでもなかったはずの貴方の頬が腫れていました。唇には切った痕《あと》もあって……右頬を、かなりまともに叩かれたように見えました。軍の中で、貴方の顔を叩けるのは閣下しかいませんし、閣下は左利きです」

「――っ!」

月里は再び目を剝く桂木に、「パスワードを教えてください」と告げる。

動揺を隠せない様子のまま、桂木は体を横向けて後ろ手に数字を入力していった。

「あの時は、閣下が貴方に手を上げるようなこともあるんだなと……少し意外に思って……いいえ、相当な違和感を覚えつつも、痴情絡みだと判断して考えないようにしていたんですが、手を上げずにはいられなかった理由が、二日経ってからわかりました」

「それならどうして大人《おとな》しく妓楼なんかに!　処女のくせによく体を売る気になれたなっ」

「――……」

夜妃香《イエフェイ》のことは知らないらしい桂木に対して、月里は何も言わなかった。

芙輝の推察通り、元帥は月里の評判を落として辞職に追い込みたかったが、体を穢させる気はなく、辞職後は軍外の妾にするつもりだった――それはおそらく間違いないだろう。

元帥の中にあった自分への執着、もしくは単なる下心を桂木の耳に入れるつもりはなく、月里は二番目のロックの解除を黙って見届けた。

三番目は、瞳孔による生体認証だ。

「私は総督を暗殺したいと思っていましたが、閣下には大恩ある身ですから……正直とても悩んでいた時でした。だから閣下の言う通りに行動することにしたんです。閣下は、貴方に二度と馬鹿なことをさせないために、貴方の望みを叶えるしかなかった」

「――俺の……望み？」

「おそらく、私を軍から追いだすことだと思いますが、閣下としては……単純に辞めさせて私を自由にするのは面白くなかったのでしょう。だから閣下は私から軍位を剝奪《はくだつ》して男娼にしたのだと思います。私がもう、誰からも相手にされないように……」

月里が語り終えると同時に最後のロックが解除され、スライド扉が開く。

無機質な通路が見えてきて、その向こうに先程通ったのと同じ瀟洒な格子扉が見えた。

数メートルの通路を進んでその格子扉さえ開ければ、大和総督のプライベートスペースに入れる。すでに格子の隙間から、調度品の一部が覗《のぞ》いていた。

「月龍《ユエロン》様は……ほとぼりが冷めたら、お前を私的な妾として呼び戻すつもりだったんだ」

月里が先へ進もうとすると、桂木は行く手を阻むように目の前に立ち塞がる。

すべてのロックを解除した以上、彼に用はなく、月里の気持ちは復讐に向けて真っ直ぐに進んでいた。

「隊長、そこを退いてください」

「まだ話は終わってない。俺はあの人の考えてることがだいたいわかる。いつだって浮気はしないしないと言いながら繰り返してっ、俺の機嫌を取ってうやむやにするだけだ。俺は、お前がスパイとして本国に送られて虐殺されればいいって本気で思ってた。俺が望んだのは辞職なんて甘いもんじゃない！」

「閣下は、私を呼び戻す気なんてなかったと思います」

月里は燃え続ける青い瞳を見据えながら、真実とは逆のことを口に上らせた。

芙輝の不在時に動いたり、夜妃香《イエフェイ》を使わせたりしている以上、李元帥がいずれ自分を呼び戻す気でいたことは明らかだ。

しかし元帥の多情さを桂木に改めて思い知らせることは無意味なうえに、元帥がもっとも愛し守りたかった人を、無駄に傷つけることになってしまう。

それは月里の本意ではなかった。

元帥に対して恩義を感じているのは、嘘ではない。

「閣下は穢れた人間には興味を持てないそうですから、私を妓楼に送り込んで客を取らせると決めた時点で、未練は一切なかったと思います。閣下にとって特別なのは隊長だけです。過去も関係ない……そのうえ、そばに置いておけば危険なのに手放せない。貴方が親衛隊の隊長なのは、閣下を一番愛しているからではなく——閣下に一番愛されているからです」

月里は桂木の体には触れず、避《さ》けるようにして扉の先に向かおうとする。

通路の先にある鍵のない格子扉の向こうに、一刻も早く行きたかった。

時間が経てば経つほど事前に発覚する危険が高まり、成功率が下がってしまう。

「待てよ。お前、その銃……双子のか？　黒檀刀じゃなく銃を使って暗殺する気なのか？」

「――はい、相手は藍華拳法の達人ですし、試合ではないので躊躇《ためら》いはありません」

月里が答えると、桂木はもう一度「待て、動くな！」と命じてくる。

「その通路っ、緊急時以外に人が通ると自動的にX線検査が行われるんだ！」

「……!?」

「金属製の銃刀類を所持していると認識した途端、天井からシャッターが下りてきて警報が鳴るシステムになってる。親衛隊では隊長の俺しか知らない」

「――っ！」

桂木の言葉に、月里は低く呻きながら後退する。

そう言われてみると確かに、格子扉の手前と、スライド扉のすぐ先の天井に溝が見えた。

二峰少尉の銃を持ったまま通路に進んでいたら、二枚のシャッターの間に捕らわれて何もできないまま終わっていたかもしれない。

「……何故、そんなことを……」

「月龍《ユエロン》様は総督の甥《おい》だからこそあそこまで出世できたんだ。大事な後ろ盾を殺されて惨《みじ》めに零落《れいらく》しても、俺は一向に構わない。そうすれば俺しかいなくなるだろ？」

桂木がどこまで本気なのかはわからない。

ただ少なくとも、彼は総督暗殺を阻止する気はなかった。

それは、殺気を帯びた碧眼《へきがん》を見ていれば感じられる。

「総督の治世で苦しい子供時代を送ってきたことも、理由の一つですか？」

「……は？　そんなの全然関係ない。俺の行動理念は愛と自分の幸福だけだ。復讐なんて、後ろ向きでくだらないだろ？」

口角を吊り上げる桂木の視線を受け止めながら、月里は奪った銃を手にし、弾倉を抜いてスライドを引く。薬室内の弾丸を取り除いた状態で、ホルスターと共に床に置いた。

「閣下には申し訳ないことをしてしまいますが、隊長さえいればきっと幸せだと思います」

月里はロープの切断用に持っていたナイフも置き、黒檀刀を握って通路に踏み込む。

桂木の視線を背中に感じたが、最早前しか見えなかった。

12

「――親衛隊員が、私に何か用か？」

目の前に、大和総督、藍王瑠《ワンリウ》が座っている。自分を見て話しかけている。

到底信じられない状況に息を呑みながらも、月里は黙って黒檀刀を構えた。

図面でしか知らなかった格子扉の向こうは、仄暗《ほのぐら》い朱色の世界――贅を極めてはいても、構造的には奇抜な物ではなかった。

平屋造りで、天井の高い居間や食堂、応接室、外出を一切許されていない使用人達の住む地下室、そして最奥にあるのがこの寝室だ。

時刻は午前一時をすぎている。

大方の部屋の照明が落とされ、官邸内は寝静まっているようにしか見えなかった。

月里は総督の寝室に忍び込むなり、寝ている彼を銃でいきなり撃つ予定でいた。

計画が狂って黒檀刀で殺すしかなくなってしまったが、やることは基本的に変わらない。

弱者の声を聞かない人間に恨みつらみを語り聞かせる気はなく、命乞いをさせる気もなく、両親がされたのと同じように――問答無用で殺すつもりだった。

「今夜ここに美しい暗殺者が忍び込むかもしれないと密告があったのだが、本当だったたな」

鍵のかかっていなかった総督の寝室で、月里は軍靴の底をじりじりと鳴らす。

約三十畳の薄暗い部屋の中、天蓋付きの寝台に座ってこちらを見ているのは、十四年前の今日、両親を死に至らしめた男だ。そして、大勢の逆賊遺子を地獄に落とした男でもある。

「どうした？　名前くらい名乗らんのか？　私に恨み言があるのだろう？」

「……！」

立ち上がった総督は、月里が記憶しているよりも背が高く感じられた。

超然とした威圧感を放っており、蓄えられた口髭《くちひげ》にも年齢的な貫禄がある。

長い髪にも髭にも若干白髪《しらが》が交じっていたが、五十八歳とは思えない若々しさで、声には力が漲《みなぎ》っていた。

自分が恐怖しているから大きく感じるのかもしれないと思うと、月里の額《ひたい》には冷たい汗が伝い、身の毛が弥立《よだ》つ。悔しさと焦燥の中で、この危機的状況を生んだ密告が誰によるものかを考えようとしたが、思考がまとまらない。

それでも真っ先に浮かんだのは李元帥の顔だった。

しかし元帥が自分の計画に気づいたうえで南方第三ゲートを通ることを許し、ここに来るのを見越していたと考えると不自然な点がある。予め察知していたなら月里のＷＩＰを通行不可に設定すればよい話で、仮にこの自信家の総督が「面白い、通せ」と戯《たわむ》れに言いだしたとしても、危険な場所に桂木セラを置いておくはずがないのだ。

「お前は口が利けないのか？　それとも大和語が理解できないのか？　私はいったい何語で話せばいい？　わざわざ大和語を使ってやっているのに、何故黙っている」

金の如意頭《にょいとう》の模様が入った黒いツーピースの藍華装姿で、総督は少しずつ近づいてくる。

余程腕に自信があるのか、黒檀刀を構えた月里を前にしても臆することなく、素手のまま距離を詰めてきた。そして藍華拳法の構えを取り、露骨に挑発してくる。

「俺の名は月里蓮だ。貴様に殺された両親と、同じ逆賊遺子の仇《かたき》を討ちにきた！」

何も言わずに総督を殺すつもりだった月里は、状況が変わったためそれだけは口にした。

しかしこれ以上は何も言わない。

自分はこの男に無駄な改善要求をしたいわけではないのだ。

「そうか、しかし復讐は何も生まないぞ。さらなる不幸を呼び、悪循環を招くだけだ」

「うるさいっ、黙れ！」

月里は両手で握った黒檀刀で、一気に打ち込む。

大和人を嫌い、逆らう人間を虫けらのように殺した男——その遺族からも人権を奪って、数多くの同朋を死に至らしめた男に、真っ当な言葉を吐かせたくなかった。

「死ね！　藍王瑠《ワンリウ》っ‼」

月里は絨毯《じゅうたん》の上を駆け、全身全霊の力で踏み込んでから跳び上がる。

首を狙って斜めに振り下ろした刀に、積年の恨みのすべてを籠めた。

「死ね――っ‼」

腹の底から声を響かせ、殺意を凶器に変える。

木刀武術は生殺与奪の武術だ。粘性を加えた硬い強化黒檀刀は、真剣にも劣らぬ殺傷力を持っている。手足を砕いて戦闘不能にすることも、首や頭蓋を砕いて殺すことも思いのまま。憎い男の首は、すぐ目の前にある。

「……っ、ぐ……ぅ！」

当たれば殺せる。けれど当たらなければ意味がなく、月里は渾身《こんしん》の一振りをかわされる。

信じられない話だった。高い敏捷性を誇る自分が、五十八歳の男にスピードで負けるとは思ってもいなかった。

「死ねっ、死ね――っ‼」

力を込めすぎて反動が大きかったが、すぐに体勢を立て直して回し蹴りを繰りだす。

ところがこれも当たらない――本当に速いのだ。

間髪入れずに刀で打ち込んでも、目の前の巨体に悠々と避けられてしまった。単に動きが速いというだけではなく、事前に軌道を読まれているかのようだった。

「先に言っておくが、そんなに殺気を漲らせては筒抜けだぞ」

「……く、ぅ！」

藍華装の長い袖をバサバサとはためかせて刀を避け続ける総督を、月里は必死に追う。

これほど連続して打ち込んでもまるで当たらないのは、過去に例がなかった。

総督の身体能力は尋常ではなく、どう考えても五十代のそれではない。

刀をどの方向から向けても、切れのある足技を駆使しても、舞踊さながらの華麗な動きで逃げられる。長身のうえに重量感のある体を容易に反らした総督は、疾風《しっぷう》の如き音を立てて空中後転した。

「……っ、はっ、く……ぅ……！」

それなりに広い寝室の中で、月里はブーツの踵《かかと》を鳴らして駆け回る。

繰り返し繰り返し、休む間を与えずに打ちかかり、いつの間にか息を上げていた。

部屋中にある調度品を次々と破壊していたが、それらが立てる音が遠くなっていく。

むしろ総督の袖が舞う音のほうが明瞭《めいりょう》に聴こえた。

閉ざされた空間が世界のすべてのように感じられ、時間の感覚がなくなっていく。

「強化黒檀刀を持っているということは免許皆伝者なのだろう？　これでは拍子抜けだな」

「ぐああっ、ぁ……！」

陶器の大壺《おおつぼ》を割った黒檀刀から、骨身に沁みる振動がびりびりと伝わってきた。

これが総督の骨を砕いた感触であればいいのに……現実はあまりにも遠い。次第に気まで遠くなってくる。それほど動きが速いのだ——そして確実に強い。覚悟や殺意だけで殺せる相手ではなかった。

（……諦《あきら》めるな！　弱気になったら終わりだ、俺は……絶対にこの男を殺す‼）

「どうした？　もう終わりか？　どこを狙っているのか軌道が丸わかりで、つまらんぞ」

不敵な言葉が憎らしい。

この男はいつも高い所に立って、人を蟻《あり》のように踏み殺すのだ。

殺気を刀に乗せてはならない――そんな基本中の基本さえ崩されるほどの動きに翻弄されながら、月里は意志の力で無心の境地を求める。

勝ちたければ、意識を腹に留《とど》めて隠さなければならないのだ。

相手は素人《しろうと》ではない。刀に殺気を漲らせているうちは、絶対に勝てない。

「うあああああぁぁ――っ‼」

月里は遺恨を声にして放出し、逆に殺気を閉じ込めた。

防御の型を構える総督に、隙などない。

それでも、破片だらけの床を蹴って踏み込む。

「――ッ、グァ……ゥ……ッ！」

「！」

月里が狙ったのは総督の首だった。声を漏らしたのは自分ではない。

強靭《きょうじん》な筋肉を越え、骨に亀裂を入れる感触が黒檀刀を通して伝わってきた。

殺った――そう思った瞬間、総督の袖が視界に飛び込んでくる。

確かに首を狙ったのに、左腕で完全にガードされてしまっていた。
それに気づいた時にはもう、右手で刀を握られる。
「うぅ……ぐあああああぁぁぁ――っ‼」
月里は刀を握られたまま脇腹を蹴られ、背後の壁まで吹っ飛ばされた。
巨大な姿見の枠に、背中を強かに打ちつける。戦車に撥《は》ねられた感覚だった。
黒檀刀を手にした総督の姿がやけに遠くに見え、どれだけ飛ばされたのかを思い知る。
「い、あぁ……ぐあぁぁっ、ぁ……！」
背中の激痛に呻いた瞬間、背後の鏡がいきなり崩れた。
衝撃によって割れた破片が降ってきて、肩や背中に突き刺さる。
「総督っ、ご無事ですか⁉」
同時に、後ろから男の声がした。一人ではない、二人の男の声と気配が迫る。
(――俺は、もう……終わりなのか？　首を打てず、ただ腕の骨を砕いただけで……)
月里は反射的に鏡の破片から身を守っており、背中を丸めたまま振り返った。
割れた鏡の向こうにあったのは、この部屋とは大違いに簡素な隠し部屋だ。
黒革のソファーが置いてあった。
そこから、体格のよい二人の男が駆け込んでくる。
藍華装姿の、四、五十代の二人組――どこかで見たことのある顔だ。

「っ、ぁ……」

自分の横を抜けて総督のもとに駆け寄った男達が誰であるか、月里は程なくして気づく。

軍服姿ではないので判別が遅れたが、藍中将と藍少将だった。

総督を含めて三人共血縁関係にある武術家で、年も近いために雰囲気が似ている。

「腕が折れてるじゃありませんか！　こんな無茶をしてっ、まったく貴方という人は！」

「騒ぐな。完全に避けきれると思っていたのだが、甘かったな。少将、その者を取り押さえシャツを脱がせろ。鏡の破片で怪我をしていないか調べ、しているようなら手当てを」

（——っ、手当て？）

総督は同族に囲まれているにもかかわらず大和語を使い、確かに「手当てを」と言った。

そして中将に窘《たしな》められながら、一人掛けの椅子に腰を下ろす。

少将の手によって室内の明かりが増やされたため、主照明こそ消えているものの、今までよりは明るくなった。

「……ぅ、ぐ……」

月里は何が起きているのかまるでわからないまま、絶望と驚愕に身を震わせる。

命じられた少将によって両手を後ろで縛られたが、抵抗しようにもできなかった。

姿見の枠に打ちつけた背中と蹴られた脇腹の衝撃で、内臓が痙攣《けいれん》を起こしかけている。

「暗殺者の自分が、何故手当てをしてもらえるのか理解できないといった顔だな」

総督は椅子に座った状態で左腕を中将に預けており、応急処置を受けていた。

時折痛みで顔を歪め、わずかに声を漏らす。

「月里蓮と言ったな。お前のことは大将から聞いている。彼の大切な想い人なのだろう?」

「……っ、ぅ」

月里は総督からの思いがけない問いかけに反応し、それによってさらなる激痛を覚える。

少しでも触れられると痛む状態で上着とシャツを肘まで下ろされ、切り傷を探されるのがつらかった。

「我々藍一族は表立って共に行動したりはしないが、裏では密に繋がっているのだ。大将の愛人として幸福に生きる道もあっただろうに、何故このように愚かな行為に走ったのだ?お前がこんなことをして打死にしたら、彼は泣くぞ」

「うるさい……黙れ! 藍大将は関係ない!」

月里は背中の傷にテープのような物を貼られながらも、身を揺さぶって叫んだ。

総督暗殺に失敗すれば虐殺が当然で、その前に酷く辱《はずかし》められることになる。

捕らえられたらすぐに舌を嚙み切って自害することも考えていた月里だったが、実際にはそうすることができなかった。

殺せないとわかったら、せめて言葉で伝えたくなる。

多くの人間の無念が、腹の底から湧き上がってくる。

「関係ない、か……それを聞いただけでも泣くぞ。彼はお前を大切な存在だと言っていた」

「……黙れ！　俺は貴様を殺さなければならなかった！　貴様のような鬼畜にわかるかっ⁉　祖国の解放を求めて尽力したことで捕らえられ、ろくな裁判もなしに一両日中に首を刎ねられた人間の無念がわかるか⁉　そういう親を持った子供達が特殊孤児院に収容され、藍華に送られてどれだけ死んでるか知っているか⁉」

月里は手当てをしてくる少将の手を肩で払い、手首を摑まれながらも限界まで身を伸ばす。自分でも驚くほど、全身に新たな力が漲っていた。

「俺のように……永久徴兵を言い渡されるならまだましだ。女児の大半は娼婦にされ、それ以外の者は藍華に連れていかれる。劣悪な環境で強制労働を課せられ、俺が知ってる同級の人間だけでも十五人死んでる！　みんな二十歳《はたち》になる前に死んでいったんだ！　女工として送られた妹の親友も、半年後には死体で発見された。手足を切り落とされた姿で……っ」

月里は総督暗殺に失敗した自分が許せず、憤怒の涙を流す。

恥ずかしいなどとは思わなかった。

純粋な怒りが、悔恨と共に形になっただけのことだ。

迸る涙を拭うこともできないまま、月里は膝を進める。

総督に一歩でも近づきたかった。

使える武器はもう、歯しかない。

せめて脚に食らいついて、肉の一片でも食い千切りたい執念でにじり寄る。

「お前は両親と他人の恨みを晴らしたくて、自らの幸福を捨ててこんな真似をしたのか？」

「……っ、妹が……生きている間は、他のことは一切考えないように、賢く生きるように、そう努めてきた。だがもう我慢できなかった！　俺が貴様に近づけるこの立場になったのは天命だ！　俺が殺らなくて誰が殺るんだ⁉」

月里は少将の手で何度引っ張られても膝を進め、椅子に座る総督に向かって叫ぶ。

悪魔はこんなに近くにいるのに――確かに傷をつけられたのに、殺せなかった。

天から与えられた運を無駄にして、結局何も変えることができなかった。

（俺は……なんて、なんて無力なんだ……っ、なんて弱い……！）

「総督、この者が帰還してからの動きを追わせていましたが、今し方こんな物が」

悔し涙を迸らせる月里の背後で、藍少将が立ち上がる。

月里を隠し部屋の近くまで引き戻して置き去りにした彼は、総督に白い封筒を差しだした。

（……あれは……！）

それを目にするなり、月里の血の気は急激に引いていく。

暗殺に失敗した今となっては、見られようと見られまいと同じことだった。

それでも、こんな非道な男に見られたくはなかった。

嘲笑われるのはわかっている。

「この者は総督府に戻るなり、通信局のポストにこの手紙を投函したそうです。私の部下が回収して参りましたが、中身はまだ確認しておりません」

「小野沢《おのざわ》副総督宛ての手紙か、これは興味深いな。月里蓮、悪いが見せてもらうぞ」

少将から手紙を受け取った総督は、それを開封しようとする。

しかし左腕を中将に取られたままだったため、少将がもう一度手にして代わりに開封した。

「――っ、ぅ……」

渡された便箋に視線を落とした総督から、月里は顔をそむける。

そこに綴《つづ》った真摯な願いが、こんな男の胸に届くわけがない。

こうして読まれるだけでも腹が立つ。

どろどろとしたコールタールのように胸に広がっていくのは、暗い絶望感ばかりだった。

「……なるほど、お前は私に復讐するだけではなく、この上訴を通したかったのだな？」

月里は総督に問われても黙ったまま、目も合わせずに歯を食い縛る。

藍華帝国は救済を大義名分に大和を特別行政区としているため、副総督の地位を小野沢という大和人に与えていた。

事実上権限を持たないお飾りながらに、帝室外の大和人としては最高の地位を与えられている彼は、大和最後の与党、愛国維新党《あいこくいしんとう》の元党首だ。

つまり、大和最後の総理大臣である。

三月十八日の今日——ここにいる大和総督、藍王瑠《ワンリウ》が死亡した場合、次の総督を選出するための選挙が藍華帝国内で行われることになるが、新総督が決まるまでには最低でも三週間かかる。

その間だけは、副総督の小野沢が実権を握ることができるのだ。

無論、代理である副総督が重大な政策を動かせるわけではない。

そんなことは月里もよくわかっている。

月里が副総督の小野沢に宛てて上訴したのは、彼でも叶えられそうな小さな願い、たった一つだけだ。

特殊孤児院をこの春に出ていく逆賊遺子のうち、永久徴兵を言い渡されて陸軍高等学校に上がる予定の男子を除いた、四十人の処遇に関するものだった。

「そうか……この子供達が施設を出されるのが四月一日の朝。その日には藍華に送られるか、妓楼に連れていかれる。今日の時点で私が暗殺されて死亡し、人情家と言われている小野沢副総督がこの願いを聞き入れた場合、お前は四十人の子供に自由を与えられるわけだな?」

総督の言葉通りだった。わずか四十人、助けられたとしてもそれだけだ。

逆賊遺子全員を助けろと願うのも、これから先ずっと同じようにと願うのも無理がある。

それでも……あと二週間ほどで奈落の底に落とされる四十人の子供達だけは、助けられるかもしれない。

自分と同じ逆賊遺子がどのような目に遭っているのか知りながらも、あえて他人のことを考えないようにしてきた月里にとって、その四十人のために死ねることには意味があった。

（願ったのは復讐だけじゃない。俺なりに前向きな、償《つぐな》いだ。見て見ぬ振りをしてきた俺の罪は、果てしなく重い……）

「お前の心が美しいのはよくわかったが、これはあまりにも拙《つたな》いな。お前は頭の悪い男ではないだろうに、浅はかで、実に愚かなことをしたものだ」

溜め息混じりな総督の言葉に、月里は視線と全神経を摑まれる。

滴る涙も構わずに総督を睨みつけ、後ろ手に縛られた手首をぎちぎちと鳴らした。

だから嫌だったのだ。

残虐非道なことを散々してきたこんな男に、わかるわけがない。

愛した人も恩ある人も裏切って、弱き者のために命を捨てると決めたのだ。

そうでもしないといられなかった。

罪深いこの身で、どうして自分だけ幸せになることができるだろうか。

「月里蓮、もっと現実的によく考えてみろ。仮に総督暗殺に成功して、副総督がこの願いを叶《かな》えてくれたとしても、四月になれば新総督がやって来る。本国での選挙など形ばかりで、当然藍一族の人間だ。新総督がまず手始めに何をするかわかるか？　前総督を暗殺した危険因子である逆賊遺子を幼いうちに始末しておこうと考え、それを実行するだろう」

「……っ」

少将が総督の横に立っているため、月里は膝を進めて少しずつ総督に迫っていた。

しかし、向けられた言葉に動きを止めてしまう。

逆に総督は動きだし、藍華装の立《た》ち襟《えり》の下にある釦を外し始める。

「藍華とアレイアの関係が悪化し、大和に対するアレイアの干渉が弱まっている現在、子供だからといって安全ではないのだ。藍華は子供に優しい国ではない。新総督は、お前が解放した四十人の行方《ゆくえ》を追い、なんらかの処罰を加えるだろう。大和人は強硬な手段を取られると怯えて大人しくなることを、我々はよく知っているからだ。お前が助けたかった四十人の逆賊遺子を見せしめに処罰し、今現在特殊孤児院に収容されている子供達も、密かに藍華に強制連行するかもしれない」

淡々と語る総督まであと数歩という位置で膝立ちしたまま、月里は全身の骨や血液を抜き取られるような感覚に苛《さいな》まれる。

壮絶な恐怖に晒されて、胃の中の物が喉元まで上がってきそうだった。

シャツを脱がされた背中には、冷汗《ひやあせ》が幾筋も流れていく。

「月里蓮という人間は、よい意味でも悪い意味でも逆賊遺子の代表になる。妹を亡くし……守る者を失って自由になったと思ったのだろうが、その考え自体がそもそも大きな間違いだ。お前が藍華に忠誠を示し、軍人として有能な働きをみせていれば、逆賊遺子に対する偏見は徐々に薄らいでいくだろう。後続にもチャンスが与えられるかもしれない。だがこのように反逆すれば、それは大勢の同期を危険に晒す行為となる」

上着の釦を二つ外した総督の首には、薄型の電子器具が取りつけられていた。ベルト式のチョーカーと一体化しているそれを、彼は右手で取り除く。

「お前は復讐心や罪悪感、そして目先の正義に囚われているだけで、大局が見えていない」

「……っ⁉」

いきなり、総督の声が変わった。

力強くとも年相当の濁りを含んでいた声が、若々しく美しい声になる。

忘れるわけもない。一番好きな声だ。

品性と艶色《えんしょく》の両方を兼ね備えた、芙輝の声――。

「蓮、我々藍一族の将官と、李元帥しか知らない話をしよう。藍王瑠《ワンリウ》はこの三年間、一度も大和に来ていない」

月里は何かしら声を出したつもりだったが、実際には掠れた呼吸音だけが漏れた。

驚愕の連続で頭が回らない。何もかもが追いつかなかった。

「藍王瑠《ワンリウ》は元々大和嫌いな男で、ここにいる少将を影武者として立て、本国から指示を送ることが多かったのだ。李元帥が周囲の反対を押しきってお前を親衛隊員にできたのも、実のところそういう裏がある」

芙輝の声を持つ総督は、爪で首の薄皮を摑み、そこから表皮を少しずつ捲り上げていく。

五十代の男らしい皮膚が裏返って、乾いた質感の唇や、黒々とした口髭が浮き上がった。藍王瑠《ワンリウ》そのものだった精巧なシリコンアプライエンスマスクの下から現れたのは、一点の曇りもない瑞々しい肌と、立体的で整った唇。凛々しくも華のある、芙輝の顔だった。

「藍少将は総督の第一の影武者で、場合によっては藍中将が務めることになっている。私は身長が合わないので出番が回ってくることはないだろうが……一応、いざという時のための第三候補といったところだ」

息が詰まって、本当に何も、一言も話せなくなる。呼吸すら儘《まま》ならなかった。

本物の総督は、三年間も大和に来ていない。今まで戦っていた相手は芙輝だった。

自分は芙輝の首を折ろうとしたのだ。芙輝に殺意を向けて、本気で殺そうとした――。

「……は……っ、ぁ……っ……」

呼吸が苦しくなり、月里は急激な酸欠に陥る。体が息の仕方を忘れてしまっていた。

蹴られた脇腹が猛烈に痛みだして、前のめりになると余計に息ができなくなる。

もう何も考えたくない。自分をこのまま殺してしまいたい。

そう思った刹那《せつな》、誰かが駆け寄ってきた――。

13

眠りから覚めたと自覚した時、何もかも悪い夢だったのかと思った。

もしかしたら妹が死んだことも夢で、本当は何も変わっていないのかもしれない。

いつも通り、恥知らずな白軍服に着替え、李元帥に口先だけの愛情を向けながら、いてもいなくてもどうでもいいような仕事をする。夜に奏でられる藍大将の笛の音を楽しみにして、目を合わせたこともない彼の、優しい旋律に癒やされる――。

「蓮……気づいたか？　無理に起きなくていい。そのまま大人しく寝ていろ」

芙輝と直接出会う前の夢を見ていた気がするのに、現実には彼の声がそばにあった。

重たい瞼を上げると、薄桃色や白のハスの絵が目に映る。

汚泥を示しているらしい褐色の水面から出《い》でて、鮮やかな緑色の葉の上で咲き誇っていた。

焦点が合うと、絵ではなく刺繍画だとわかる。藍華風の寝台の天蓋の内側だということもわかった。天蓋自体は四方に立つ漆《うるし》塗りの柱に支えられており、そこから真っ白な紗の幕が下がっている。

「芙輝様……」

声に出してみたものの、すぐに顔を見る勇気はなかった。

背中で感じるマットはしっくりと体に馴染《なじ》んで心地好《ここちよ》く、体の上にある羽毛布団も、雲のようにふわやな物だった。そしてその布団の上で、芙輝に手を握られている。

（あの世みたいだ……桃源郷は、きっとこんな……）

「つらいか？　怪我をさせる気はなかったのだが、避けきれずに本気で反撃してしまった」

巨大な寝台の端に腰かけていた芙輝と、ようやく目が合う。

禁色《きんじき》に近い黄の長袍姿の彼の向こうには窓があって、カーテンの隙間から白み始めた空が見えた。あれから何時間経過したのだろうか。

「ここは将官宿舎の私の部屋だ。何も心配しなくていい。後始末はすべて任せてある」

「……将官、宿舎……」

「総督の寝室にあった隠し部屋は、地下通路で少将の宿舎と繋がっているのだ。彼と中将、そして私の裏庭は鉄扉で行き来できるようになっており、必要に応じて三人のうちの誰かが総督になり代わっている。実際にはほとんど少将で、私は今回が初めてだが……」

芙輝はそう言いながら苦い笑みを浮かべ、「騙《だま》してすまなかった」と続けた。

何故こうして芙輝に謝られなければいけないのか、わけがわからなくなった月里は黙っていられなくなる。芙輝はいつだってこの笑みで、立つ瀬をなくさせるのだ。

「貴方の腕、折って……しまったのは……夢では、ないんですね？」

口にするなり涙が零れ落ちそうになった。

こらえようとして顔をそむけると、絹の長襦袢《ながじゅばん》から伸びた自分の手が見える。

左腕に点滴を受けた形跡があり、それ以外にも切り傷に貼られたテープが目立っていた。

「私のことは気にしなくていい。綺麗に折れていたからしばらくすれば元通りになるだろう。医者に診せたから心配は要らないぞ。お互いに、大事には至らずに済んでよかった」

芙輝を殺さずに済んでよかった――それは確かに思う。

だからといって頷《うなず》く気力も返事をする気力もなく、月里は顔をそむけ続けた。

(――全部、夢ならよかった。いっそ、生まれてきたこと自体……夢ならいいのに……)

芙輝の顔を見た途端にすべての流れは蘇り、月里は自分が置かれている状況を理解してしまった。もう一度夢の中に逃げるのは不可能だったが、今はまだ現実を直視できない。

「私は、お前がスパイ行為を働くような人間ではないことを知っているが、総督暗殺はやりかねないと思っていた。守る者を失ったら箍《たが》が外れそうな危うさを、以前からずっと感じていたからだ」

芙輝に手を握られたまま、月里は彼のほうを向いてしまいそうな顔を縫い留める。

唇が軋むほど強く嚙みしめ、感情の爆発を必死に抑え込んだ。

「妹を失った時点で、お前は李元帥に惚れ込んでいたし、彼の食事会にも欠かさず出席するようになっていた。遠目に見ていた限りでは、それまで以上に元帥がお前を可愛がっているようだったから、私はお前に守るべき新しい存在ができてよかったのだと思うことにした。

皇帝のお召しに従って帰国したのは、お前の新しい恋路を邪魔しないためと、傷心旅行のようなものだったのだ。だがその間に信じられない事態になっていて、そして、妓楼に行って様々なことに気づかされた」

芙輝は握っていた手を放すと、その手を顔に向けてくる。

最早そむけることはできなくなり、耳ごと触れられた月里は芙輝のほうを向かされた。

黎明《れいめい》の仄暗い部屋の中で、芙輝の姿が滲んで見える。次第に表情すらわからなくなった。

「……どうして、今夜だと……」

「そんなに鈍い男ではないと言っただろう。いつも手にしている笛が、ほんの少し重いだけでも違和感を覚える。両親の命日であり、妹の月命日でもある日を前にして、あの御守りを手放す意味はすぐにわかった」

「それなら、どうしてあんな危険なこと……わかっていたなら何故……！」

いくら強くても、もしかしたら殺してしまっていたかもしれない。そう思うだけで、再び吐き気が込み上げてくる。耐えられない。想像するだけでも息が苦しい。

「お前は私に嘘ばかりつくし、走りだした激情は口で止めても仕方がないと思ったのだ」

「だからって、あんなこと……もし、もし万が一のことがあったら！」

「すまない。総督になりすましてその心のすべてを見てみたかった私の我儘も多分にある。それに、武術家としてお前と本気で戦いたい気持ちもあったのかもしれない」

月里が身を起こそうとすると、芙輝は手を差し伸べてくる。

片手ではあったが、背中の中心をしっかりと支えて起こしてくれた。

「蓮、私はお前の願いをある程度叶えてやれるだけの力を持っている。しかしそれは本来、行使してはならないものだ。なんでも叶えて甘やかし、お前の機嫌を取りたいと思う反面、愛人の言いなりになる愚かな権力者を軽蔑している。政治家になるのを避けて軍人になった以上は、政《まつりごと》に口を出すべきではないという意識も強く、半分大和人とはいえ私は藍華人だ。自分なりに、意を受けるための覚悟が必要だったと思ってくれ」

真っ直ぐに見つめられた月里は、どう返すべきか考えているうちに手を握られる。

芙輝の言っていることは、皇帝の娘婿として権力を行使するという意味だと思った。

藍王瑠《ワンリウ》総督は皇帝の弟ではあるが、藍華禁城の中では母親の違う兄弟は敵も同然で、兄弟仲は悪くて当たり前とされている。もしかしたら、皇帝の異母弟――藍王瑠《ワンリウ》が決めたことを、皇帝の娘婿の芙輝が覆すことができるのかもしれない。

「――私は……貴方に……願いを叶えてほしかったわけではありません」

これまで思いつきもしなかった誘惑に、月里の心は激しく揺さぶられた。

確かに同朋を助けたいと思う。芙輝に力があるのなら、「どうか助けてください」と乞うべきなのだろう。

(俺がここで何もしなければ、あと二週間ほどで四十人の子供達が取り返しのつかない目に遭わされる。そして来年もまた同じことが続いていく。それを考えたら……言い淀《よど》むなんてありえない話だ。俺は芙輝様に頼み込むべきだ……どうか力を貸してくださいと——）

そう思うけれど……強く思うけれど、芙輝の愛情を利用して彼の信念を曲げさせることは本意ではない。それに、自分の愛は打算的なものではないのだ。しかしそんな悠長なことを言っている場合ではなく、心がぐらぐらと揺れて止まらなかった。

「私は……どうしたら、よかったんですか？　これからどうしたら……」

結局、自分の肩に他の逆賊遺子の命が伸しかかっていることには変わりがない。

何もしないよりは、芙輝に頭を下げて何かしてもらったほうがいいに決まっている。それが甘えだとしても仕方がないのだ。総督の姿をしていた芙輝に言われた通り、自分はあまりにも愚かで、無力な存在なのだから。

（そんな俺にもできることがあるなら、無我夢中で飛びついて縋るべきなのか？　不本意だなんて言ってる場合じゃない……個人の意思なんて捨てるべきなんだ）

「蓮……私にこれだけ想われていながらも、お前は一度も私を利用しようとはしなかった。愛に生きてくれなかったのは悲しいが、そういうお前だからこそ愛しているのだ」

芙輝は寝台に腰かけたまま身を屈め、手に顔を寄せてくる。

白いテープを貼られた切り傷の上に、唇をそっと押し当てられた。

一旦伏せられた芙輝の瞼は、時間をかけて持ち上げられ、その下から漆黒の瞳が現れる。

「これは元帥も知らない話だが、藍王瑠《ワンリウ》は三年前に皇帝暗殺容疑で捕らえられた。今は藍華禁城の地下に幽閉されている。大和に来なかったというよりは、来られなかったのだ」

「――え……」

「一族の中では時代錯誤な殺し合いが多く枚挙に遑《いとま》がないが、その大半は隠蔽《いんぺい》される。大和総督、藍王瑠《ワンリウ》は今や名前だけの存在なのだ。この三年間は少将が藍華政府の意向に沿う形で大和行政局を動かし、王瑠《ワンリウ》の独裁時代をそのまま維持しているにすぎなかった。王瑠《ワンリウ》政権のまま改善も改悪もされないのは、結局のところ、王瑠《ワンリウ》の強硬姿勢が大和を支配するのに効果的だったからだ。実際の藍王瑠《ワンリウ》は謀反人《むほんにん》として捕らえられ完全に失脚したが――藍華帝国の歴史に、大和を上手《うま》く支配下に治めた有能な指導者として名を刻むことになるだろう」

「有能な……指導者？」

芙輝が口にした藍王瑠《ワンリウ》の評価に反論したい想いを抱きながらも、それが事実であることを月里はわかっていた。あくまでも藍華側から見れば、王瑠《ワンリウ》の大和支配は見事なものだ。

不快な評価以上に、月里は先程耳にした幽閉という言葉に気持ちを摑まれた。

殺したかった男は手の届かない遠くにいた。しかし幽閉されており、すでに失脚している。いきなり知らされた事実に動揺を禁じ得なかった。苛烈《かれつ》な殺意は完全に迷走し、行き場を失って彷徨《さまよ》い始める。

「復讐は諦めてくれ。仮に王瑠《ワンリウ》が総督官邸にいたとしても、奴を殺してはならない。殺せば、お前が守りたかった者達がより不幸になり、先々まで続く民族間の憎悪を膨れ上がらせる。そうして藍華と大和の関係が悪化すれば、三十年前に一度は退《ひ》いたアレイアが、大和救済を名目に再び乗りだしてくるだろう。二大強国が大和の支配権を奪い合うことになり、果ては戦争に発展しかねない」

はいともいいえとも言いたくなかった月里の体は、芙輝の手で抱き留められる。鏡の破片で裂傷を負った腕や、衝撃が残る腹や背中が引き攣《つ》って痛んだが、それでも彼の抱擁は優しかった。

「蓮、この出会いは天命だったのだと、私は確信している」

芙輝の心音が、体に伝わってくる。筋肉の感触や、体の厚みを感じられた。

もう二度と会えないと覚悟していたのに、確かにここに、彼の存在があるのだ。

「天は、お前に私という人間を与えたのだ。私の持ち得るすべてを利用させるために」

重々しい声を耳に直接届けてくる芙輝に抱かれながら、月里は身を強張《こわば》らせる。

酷く驚いてはいたが、頭は働いていた。芙輝が何を言っているのか、おそらく正しく理解できていると思う。今、自分は本当に凄いところに来ているのだ。

「芙輝……様……」

総督暗殺未遂の罪を揉《も》み消され、芙輝に愛され、救いたい人を救ってもらえる……それも一時的なものではなく、持続する力なのかもしれない。叶わぬ夢が現実に迫ってきている。

「蓮、私は腹を括ったぞ」

(俺が、この人に抱きつくだけでいい。愛していると、心のまま口にするだけでいいんだ)

嘘をつくわけではない。たったそれだけで、この手の中にすべてが転がり込んでくる。

四十人の同朋の自由――それ以上に、もっともっと多くの子供達を救えるのだ。

「その代わり……私に、愛人になれと……いうことですか？」

自分にとっても大和にとっても、確実によいことが起きようとしているのに、口が余計なことを言ってしまう。私情は捨てろと命じても、どうしても耐えきれなかった。

月里は芙輝の肩を押し退けて、絶え間なく痛む体を震わせる。

「蓮……？」

「――奥方の……ご威光に縋るのに、それは……間違っているのではないでしょうか？」

駄目だ、口を慎め。この一言で千載一遇のチャンスを失うかもしれない。

(嘘じゃないのに……どうして言えない。どうして俺は、この人に頼れないんだ)

自分が憎らしくなってくる。多くの人命を背負いながら身勝手な正義を振り翳す自分を、殴りつけたいくらいだ。嘘ではないのだから、愛していると言っておけばいい。芙輝の望み通り愛人になって、ただ抱き縋っていればいいのだ。彼と一緒にいられて、彼に抱かれて、それは少しも嫌じゃないのに――感情が止まらない。頭が混乱して泣きそうになった。

「奥方の威光？　あ……ああ、そうか……そうだな……そういうふうに取れるのか……そうだった。いや、それは少し違うのだ。皇帝陛下の寵臣としての権力を振るうことにはなるが、奥方がどうのということはない。私の妻の存在など、お前が気にする必要はないのだ」

「気に……します。藍華貴族の貴方とは、感覚が違うんです！」

（……私の妻――私の妻って、今……そう言った。少し笑いながら……妻って……）

芙輝の口からその言葉が発せられたことに、月里は胸が軋むようなショックを受ける。聞きたくない単語だった。耳を塞ぎながら逃げだしたいくらい嫌な言葉だ。

その反面、妻女を軽んじる発言をする芙輝に対して、自分でも驚くほど落胆していた。

「私が結婚していることを知っているとは思わなかった。ずっと気にしていたのか？　そうだとしたらすまない。私自身にその感覚がないあまり、妻の存在を意識していなかった」

「やめてください。そういうことを仰るのは男としてどうかと思います。芙輝様のご厚意は嬉しいです。俺だって本当は貴方に縋りつきたい！　でも奥方がいるならできません」

芙輝の発言にますます心を削られ、月里は泣くのをこらえきれなくなる。

文化の違いだとわかってはいるが、妻の威光を頼りに出世した身でありながら妻を大事にせず、舅《しゅうと》の愛情を利用して男妾の願いを叶えようというのは、どうにも理解し難い。そんな最低な男をこんなに好きになってしまったのかと思うと、本気で情けなくなった。

「蓮、そのように泣かないでくれ」

「泣いてません！」

涙を拭った月里は、芙輝の手から逃げるようにして寝台の端に身を滑らせる。

また馬鹿なことをしていると頭ではわかっていた。しかし心がどうしても拒絶する。

自分が愛した芙輝という男は、妻女を利用して蔑《ないがし》ろにするような男ではないのだ。

自分だけを愛してほしい気持ちと同じくらい強く、芙輝には立派な男であってほしい。

そんな気持ちがぐちゃぐちゃと入り混じって、今もっとも優先しなければならない重要な事柄を覆い尽くしてしまっていた。最低だ、最低だと思う。自分も芙輝も――。

「芙輝様……過去に私は、閣下の妻子のことを気にも留めず、自分の目的のために親衛隊に入りました。でも、貴方に対してはそんなふうに割りきれないんです。こんな考えは身の程知らずだということはよくわかっています。でも、どうしても嫌なんです！」

「蓮、そのように興奮しては傷に響く。落ち着いて聞いてくれ。手を握らせてほしい」

月里を追うようにして寝台に上がった芙輝は、布団を捲るなり横並びになる。

何もかもが嫌になってさらに逃げようとした月里だったが、強引に手を握られてしまった。

「この話をすると、お前の身にまで火の粉が降りかかりかねないが、私達は一蓮托生《いちれんたくしょう》の身だ。すべて話すから、よく聞いていてくれ。よいな？」

「……っ」

「私の妻は藍王朝第十六代皇帝藍王龍《ワンロン》を父に持ち、大和の元華族蝶《ちょう》之《の》宮公爵《みやこうしゃく》家の令嬢を母に持つ王女だ。名はフーティエ。ハスを意味する芙の字に、母方の苗字から取った蝶を合わせ、芙蝶と書く。笛が得意な評判の美姫《びき》で、幼い頃から結婚の申し込みが絶えなかったとか」

（──評判の美姫……）

奥方の話など聞きたくもない。名前も評判もどうでもいいと撥《は》ね除《の》けたい気分になる。

しかし次の瞬間、月里は妙な違和感に襲われた。

嫌々聞いていたが、芙輝の話が本当なら夫婦揃って華族の血を持ち、名前に同じ芙の字が入った笛の名手ということになる。

「まだわからないか？　私が王女フーティエなのだ。夫の藍芙輝は藍家の血をわずかに引く田舎《いなか》貴族の息子として、あとから作った架空の人物──私自身は、藍華禁城の後宮育ちだ」

（──藍華禁城の……後宮育ち？　架空の人物？）

芙輝は微苦笑めいた……しかしどこか恥ずかしそうな表情で語るなり、「火の粉がどうのという以前に、お前には聞かせたくなかった話だ」とつけ足して息をつく。

「え、あの……すみません、よくわかりませんでした……貴方が……王子様？　王女様？」

「王女だ。私は王女として生まれ、十二歳まで後宮で育ったのだ。母は第二夫人だったが、後宮には皇太子を擁する皇后がいて、他の夫人が産んだ男子は相次いで変死していた。母も男子を産んだがやはり暗殺されてしまい、二人目の私まで男子だとわかった時は絶望したらしい。母は私を守るために女の子を産んだと嘘をつき、十二年もの間、その秘密を徹底的に守り通した。だから私は今こうして生きていられる」

「……そ、そんな……」

芙輝に手を握られていた月里は、無心でその手を握り返していた。

想像もつかない王族の世界に圧倒され、萎縮《いしゅく》してろくに言葉も出てこない。

事情を知らなかったとはいえ、自分はたった今……妻のことで芙輝を責めていたのだ。

「……っ、芙輝様……」

すみませんとも申し訳ありませんとも続けられず、月里は芙輝の左手で肩を抱かれる。

折れた腕は薄いギプスで固められており、背中にこつりと当たった。

(まさか、こんなこと……そうか、だから女言葉や女染《おんなじ》みた仕草が出るのを恐れて……)

「最初は母が私を守るために仕組んだことだったが、途中からは私自身の意思で、母の命を守るために女の振りをし続けた。皇帝を謀《たばか》れば妻であろうと子であろうと死罪は免れない。藍華禁城はそういう世界だからだ。私達母子は身を寄せ合いながら、皇太后と皇后の陰湿な苛《いじ》めに耐え抜き、薄氷を履《ふ》む想いで暮らしていた。何度も何度も、あの女達を殺して二人で逃げようかと思い詰め、そのたびに笛の音で母と自分を慰めた」

「芙輝様……」

芙輝は視線を顔ごと上向けて、天蓋の内側に嵌め込まれた見事な刺繍画を眺めた。

泥から出でて泥に染まらぬ聖なるハスの花を見つめながら、「こんな大男が女装して女言葉を使っていたなど、気色の悪い話に思えるか?」と訊いてくる。

「いえっ、そんなことは決して思いません。美少女のようだったのも……想像がつきます」

「……だが、十二の頃には声が変化し始め……背が伸びて隠すのも限界だった。母は不安のあまり気鬱《きうつ》になり……ある夜、寝所に私を呼びだして……刃物を手に襲いかかってきた」

「――っ……」

「母は私に、『今から皇帝のお渡りがあるから宦者《かんじゃ》になりなさい』と突然言ってきたのだ。宦者になれば皇后に疎《うと》まれることもないし、切り取った男性器を差しだして痛々しい状態で謝罪すれば、皇帝は許してくれるかもしれない。母はそう考えたのだ」

月里は芙輝の温かい胸の中にいながらも、冷水を被《かぶ》ったような寒気を感じる。

想像すると肌が粟立《あわだ》ち、ますます芙輝の手を強く握らずにはいられなかった。

「当時の私には男になりたいという強い憧れがあり、最初は部屋中を逃げ回ったりもした。だが泣き叫びながら刃物を振り回して追ってくる母を見ているうちに、覚悟を決めたのだ。母の前で衣服を脱いで、『一思いにやってください』と言った」

「そんな……そんなことって」

「実際には切り落とされていないのは知っての通りだが、あの時は本気で諦めた。仕方がないと思ったのだ。どう考えても命のほうが大切だった。閉じられた小さな世界の中で生きていた私には、母のいない世界など考えられず、ただ一緒に生きていたかった」

芙輝は遣る瀬無《やせな》い顔をして、そのまま口を結ぶ。

しばらく何も言わなかったので、月里はどうするべきか迷いあぐねた。

芙輝の唇が開くのをひたすら待つしかなく、長い沈黙を、彼とハスの花と共にすごす。

「私は目を閉じて痛みを覚悟していたのだが、母は私の性器ではなく自分の首をかき切った。顔や体に生温かい血が降ってきて……目を開けたら地獄絵図だ。絶叫すらもできない私に、母は……『この首を差しだして、恩赦をいただきなさい』と言い残して絶命した」

月里の口内に、たちまち血の味が蘇る。

処刑されて首を刎ねられた、母親の血の味だ——。

「私は裸のまま……血に塗《まみ》れたままで、皇帝のお渡りを待っていた。当時は皇太后が生きていて、まるで頼りにならない癇癪《かんしゃく》持ちの皇帝だったが、あまりの惨事に言葉を失って、私を許して秘密を守ってくれた。芙蝶《フーティエ》と同じ年の藍芙輝《フーフウイ》という架空の少年を一族の中に作りだし、彼に嫁がせる形で後宮から逃がしてくれたのだ。それからの私は、男として死にもの狂いで生きてきた。言葉遣いや仕草を直し、体を鍛えて武術を修めた」

語り終えるや否や、芙輝は両手で強く抱きついてくる。

左腕が痛くないのかと、心配になるほどの強さだった。

胸の中心で轟《とどろ》く心音が重なり合って、体温もじわじわと沁みてくる。

「私は母を守りきれず、守られただけの腑抜けな息子だ。その無力感もあったので余計に、皇后らへの復讐に燃えていた。母を失って、怖いものなど何もないと思ったのだ」

芙輝が語る当時の想いが、月里には自分のことのように理解できる。

憎悪と自我の抑制と、解放。それらを再びなぞるだけでも、胸を塞がれる想いだった。

「何年も暗殺計画を練り、それを実行できる立場になったが、結局、実行には移さなかった。母は私を愛し、私が生き延びることを何よりも願って死んだのだから、私には生きて幸福になる義務がある。それに気づいた時、私の中に棲《す》んでいた鬼は消え失《う》せた」

「……幸福になる……義務？」

「そうだ。私は自分なりの幸福を求めて生きる。そしてそのためには絶対にお前が必要だ。他の人間では決して務まらない。もしも嫌だと言っても、この手を放す気はないぞ」

（――芙輝様……）

抱き締められたまま押し倒されて、月里は枕の上で弾んだ頭を横向ける。

まだ色々と混乱しており、口づけられたくなかった。そんなことをされれば、なし崩しに体まで解けてしまう。そしてまた、何も考えられなくなってしまう。

「何故そんなふうに顔をそむけるのだ？　私はあと、何をしたらいい？」

「芙輝様……」

「私は藍華軍人であり、藍華人だ。大和を返せと言われても返せるわけではないし、母国に著しく不利益なことはできない。だが可能な限りお前の力になると覚悟を決めた。藍王瑠《ワンリウ》を傀儡《かいらい》総督としてこのまま動かすことも、罷免《ひめん》させることもできる」

月里は右手で体を支える芙輝の下で、顔を横向けたまま目を閉じる。

(ここまで言ってくれるのに……どうしてこの人は、俺を愛人にしたがるんだろう……)

訊きたくても、そんな女々しいことは訊けなかった。

そうこうしているうちに、左手で長襦袢の帯を摘まれる。

「……っ、ぁ……ちょっと、待ってください……芙輝様っ」

負傷した左手を振り払うわけにもいかず、月里は口だけで抵抗した。

シュルッと音を立てて帯が解かれ、絹の長襦袢は瞬《また》く間に広がってしまう。

幅の厚い包帯をがっちりと巻かれた腹部が露わになり、そこに視線を注がれた。

「今夜、お前の動きを把握するために官邸内を盗聴させていた」

芙輝は色っぽいことでも言いそうな顔をしながら、さらりと予想外なことを口にした。

そのくせ手は動かし、指先と長袍の袖で、首や鎖骨を撫でてくる。

「親衛隊長と李元帥の背任行為は、今回に限り不問に付そう。こちらとしてもお前のことを口止めしなければならないうえに……李元帥には借りがあるからな。今後二度とあのようなことがないよう、本国の総督からという形で、警告のみを与えようと考えている」

「芙輝様……」

「親衛隊長の情報漏洩は非常に問題があるが、悪質な悪戯の延長であり、本物のスパイではなかったため内々で処理する。お前が妓楼にいた件に関しては、士官の忠誠心を試すための特殊任務で、催眠剤を使っていたと公表する。それでよいか？」

「は、はい……ありがとう、ございます」

「あとはどうすればいい？　私は何をしたらもう一度お前に愛していると言われ、この体を抱ける立場になれるのだ？　跪《ひざまず》いて愛を誓えというなら、いくらでもそうするぞ」

芙輝は欲望をこらえきれないとばかりに切なげな吐息を零し、身を伏せてくる。

鎖骨の上に唇を押し当てられた月里は、抗《あらが》えない状況に流されかけながらも、返事をしたあとになって言われた言葉の一つにハッとした。

「待って、待ってください。すみません、夜妃香《イエフェイ》を……催眠剤を使ったことは伏せておいてください。そのことを隊長に……桂木少佐に知られたくありません」

「何を馬鹿なことを。お前の客になった男達は、本気でお前を抱いたと思っているのだぞ」

芙輝は酷く不快げな顔をしたが、月里は首を横に振る。

これぱかりは流されるわけにはいかなかった。

「私は元々、出世目当てで元帥の妾になったのが明らかな身です。特殊任務のために大勢の士官と寝ていたことにされても平気です。それくらいの罰は受けさせてください」

「それでは私の気が済まない。お前は私の愛人だ！」

芙輝は語尾を強めて苛立《いらだ》ちを見せたが、どんなに睨まれても月里には折れる気がない。

本当は、誰とも寝ていないと声を大にして言いたい。その気持ちは自分も同じだ。

されど李元帥になんの恩も返せないまま芙輝の物になることは、とてもできなかった。

いいことばかりではなかったが、妹を恵まれた家庭の養女にしてくれたこと、理由はどうあれ二年もの間、手をつけずにいてくれたこと、妓楼に追いやりながらも、穢されないよう取り計らってくれたこと——数々の恩義はあり、元帥が本気で愛している桂木セラとの間に、波風を立てたくなかった。

「芙輝様の……愛人にでも、なんにでもなります……だからどうか、聞き入れてください」

「蓮っ……お前は何故そんなことを酷く嫌そうな顔で言うのだ？　私が王女として育ったと聞いて、私のことが嫌いになったのかっ、気持ちが悪くなったか⁉」

「違う、そんなんじゃない！　俺はただ、愛人て言い方が気に入らないだけだ！」

声を荒らげられ、思わず素のまま怒鳴り返した月里は、それでも我慢ならずに芙輝の胸をぐいぐいと押し退ける。

やはり彼との間で何かを割りきることはできないと悟り、頑として拒絶を示した。

どうしても駄目なのだ、芙輝にはすべてを求めてしまう。

すべてでなければ全部要らない。

そういう愚かなほど真っ直ぐな想いが働いて、自我が思いきり出てしまう。

「貴方に、奥さんが実在しなくて……愛を、誓うなんて言うなら、ちゃんと恋人って言ってください。俺は愛人なんて言われたくない‼」

月里はこれまで溜めていた分も合わせて、力いっぱい声を張り上げる。本当に我慢ならなかったのだ。彼の愛人という立場がどれだけ素晴らしくても、自分には耐えられない。

「もちろん恋人でも構わないが、愛人の何がいけないのだ？　恋よりも、愛のほうが上等なものとされているのではないのか？　恋する段階は疾《と》うにすぎて、私はお前を愛している」

芙輝は半分身を起こした状態で、何度か目を瞬《しばた》かせる。そしてわずかに眉を寄せた。

何やら考え込んでいるその様子と彼の言葉から、月里はふと、ある可能性に気づく。

（――っ、まさか……いや、まさかそんな……そんなこと、あるわけが……）

「あ、あの……芙輝様……あの、もしかして、もしかすると……藍華語の愛人《アイレン》と、大和語の愛人を同じ意味だと思って使っている……なんてことはないですよね？　これだけ大和語を流暢《りゅうちょう》に話せる貴方が、よりによってそんな初歩的なミス……まさか、そんなことっ」

月里は目を瞠る芙輝の顔をじっと見据え、その瞳の揺らぎを追う。

藍華語の愛人《アイレン》は字のまま、愛する人だ。主に配偶者に使う言葉で、妾の意ではない。

「私は意味を間違えて使っていたのか？　お前に、失礼なことを？」

一見すると不遜《ふそん》で澄ましているように見える顔が、サッと青ざめるのを目にして、月里は頭を抱えたくなった。

改めてよく思い返してみると、芙輝は愛妾という言葉と愛人という言葉を使い分けていたように思えてくる。

もちろん月里は言葉の差異をわかっていたが、大和語を母語のように使いこなせる芙輝が、まさかこんな大事な部分でミスをするとは思いもよらなかった。今も驚きのあまりいったいどういうリアクションを取っていいのかわからない。

(――どうしていいかわからないけど、でも心臓が……なんだか熱くて、躍ってる……)

どこか少し冷めていた体に、熱い血が一気に送られた。

胸が躍る。まさにその言葉通りの現象が起きる。鼓動が歓喜のリズムを刻んでいた。

「すまない。私の知識不足で申し訳ないことをしてしまったのだな？　だが何故もっと早く指摘してくれなかったのだ？　私は最初に言ったはずだぞ。大和語にはあまり自信が……」

「――っ、ん！」

ばつの悪そうな芙輝に向かって、月里は自分から飛び込んだ。

話しかけの唇を崩す勢いで塞ぎ、うなじに手を回して芙輝の頭をかき抱く。

「――ッ……」

「ふ、ぅ……」

(もういい、何もかもいい。愛人でもなんでもいい)

芙輝にとっては、たったひとりの愛する人という意味だった。恋人以上だったのだ。

それだけでもう、今は全部どうでもいい。あちこち痛むが、とにかくこうしていたい。

「……ぅ……ん……！」

頭の中に、血液が巡る音が大音量で響きだす。

ドクドクと激しく鳴っている心音と重なって、全身が騒いでいた。

唇も舌も手足も、触れ合う箇所すべてから熱情が滾り、体を繋げたくてたまらなくなる。

「……は……ぅ……ん、っ」

「——ッ、ゥ……」

お互いに顔を斜めにして、口腔を探り合った。

そうしながら相手の衣服に手をかけ、下着を下ろさせたり長袍の釦を外したりと、それぞれに忙《せわ》しなく動く。折った腕が痛くないかとか、蹴られた脇腹はどうだとか、お互いの身を案ずる気持ちはあっても、やめる気がないので訊きはしない。今、相手が望んでいることも考えていることも、自身の欲望のように明確だった。

「うぅ、っ……ん、ぅ」

月里は芙輝の長袍を両手で思いきり引き下ろし、同時に脚を広げられる。

唇を名残惜しげに離していった芙輝は、最後まで舌先を伸ばし、宙で絡め続けた。

それすらも離れると一気に体を沈め、月里の胸に唇を這わせる。

羽毛の上掛けの下に脚を滑り込ませつつ、胸の突起を舐めてきた。

そして厚く巻かれた包帯を乗り越え、腹や臍《へそ》にまでキスを繰り返す。

「あ……は……っ、ぁ」

尻肉を分けて後孔に指を添えられた月里は、「んっ」と声を漏らして愛撫に耐える。妓楼で芙輝の雄を何度もくわえ込んでから長い時間は経っていない後孔は、ほんの少しの刺激で綻んだ。

ずきずきと熱を孕んでいるのが自分でもわかり、指が届いていない奥のほうが、むず痒《がゆ》いほど疼《うず》いている。そんな状態で男としての劣情を唇や舌で愛され、精管を強く吸われると、気の遠くなるような快感に襲われた。

「――う、ぁ……っ……あ――っ！」

歯列で括《くび》れをかりっと食《は》まれた瞬間、月里は射精する。

芙輝の喉奥を打つように強かに放ち、腹部の痛みも忘れて仰け反った。

芙輝の口でされると気持ちがよすぎて蕩けそうになり、びゅくびゅくとさらに精を吐いてしまう。管から出ていく前に吸引される快感は、悲鳴を上げたくなるほどのものだった。

「ひ、ぁ、ぁ……芙輝、様……っ」

男としてはこれで満足なはずなのに、欲望は治まらない。

月里は芙輝と繋がりたくて、自分で膝裏に手をかけた。浮き上がるほど高く腰を上げて、芙輝の目にすべてを晒す。

「……も、ぅ……もう、ください……我慢できない。貴方を、早く、ください……」

黎明の薄暗い部屋に、浅ましく甘い吐息が響く。

はしたなく催促せずにはいられないくらい、欲しくて欲しくて仕方がなかった。

まだ快楽を知ったばかりの体なのに、昨夜してもらったように奥を執拗《しつよう》に擦られたくて、骨が砕けそうなほど突き上げられたくて……想像するだけで腰が揺れる。

「蓮……私達は本当に気が合うな。これ以上の我慢はできそうになかった」

月里の後孔に精液と唾液を注ぎ込んだ芙輝は、唇を舐めながら身を起こす。

熱《いき》り立って反り返る陽物を摑んで下ろし、ぬめりに任せて孔《あな》の中に納めていった。

「……ぃ……っ、ぅ、ぁ……！」

月里は膝裏を押さえたまま芙輝を受け入れ、瞬く間に昂る自身を目《ま》の当たりにする。

濁った雫《しずく》を滴らせる様子が恥ずかしく、逃げるように視線をずらすと芙輝と目が合った。

ハスの刺繡画を背景に、切り抜かれた絵のように見事な肉体と、甘苦しい表情が見える。

情炎に燃える漆黒の瞳は官能的で、心臓だけではなく、脚の間までずきんと高鳴った。

「……ぁ……く、ぅ……芙輝……っ」

極まる愛しさを感じながら芙輝の名を呼び、月里は身をよじって快感に悶《もだ》える。

呼び捨てにしたわけではなく、いつも通り敬称をつけようとしても息が続かなかっただけだったが、芙輝は妙に嬉しそうな顔をした。体内にみっちりと納まっている物も、根元からめきめきと硬くなる。

「や、は、っ……ぁ……そんなに……硬く、しな……ぃ、で……」

「お前が名前を呼び捨てにしたりするからだ。もう一度、その艶っぽい声で呼んでくれ」

「……っ、違、ぅ……今のは、違っ……呼び捨てなんて、まだ……無理……」

月里は芙輝に導かれるまま膝を解放し、体をマットの上に深く預けた。

ほぼ全裸の彼が覆い被さってきて、頬と頬を掠め合うような抽挿を始める。

「……ぁ……芙輝……様……ぁ、ぅ」

「今はまだ無理なのか？　いつになったら自分の男のように気安く呼んでくれるのだ？」

（毎晩毎晩、当たり前のように一緒にいたら、そのうち……）

月里は嬌声《きょうせい》を漏らすばかりでまともに話せず、ずくずくと奥を突かれる。

解《ほど》けた芙輝の髪に肌を撫でられると、滑らかな心地に快感が弥増《いやま》した。

揺れ動く黒髪に無性に触れたくなり、月里は手を伸ばす。

「あ、ぁ……駄目、です……そんな、とこ……ばかり……」

芙輝は脇腹が痛まないよう気遣ってくれているらしく、右手で自分の体を支えながら、小刻みに突いてきた。荒々しく最奥を求めない分、前立腺ばかりを集中的に擦られ、嬌声すら絶え絶えになる。

「――ッ……これが駄目なら、どうすればいいのだ？　昨夜のように限界まで腰を引いて、勢いよく奥を貫かれたいか？　お望みとあらば腰骨が砕けそうなほど突き上げて泣かせたいところだが、今は無理だ」

芙輝は月里の脚を腕に引っかけながら、言葉とは裏腹に腰を引いた。勢いをつけすぎない程度につけて、浅い所から深い所まで、ズププッ……と、音を立てて挿入してくる。

「あっ！　は……っ、あぁ……！」

「これくらいなら……平気か？　肋骨《ろっこつ》が折れているのを痛み止めで誤魔化《ごまか》しているからな、そんなに無茶はできないのだ。お前に怪我をさせるなんて、私も未熟だな……」

「う、ぁ……っ、貴方に、本気……出させること、できて……よかった……」

「そうか？　私はしばらくトラウマになりそうだぞ。愛する者の骨を折ってしまうとは」

「それは、私も同じです……もう、二度と嫌です。貴方に痛い思いなんて、してほしくない。気持ちの……いいこと、だけを……たくさん……して、差し上げたい……あぁ、っ」

肋骨が折れていると知らされても臆さず、月里は芙輝の体に縋る。

胸の突起が彼の胸筋で刺激されるほど密着しながら、体内の雄に媚肉《びにく》を絡みつかせた。

「……蓮、お前の体は魔性のようだ……喰われてしまう……」

「もう……鬼は、いなくなった気がするのに……おかしい、ですね……ぁ、もっと、もっと突いて、俺の中の悪いもの……殺してください。貴方で……いっぱいに……」

要求通り、芙輝の動きは速くなる。

屹立が抜けるぎりぎりの所まで腰を引いては、ずんっと重々しく帰ってきた。

そして最奥まで来てから、さらに先を求めるように硬い先端をねじ込んでくる。

「――ぁ、ぁ……気持ちぃ、ぃ……っ、いぃ……奥、もっと……激しく、来て……！」

なんてはしたないことを言ってるんだ……そう自覚しても、口が止まらない。

神経が快楽のためにばかり動いており、痛みなどまるで感じなかった。

「……っ、好き……好き、です……芙輝様っ、俺の……全部……貴方で、いっぱい……」

心も体も、芙輝で満ちていく。隙間などないくらい、みっちりと埋め尽くされていく。

月里は奥を突かれては身をくねらせ、自分でも腰を揺らした。

いくら与えられても足りないほど欲しくて、「いい……」「いくっ！」と声を上げながら、唾液を溢れさせる。体と同じように、理性がどろどろに溶けていた。

「芙輝……さ、ま……ぁ、あ――っ！」

嗄《か》れかけた声なのに、自分のものとは思えない艶を帯びる。

昇天の時に向かって、微笑まずにはいられなかった。

「蓮……愛している。私の愛人《アイレン》……」

丁寧に告げてきた芙輝に、唇を塞がれる。

自分は余す所なく芙輝の物――そして彼は、自分だけの愛人《アイレン》だ。

「――っ、ぅ……ん――……」

甘い嬌声を封じられた月里は、より一層芙輝をねだる。

彼の背中を引き寄せて、むしゃぶりつくようなキスをした。

14

「これをお返ししに参りました。遅くなってしまい申し訳ありません。閣下には長きに亘《わた》り大変お世話になりました。心より感謝すると共に、身勝手な振る舞いの数々について、深くお詫び申し上げます」

李元帥のデスクにサファイアとプラチナのＷＩＰを置いた月里は、新しく配属された特殊部隊の正装姿で一礼する。左手首には、黒赤金の軍服によく似合う、ルビーの埋め込まれたゴールドのＷＩＰを嵌めていた。

「わざわざすまないね。君は何も気にしなくていいのだよ。この椅子に座っていられるだけで奇跡のような話だからな。私も身を引き締めて、今後は大人しく軍務に励まねばならん。当分の間はな」

「当分の間？」

元帥の言葉尻を取ったのは、月里の背後にいた桂木セラだった。

最高司令官室のソファーに座って煙草《たばこ》を吸っていた彼に睨まれ、元帥は慌てて咳払いする。

「それはそうと体のほうはもういいのかね？　藍大将の手前、見舞いは遠慮したが心配していたのだよ。肋骨だけではなく腎臓をやられていたそうだね。つらかっただろう？」

「いえ、それほど大袈裟《おおげさ》なものではございません。ご心配いただきありがとうございます」

月里は元帥からの苦笑に対して、社交辞令の笑みを返した。

実のところ、この三週間はそれなりに大変だった。

怪我をした直後は軽傷だと考えていた肋骨の骨折と、強打した腎臓の状態が悪化してしまい、陸軍総本部内の病院に入院する破目になったのだ。一時は喋るだけでも悶絶《もんぜつ》する有様で、時間の許す限りつき添ってくれた芙輝に、多大な心配をかけてしまった。

ただし怪我の功名もある。

転属が決まった特殊部隊の隊規や帝室護衛時の礼法をじっくりと学ぶ時間が取れたうえに、妓楼絡みの噂話も、三人の将官の圧力によってだいぶ収まったようだった。

「お前がいなくて俺は清々してたのにな。ま、特殊部隊に行くならいいけど」

桂木は組んでいた足を解き、煙草を灰皿に押しつけて立ち上がる。

肩紐のついた白い隊長服姿で横に立つと、月里の軍服を上から下まで舐めるように見た。

「黒赤の派手な正装、意外と似合うじゃないか。逆賊遺子のお前には向いてるよ」

「恐れ入ります。桂木少佐こそ、親衛隊の隊長服が誰よりもよくお似合いです」

表情も抑揚もなく返した月里に、桂木は満足げに口端を上げる。

彼の言葉通り、平時には大和帝室の護衛が最重要任務である特殊部隊に於《お》いては、逆賊遺子は愛国者の遺子と取られ、月里には親衛隊よりも遥《はる》かに自然で居心地よく感じられた。

しかしデスクの向こうの元帥は、桂木とは逆に微妙な視線を送ってくる。

藍華にいる本物の総督から、軍を私物化して情報漏洩問題を起こしたことについて激しく叱責されたと思っているためだ。

実際には彼の伯父の藍王瑠《ワンリウ》はすでに失脚しているのだが、そんなこととは知らない元帥は伯父のさらなる怒りを恐れ、今回のことを猛省している様子だった。

親衛隊員を集めての食事会の回数を減らし、親衛隊の縮小を検討しているようだと、芙輝から聞いている。

「ユエリー、これで一応お別れだ。君が生き生きとしていて、とても嬉しく思っているよ」

「ありがとうございます。閣下には本当にお世話になりました。不義理をお許しください」

「私のことはもう気にしなくていい。今後は藍大将の愛妾として、特殊部隊で力を生かしていきなさい。有事には精鋭部隊となるのだから、強い君にはとても合うだろう」

元帥が口にした愛妾という言葉に反論したい月里だったが、無難に短く答える。

偽物の総督から、「降格させて藍大将と入れ替える」と言われたにもかかわらず、芙輝が辞退したことで最高司令官の座に留まっていられた彼としては、芙輝に愛妾を奪われようと文句一つ言えず、なかなか複雑な気持ちのようだった。

李元帥に改めて謝辞を述べた月里は、膝まである黒い軍靴の踵を鳴らし、最高司令官室を出て一階に下りた。一旦建物の外に出て、行政局の裏側にある特殊部隊本部に向かう。

光沢感のある黒軍服に、赤や金の装飾が華々しい特殊部隊の正装は目立つため、移動中に多くの人目を惹くことになった。

優れた容姿と品性、そして高い戦闘能力を兼ね備えた者しか入れない花形部隊の隊員に、何も知らずに憧憬《どうけい》の視線を送ってくる者もいれば、ひそひそと耳打ちし合う者もいる。

月里が妓楼での性的な特殊任務を経て、二階級特進のうえに、入院や配属替えなど色々とあったため、様々な憶測が飛ぶのは避けられないのだ。

親衛隊から特殊部隊に異動したことそのものを、媚《こ》びる相手を変えたと取る人間も多いだろう。そのうえ、妓楼で自分を抱いたと思い込んでいる士官が何人もいる軍の中で、月里はこれから先、心を強く持って自分自身と闘っていかなければならない。

「――本日より特殊部隊第一班に配属されました、月里蓮少佐です。ご指導ご鞭撻《べんたつ》のほど、よろしくお願い致します」

特殊部隊本部の司令官室で芙輝に向かって敬礼した月里は、大和国旗と藍華国旗の中間に座っている彼を真っ直ぐに見つめる。

広々とした室内に第三者の目はなかったが、どう接するべきか、予め話し合うまでもなくわかっていた。

「ようこそ特殊部隊へ——ここは親衛隊のように遊んではいられない、多忙な部隊だ。帝《みかど》の過密スケジュールに合わせて動き、常に緊張を強いられる。そして大和国内の暴動だけではなく、アレイアと膠着《こうちゃく》状態にある藍華帝国のために、有事に備えて心身を磨き続けなければならない。病み上がりの身では大変なこともあると思うが、今後は優れた適性を生かして、藍華帝国並びに大和帝室のために存分に働いてくれ」

「はい、命を賭する覚悟で任務に励む所存です」

月里の言葉を受けて、芙輝はおもむろに立ち上がる。

デスクから離れると、金装飾の施された黒い軍帽を手にした。

「早速だが、二十五分後に出動する。その前に隊の者達に改めて紹介しよう。特殊部隊には心涼しき人間が揃っている。それが私の自慢なのだ」

「存じております。特殊部隊に迎えていただきましたこと、身に余る光栄です」

「それにしても、初日から御召《おめし》列車に乗れるとは運がいいな」

「恐れ多くも、大変嬉しく思っております」

月里は軍帽を被って目の前に来た芙輝の顔を見上げ、初めて出会った雪の夜のように胸をときめかせる。凛々しい顔を見続けていられなくなって目線を下げると、二本の飾緒《しょくしょ》が目に留まった。

「あの、藍大将……飾緒が少しねじれています。お直ししてもよろしいですか？」

直す。

金の飾緒はそれほど酷くねじれていたわけではなかったが、月里はわずかな歪みを完璧に
「ああ、頼む」

こうしているだけで、本当に胸がはち切れそうだった。

「西京でまた御守りを買うぞ。今度こそ縁結びだな」

他には誰もいない、二人きりの司令官室の中——芙輝は至極控えた声で囁いてくる。

彼の軍服から手を放した月里は、固めた表情を崩さぬよう努めながら顔を上げた。

「——それ、もう要りませんから……」

聞き取れる限界まで声を潜めた月里だったが、表情は芙輝の微笑みに釣られてしまう。

それでもどうにか頬のゆるみを引きしめて、歩き始めた彼の背中を追った。

蜜月旅情

東都《とうと》にある帝室御乗降場から真っ先に出発するのは、御召《おめし》列車を先導するための列車――通称、露払い列車だ。精鋭部隊の隊員十名が乗っており、この列車が通ったあとは、線路の分岐器の切り替えができなくなる。

御召列車の数分先を行く露払い列車を見かけた人々は、すぐに線路際《ぎわ》や駅に走り寄って、大和《やまと》国旗を振りながら陛下を歓迎するのがお決まりだった。

何しろ御召列車を走らせることができるのは、帝《みかど》と帝妃《ていひ》、帝太后《ていたいごう》のみと決まっている。藍華《らんか》帝国の支配下にあるも同然の大和人にとって、以前と変わらぬ帝や帝室の存在は心の拠《よ》り所《どころ》であり、大和の品格と誇りの象徴なのだ。

「凄《すご》い……あんなに遠くから国旗を振っている人がいます」

初めて御召列車に乗った月里《つきさと》は、線路際だけではなく、遠い田畑から大和国旗を振る民の姿に感嘆の声を上げる。

すると正面の席に座っていた芙輝《フキ》が、睨《にら》んでいた書類から視線を上げた。

表情を朗らかなものに変えるなり外を眺め、「帝や帝室は本当に愛されているな」と、彼自身とても愛情深く、そして嬉《うれ》しそうに微笑《ほほえ》む。

「なんだかとても感動的です。列車に乗ったり見たりする経験がほとんどありませんでしたから、今回のように遠出できるだけでも光栄なのですが、こうして大和人が心を一つにしている姿を見ることができて、とても嬉しく思います」

「私も、お前とのハネムーンが晴れやかで嬉しいぞ」

「藍大将……っ、誰かに聞かれたらどうするんですか」

「心配するな、いくら静音設計でもこれだけ離れていれば聞こえない」

芙輝は悪戯《いたずら》な笑みを浮かべると、同じ車両の端にいる副隊長らに目を向けた。

確かに、話し声が届かない程度の距離はある。

副隊長は懇意にしている隊員と向かい合って座り、外の景色を見ながら何やら話している様子だった。彼らの声も、こちらには届かない。

それなりの走行音が響くとはいえ、列車としては非常に静かな車内は、優しげな色の天然木と漆塗《うるし》り、淡茶色《たんちゃいろ》のファブリック、所により金飾りをあしらった意匠で統一されていた。

華美ではなく落ち着いているのは、大和が藍華帝国の特別行政区に成り下がったこととは関係なく、謙虚さや品性を大切にする、大和帝室の気質によるものだ。

濃紫色《こむらさきいろ》の最新鋭の列車は六両編成で、月里は芙輝と共に三両目にいた。

陛下が乗る御料車《ごりょうしゃ》は四両目。扉のすぐ先だ。

今回の西京《さいきょう》行きは帝や帝妃のお供ではなく、帝太后のお供としての任務だった。

帝太后は御年《おんとし》八十五歳だが、活発に公務をこなし、出身地の西京に行くことが儘《まま》あった。

車を使うこともあるが、今回は外交の一環として御召列車を利用している。

御料車に同乗しているのは、藍華帝国前皇帝の側室、藍花琳《ランファリン》だ。

藍花琳《ファリン》も芙輝の母親と同じく大和人で、元華族だった。政略結婚の末に、夫が亡くなった今も藍華から自由に出ることが許されない身だが、それでもこうして公賓として母国を訪れ、かつての学友である帝太后と共に西京巡りをできるようになったのだから、後宮に囚《とら》われていた頃よりは遥《はる》かに自由があるのだろう。

「……やはり難しいな」

再び書類を睨んだ芙輝は、呟《つぶや》くなり溜《た》め息《いき》をつく。

彼が先程から見ているのは、分刻みで組まれた日程表だ。

帝や帝妃の公務ほど忙しくはないものの、当然一般の高齢女性の旅のようにゆったりとは組まれていない。

各地での歓迎行事や昼餐会《ちゅうさんかい》、晩餐会《ばんさんかい》はもちろん、雅楽演奏会の鑑賞に新設された美術館の開館披露式典への出席、陸軍施設の慰問など、本人が望むと望まざるとにかかわらず、立ち寄らねばならない場所が多数あった。

「列車の運行は順調のようですが、何か問題が生じましたか？」

「ああ、大問題だ。西京で御守りを買い行く時間が取れないか調整しているのだが、お前はともかく私は難しい。万が一の場合に隊長が不在とあっては示しがつかないからな」

「……そのことでしたか」

「大事なことだ」

ふざけているのか真面目《まじめ》なのかわからない芙輝に苦笑を返し、月里は以前彼からもらった白い御守りに手を伸ばす。一度は芙輝に返したが入院中に再び渡され、今は黒軍服の胸元に忍ばせていた。

「残念ですが、任務が優先ですから」

「理解のある愛人《アイレン》を持って幸せだが、少しくらい駄々を捏《こ》ねられてみたいものだな」

「――そんなことをしたら困るでしょうに」

「困らせられるのも恋の醍醐《だいご》味《み》だろう？」

「ああ……そうですね、私はよく大将に困らせられます」

今もまた困っている最中の月里は、向けられる視線に戸惑った。

人目があろうとなかろうと勤務中に一線を越えることはないが、視線は自由とばかりに、熱い眼差《まなざ》しで見つめられている。

傍《はた》から見れば、適度に睦《むつ》まじく話しているだけのように見えるかもしれない。

けれども当の月里には、熱くて熱くて、その熱に浮かされてどうにかなってしまいそうな視線だった。うっかり妙なスイッチが入らないよう、姿勢を正して密かに呼吸を整える。

「あと十五分で午後二時だ。一分前になったらそこの扉をノックして御料車に行くぞ」

「……え？　私もですか？」

「帝太后様が、お前に会いたいと仰《おっしゃ》っている」

芙輝の突然の言葉に、月里は肝を抜かれて唇を引き結ぶ。

ともすれば餌を欲する鯉《こい》のように口をパクパク開いてしまいそうだったが、それを察してあえてしっかりと閉じたのだ。おかげで言葉がまったく出なかった。

「陛下は激動の時代を帝妃として生きた女性だからな……かつて藍華帝国に逆賊扱いされて投獄された大和《やまと》攘《じょう》夷《い》党《とう》の議員のことを、今も忘れずに心を痛めておられる」

「は、はい……恐れながら、とても情に厚い御方だと伺っておりました」

「本当にその通りの女性だ。このほど新たに特殊部隊に入隊したお前の祖父が大和攘夷党の議員だったと聞き、是非会いたいと仰っているのだからな。高貴な女性は面倒なことや重い現実を避け、何事も見て見ぬ振りをして浮世離れした日々をすごす方が多いが、帝太后様は違う。女性不信の嫌いがある私ですら、とても勇敢な心根《こころね》の方だと常々感じている」

「……はい……でもそんな素晴らしい女性に、ましてや帝の母君であられる御方に私が直接お会いするなんて、許されるのでしょうか？」

「直々《じきじき》のお召しだ。断ることは許されないが、それ以外に許されぬことなど何もない」

「それは、そうかもしれませんが……緊張して、今にも心臓が止まりそうです。何か失言や失態を演じて陛下のご気分を害したらと思うと、生きた心地がしません。しかも御料車には帝太后陛下だけではなく、藍華帝国前皇帝の御側室までいらっしゃいます。元は大和人とはいえ、今の藍花琳《ファリン》様は藍華人です。あちら側から見れば、私はやはり逆賊遺子《ぎゃくぞくいし》で……」

月里は普段以上にあれこれと言葉を繋《つな》ぎ、最初に絶句した時とは逆に、冷静さを取り戻すために早口で喋《しゃべ》っていた。

そうでもしないと、刻一刻と迫る時間に耐えられなかったのだ。しかしどれだけ喋っても、乱れた鼓動は少しも静まらない。

「そんなに興奮しなくても大丈夫だ。どちらの女性も、高貴だが優しいおばあ様だと思ってリラックスすればいい。緊張するとかえって失敗してしまうぞ」

「し、しかしながら……あまりにも急なことで」

「よく考えてみろ。お前は普段から藍華帝国の王女と懇意にしているではないか。藍華は、国土にして大和の二十五倍、人口は十倍だ。その大帝国の王女と、毎晩あんなことやこんなことまでしているのだと思えば、ご婦人と少し話すくらいなんでもないだろう?」

「芙輝様……っ、なんてこと言うんですか」

「閨《ねや》の中だけではないぞ。普段から、お前は王女に意見する立場ではないか。窘《たしな》めたり臍《へそ》を曲げたり怒ったり。お前はいつも真《ま》っ直《す》ぐで純粋だ。それが月里蓮《れん》のよいところなのだから、堂々と胸を張るといい」

緊張を解《ほぐ》そうとしてくれているのか、それとも愉《たの》しんでいるだけなのか、よくわからない芙輝を前に、月里は頭を抱える。軍帽を深く被《かぶ》ってから腕に嵌《は》めたＷＩＰの時刻表示を見て、逃れられない焦燥に苛《さいな》まれた。

容赦なく時は来て、月里は芙輝と共に御料車を訪れる。

やはり緊張はしたが、帝太后も元側室も真っ先に芙輝に声をかけ、それがとても和やかな雰囲気であったために、いくらか気持ちが楽になった。

同時に、改めて芙輝の身分の高さを感じてしまったが、それが恋の障害にならないことはわかっている。自分を卑下《ひげ》することは何もないのだ。

芙輝が高貴で徳の高い男であるなら、彼に愛されていることを素直に誇りに思えばいい。驕《おご》り高ぶることなど決してあってはならないが、誇りを持つことは卑屈になることよりも有意義で、すべてを謙虚に受け止め、彼の恋人として相応《ふさわ》しくなれるよう、より精進すればいいのだ――と思ったところでそれは月里自身が掲げる理想にすぎないが、目指すところは明確になっている。

「こうして並ぶと絵のように美しいお二人だこと、貴女《あなた》もそう思いませんこと?」

「はい、遠目に拝見した時から少女のように胸が高鳴りました。目の保養ですね」

ゆったりとした一人掛けソファーに座っていた帝太后は、芙輝と月里と挨拶を交わすなり二人に着席を勧め、隣に座る藍花琳《ファリン》と言葉を交わした。

帝太后の微笑は菩薩《ぼさつ》のようで、瞳は月里のことを眩《まぶ》しげに見つめている。

結い上げられた髪は黒髪が一本もないほど完全な白髪だったが、艶々《つやつや》として美しかった。

藍花琳《ファリン》もまた、優しげな眼差しの老婦人だ。こちらは髪を真っ黒に染めており、年相応の帝太后とは違って華やかな化粧を施している。服装も艶《あで》やかで大和人にはまったく見えず、元々は同じ国に生まれた同級生でありながらも、歩んだ人生の違いを感じさせた。

「今はわたくし達が古い友情を確認し合う特別な時間です。若い貴方方《あなたがた》も是非、国や時間を飛び越えた友情の輪の中に入ってきてくださいな。特に月里蓮少佐……肩をもっと下げて、楽になさって」

「はい、恐れ入ります」

「貴方の御祖父様《おじいさま》のことを、私は今でもよく憶《おぼ》えていますよ。こうしてお会いできて本当に嬉しく思っています」

「——勿体《もったい》ない御言葉、痛み入ります」

帝太后からのまさかの言葉に、月里は平静を装いながらも激しく動揺した。

祖父は過去に大和政府の第二党であった大和攘夷党の議員であり、帝や帝室から見れば、信頼に足る味方の一人だったことだろう。

最終的には首相を擁する愛国維新党《あいこくいしんとう》の失政により大和は藍華帝国とアレイア合衆国に内政干渉を許して事実上乗っ取られたが、月里の祖父は、投獄されても命尽きるまで大和と帝のために戦い抜いた人物だ。

しかしそれは月里の祖父に限らない。党首だったというなら当時の帝妃である現帝太后の記憶に残っていてもおかしくはないが、祖父は若い一議員だったのだ。

「貴方の御祖父様は、貴方にとてもよく似ていましたよ。御髪《おぐし》は黒かったけれど、瞳の色が薄い茶色で……それでいて意志の強い方でした。こうしてまた、時を越えて同じくらい強い瞳に出会えたことに、わたくしは運命を感じています。長生きはするものですね」

「陛下……」

歓喜のあまり言葉に詰まった月里は、涙声になるのをこらえながら、「ありがとうございます」と、それだけを返す。帝太后に向ける畏《かしこ》まった言葉ではなく、自然と込み上げる感謝の気持ちが、そのままストレートに出た一言だった。

「大和のことはもちろん、わたくし達のことを最期まで想ってくださったのに……何もできなかったこと、本当に申し訳なく思っています。どうか許してください」

「そんな……っ、とんでもないことでございます」

向けられた言葉にさらなる驚きを禁じ得ない月里は、いつの間にか手を握られていた。

帝太后の手は乾いていたが温かく、緊張で固まった手を優しく包み込んでくれる。

白くて小さくて、指もか細いのに、信じられないほど頼もしく感じられた。

「今も昔も変わらず、祈ることしかできない身ではありますが……貴方が御祖父様の分も、そして御両親や妹さんの分も幸せになれるよう、心から願っています」

「帝太后様……」

潤んだ瞳で見つめられた月里は、感極まって涙をこらえきれなくなる。

不覚にも零《こぼ》れ落ちてしまった二粒の雫が頰《ほお》を滑り、震える唇の横を流れていった。

拭《ぬぐ》いたいが素手で拭くのは不作法で、かといって片手を握られたままポケットを探るのも憚《はばか》られた月里は、恥ずかしくとも流れる涙をそのままにした。

すると横に座っていた芙輝が、いつもながら美しい所作でハンカチを渡してくる。

「帝太后様、その願いが叶《かな》うよう、不肖この藍芙輝《フーフゥイ》が命を懸けて尽力致します。彼を必ずや幸せにしますので、大船に乗ったつもりでお任せください」

涙を拭いながらもぎょっとさせられた月里は、思わず勢いをつけて振り向く。

吃驚《びっくり》しているのは月里だけではなく、帝太后や藍花琳《ファリン》も同様だった。

「あらまあ、なんてこと……藍大将、まあ……そういうことでしたの？」

「芙輝様……貴方には本国に奥方がいらっしゃるのに、よろしいのですか？」

「はい、妻も彼のことを好ましく思い、理解してくれています。ご安心ください」

半泣きのまま絶句するしかない月里を余所《よそ》に、芙輝は自信満々に笑う。

一度は呆気《あっけ》にとられた二人の老婦人もまた、最後には顔を見合わせて微笑んだ。

同日、午後十一時――西京御所にある詰所の一室で、月里は布団の上に突っ伏していた。浴衣《ゆかた》姿で枕を抱きながら、御前《ごぜん》での芙輝の言動に怒っていることを無言でアピールする。もちろん本気で怒っているわけではないのだが、御料車を出てから途中駅に停車するまで時間があまりなかったので、まだ一言も文句を言っていないのだ。

「そんなに怒らなくてもよいだろう？　私の恋人だという噂は軍の中で実《まこと》しやかに囁《ささや》かれ、いまさら隠しようがないものだ」

「――……」

月里と同じく浴衣姿の芙輝は、自分の寝所を出て至極当たり前のように忍んできて、隣の布団に座っている。そもそもこの部屋には最初から布団が二組密着して敷かれており、そのうち一つは格別に豪華な金糸の刺繍《ししゅう》が施された物だった。

芙輝がここに泊まることを事前に告げたのか、もしくは気を利かせた誰かの善意なのかは知らないが、ぴたりと並んだ布団を目にするや否や、月里は羞恥《しゅうち》と怒りを蘇《よみがえ》らせた。

世間から見た自分の立場や経歴を忘れたわけではなく、無論重々わかっている。

李月龍元帥《リーユエロンげんすい》の男妾《おとこめかけ》になることで逆賊遺子でありながら士官の地位を手に入れ、親衛隊員に成り上がった。その後、李元帥の不興を買って妓楼《ぎろう》に落とされ、任務とはいえ大勢の士官の慰みものなり、一度は失墜。ところが藍芙輝大将の寵愛《ちょうあい》を受け、特殊部隊へ異動――。

事実はどうあれ、自分はいまさら隠しようがない汚れた経歴を抱えている。

中には自ら望んで背負った汚名もあるのだから、恥じたり怒ったりしてはいけない。

それはよくわかっているが、帝太后との清らかで尊い時間と感動に妙な色をつけられて、不満を示さずにはいられなかったのだ。

「大和では古来男色に寛容だ。私としてはお前と恋仲であることを自慢したい気持ちもあり、何より本当に陛下に安心していただきたかった」

「――だからって……本人の目の前であんなこと、陛下の御耳に入れなくたって……」

月里は隣の布団に座っている芙輝に背を向けながら、うなじまで布団を引っ張る。

ほぼ全身を覆い尽くし、今夜は何も致しません――と、バリケードを作って拒絶した。

「私の想い人であることは、そんなに恥ずかしいことか？」

「芙輝様……そういう訊《き》きかたをなさるのは狡《ずる》いと思います」

「つまり否ということか。恥ずかしいというより照れているのだな？」

真面目に謝罪しているのかと思えば笑みを含む芙輝の声に、月里はとうとう我慢できなくなって起き上がる。がばりと布団を捲《めく》り、珍しい浴衣姿の彼を睨み据えた。

「その通りですが、それを口にしてはいけません。貴方は大和男の気持ちをわかってない」

「それはすまなかったな、許してくれ。事前に伺っていた以上に陛下がお前のことを大切に考えておられたので、甚《はなは》だ感激して羽目を外してしまったのだ」

「……芙輝様に悪気がないことくらい、わかっています」

「本当にすまない。お前の幸せを願う陛下の御心を知って連帯感を覚え、とても嬉しくて」

月里はいつまでも拗《す》ねている自分が情けなくなり、「もういいです」と答える。

芙輝の言う通り照れている部分が大きく、むしろ感謝すべきことだとわかっていた。

「私のほうこそ、すみませんでした。子供みたいな態度を取って」

「いや、ふざけすぎた私が悪いのだ。許してくれるか？」

「……許すも何も……こうして芙輝様と一緒に西京に来ることができて、そのことだけでも凄く嬉しいんです。だから今日も、これを……」

月里は芙輝の正面に正座すると、並べられた布団の隙間《すきま》に手を入れる。

彼が来たら渡そうと思って、予《あらかじ》めシーツの下に隠しておいた物があった。

「それは？」

「――夕食のあとに私は少し自由時間がありましたから、出かけてきました」

「外に行ったのか？　そんなこと聞いていていないぞ」

「申し訳ありません。御迷惑をおかけしてはいけないと思い迷いましたが、どうしても行きたくて。西京出身者に相談して、道順などよく確認してから出かけました」

奉書紙に包まれた物を取りだした月里は、それを両手で持って芙輝に差しだす。

月里が勤務時間外に御所の外に出るのは本来自由だったが、知らされていなかったことで、芙輝は些《いささ》か気を悪くしたようだった。

「――これは……」

何を贈られても喜べない――と言わんばかりに眉間《みけん》に皺《しわ》を寄せていた芙輝は、受け取った奉書紙を開くなり目を円《まる》くする。そしてすぐに満面の笑みを浮かべた。

「私のために……これを買いに行ったのか？」

包まれていたのは、ハス柄の白地に金糸で『健康長寿』と刺繍された御守りだ。

芙輝はきらきらと輝くような瞳でそれを見つめ、上部の紐《ひも》を摘《つ》まんで引き上げる。

「はい、縁結びはやはり必要ないと思いまして、芙輝様がくださったのと同じ物にしました。何よりも、貴方には健やかで長く生きてほしいと願っています」

「蓮……」

月里は浴衣の袂《たもと》に手を入れ、そこから自分の御守りを出す。

白くて綺麗《きれい》だと思っていたが、芙輝の手にある物と比べるとくたびれて見えた。

そう長い時は経《た》っていないのに、苦しかった気持ちがたくさん……本当にたくさん、抑え込んだ恋心と共に封じられているように感じられる。

「芙輝様……これからも、お傍《そば》にいさせてください」

この人を愛して、そして今こうしてお互いに生きて一緒にいられる悦《よろこ》びを嚙《か》み締めながら、月里は芙輝の手を握る。たとえどのような状況であれ、健やかに長く生きてほしいと、各々願って手に入れた二つの御守りを重ね合わせた。

同じ国に生まれても、二つの国に分かれて別の人生を歩んだ人達もいる。しかし自分達は、別の国に生まれ、違う道を歩みながらも出会ったのだ。そしてこれから、共に生きていく。

「帝太后様に約束したことは、私の本心だ。お前は私が必ず幸せにする。だがそれだけではない。お前も、私を幸せにしてくれ。これ以上があるのかどうか……今の私には想像もつかないが、心から期待している」

縁結びよりも遥かに強い願いを手のひらで一まとめにした月里は、折り曲げられる芙輝の指を指の間に迎え入れる。

「……はい」

答えは、その一言しか思いつかなかった。

長い間、恨みばかりに支配されて幸福とは縁がなかったので……正直なことを言えばこれ以上の幸せなど想像できない。ともすれば、今が最高ではないかと不安に陥りそうなほど、そういうものとは無縁の生きかたをしてきたのだ。

「蓮、先程何やら拒まれたように思うのだが、このまま抱きしめてもよいだろうか？」

抱きしめるだけでは終わるはずのない芙輝に向かって、月里は自ら身を寄せる。

彼の布団に膝を進め、香を焚《た》き染めた浴衣の衿元《えりもと》に顔を埋めた。

すんっと鼻を鳴らして匂いを嗅《か》ぎ、頬をすり寄せる。

「蓮……すまない。問うべきことを誤った。このまま押し倒してもよいか？」

「——明日は早いので、一度だけにしてください」

月里は少し厳しい口調で言いながら、芙輝の背中に手を回す。

腰できちんと結ばれていた帯に触れ、結び目に爪《つめ》の先を忍ばせた。

これ以上の幸せなどやはり想像がつかないが、幸福を目指して向かおうという気持ちは、確固たるものがある。

大切なのはそういう想いで、ひたむきに精進し続ければ、芙輝との関係にも幸福にも限りなどないはずだ。不安がまったくないと言えば嘘になるけれど、何よりも——芙輝と自分の間に存在するものを信じている。

「今夜のお前は可愛いな、一度で終われる自信がない」

「陛下の御前でふらつくようなことがあってはいけませんので、お手柔らかに」

自分も一度では足りなくなって、もう一度……と望むことを予期しながら、月里は芙輝の帯を解く。しゅっと音が立つと同時に、自分の帯も解かれていた。

「蓮、愛している」

俺もです——と視線で答えて見つめ合うと、幸せが心の底から滾々《こんこん》と湧いてくる。

探すまでもなく、求めるまでもなく、自然に湧き上がるのだ。その潤いは心の襞《ひだ》を満たし、唇を重ねた刹那《せつな》……大海のうねりとなって二人の体を呑《の》み込んだ。

あとがき

こんにちは、または初めまして、犬飼ののです。

このたびは『妓楼の軍人』をお手に取っていただき、ありがとうございました。

私の三十二冊目の文庫本である本書は、書いた順番としては十作目で、何年も前に書いて眠らせていた作品です。刊行していただくに当たり全文を調整し、番外編を加えました。


通常はご依頼をいただいてからプロットを提出して、それが通ってから原稿を書きますが、当時は思うようにプロットが通らず、色々と悩んだ末に本作を自主的に書き上げました。

完成後に本にしてくださる出版社様があるかどうかわかりませんでしたが、プロットではボツを食らってしまう特殊設定物でも、完成原稿にすれば使ってもらえるかもしれない……そんな希望を抱いて、一心不乱に書いた記憶があります。


自分の萌えに忠実に、好き放題に書いてみたい欲求が強かったので、見栄えのよい軍服に身を包んだ美形集団や、華やかでありながらも閉鎖的で仄暗い組織、遊郭的な雰囲気、愛人関係、身分差、長袍、龍や花など……今でも変わらず好きなものが、これでもかとばかりに詰まっています。

久しぶりに読み返してみて、「私にこういうものを書かせてください！」という、当時の自分の叫び声が聞こえてくるようで、照れくさくなったり過去の情熱を思いだして奮起してみたり、色々と思うところがありました。

本作を書き上げてから数年が経ち、冊数を重ねるうちに特殊設定物を書かせていただけるようになりましたが、先にこの作品を書いておいた意味は大きかったと思います。

ありがたくもルチル文庫様に刊行していただけることになり、ページ数をたっぷり使えたこと、番外編を収録できたこと、大きな改稿指定はなく、当時の想いのまま形にできたこと、そして憧れてやまない笠井あゆみ先生に、魂が揺さぶられるほど美しい芙輝や蓮達を描いていただけたことを、本当に光栄に思います。

最後になりましたが、読者様と関係者の皆様に心より御礼申し上げます。

この度は本当にありがとうございました。かつての情熱を忘れずに精進して参りますので、これからもよろしくお願い致します。

犬飼のの

✦初出　妓楼の軍人……………書き下ろし
蜜月旅情………………書き下ろし

犬飼のの先生、笠井あゆみ先生へのお便り、本作品に関するご意見、ご感想などは
〒151-0051 東京都渋谷区千駄ヶ谷 4-9-7
幻冬舎コミックス　ルチル文庫「妓楼の軍人」係まで。

幻冬舎ルチル文庫

妓楼の軍人

2015年2月20日　　第1刷発行

✦著者　犬飼のの　いぬかい のの

✦発行人　伊藤嘉彦

✦発行元　株式会社 幻冬舎コミックス
〒151-0051 東京都渋谷区千駄ヶ谷 4-9-7
電話 03(5411)6431 [編集]

✦発売元　株式会社 幻冬舎
〒151-0051 東京都渋谷区千駄ヶ谷 4-9-7
電話 03(5411)6222 [営業]
振替 00120-8-767643

✦印刷・製本所　中央精版印刷株式会社

✦検印廃止

ISBN978-4-344-83377-7　C0193　Printed in Japan